周作人文学翻译研究

A Study on Zhou Zuoren's Literature Translation

于小植 著

图书在版编目(CIP)数据

周作人文学翻译研究/于小植著.—北京:北京大学出版社,2014.4
(国家社科基金后期资助项目)
ISBN 978-7-301-24112-7

Ⅰ.①周… Ⅱ.①于… Ⅲ.①周作人(1885~1968)–文学翻译–研究 Ⅳ.①I206.6

中国版本图书馆 CIP 数据核字(2014)第 068362 号

书　　　名：周作人文学翻译研究
著作责任者：于小植　著
责　任　编　辑：张文礼
标　准　书　号：ISBN 978-7-301-24112-7/I·2744
出　版　发　行：北京大学出版社
地　　　址：北京市海淀区成府路 205 号　100871
网　　　址：http://www.pup.cn
新　浪　微　博：@北京大学出版社
电　子　信　箱：pkuwsz@126.com
电　　　话：邮购部 62752015　发行部 62750672　编辑部 62756467
　　　　　　出版部 62754962
印　刷　者：北京宏伟双华印刷有限公司
经　销　者：新华书店
　　　　　　730 毫米×1020 毫米　16 开本　12.25 印张　228 千字
　　　　　　2014 年 4 月第 1 版　2014 年 4 月第 1 次印刷
定　　　价：32.00 元

未经许可,不得以任何方式复制或抄袭本书之部分或全部内容。
版权所有,侵权必究
举报电话:010-62752024　电子信箱:fd@pup.pku.edu.cn

国家社科基金后期资助项目
出版说明

　　后期资助项目是国家社科基金设立的一类重要项目，旨在鼓励广大社科研究者潜心治学，支持基础研究多出优秀成果。它是经过严格评审，从接近完成的科研成果中遴选立项的。为扩大后期资助项目的影响，更好地推动学术发展，促进成果转化，全国哲学社会科学规划办公室按照"统一设计、统一标识、统一版式、形成系列"的总体要求，组织出版国家社科基金后期资助项目成果。

全国哲学社会科学规划办公室

目　　录

序 …………………………………………………………………（1）

绪　论 ……………………………………………………………（1）
 一、周作人文学翻译研究现状分析 …………………………（1）
  （一）周作人文学翻译研究现状 ……………………………（1）
  （二）目前研究存在的问题和本书的研究策略 ……………（1）
  （三）新的学术增长点和拓展空间 …………………………（2）
 二、本书的主要内容 …………………………………………（5）
  （一）周作人的语言观与翻译观 ……………………………（5）
  （二）周作人的小说翻译与诗歌翻译 ………………………（6）
  （三）周作人的文学翻译与日本、希腊文化之间的关系 …（6）
 三、本书的主要观点 …………………………………………（7）
 四、本书的研究方法 …………………………………………（7）
 五、本书的学术创新 …………………………………………（8）
 六、本书的学术价值 …………………………………………（9）

第一章　周作人文学翻译概观 …………………………………（10）

第二章　周作人的语言观 ………………………………………（17）
 一、探本寻源：五四白话语言变革的历史路径 ……………（17）
  （一）媒介语境与语言变革 …………………………………（17）
  （二）理论构建与身份认同 …………………………………（20）
  （三）白话写作与地位确立 …………………………………（24）
 二、周作人的语言观：语言即思想 …………………………（27）

第三章　周作人的翻译观 ………………………………………（34）
 一、翻译路径：直译与意译 …………………………………（37）
  （一）直译的本相与文化的真相 ……………………………（37）

（二）直译的思维模态与人的精神构建 …………………（41）
　　（三）在直译与意译之间 …………………………………（44）
　二、翻译方法：调和古今、融会中西 ………………………（46）
　　（一）翻译理论 ……………………………………………（46）
　　（二）翻译实践 ……………………………………………（48）
　三、翻译理念：超越功利性 …………………………………（50）
　　（一）五四时期的翻译主潮及其急功近利之弊 …………（50）
　　（二）大潮里的孤独者：专注于趣味与个性的
　　　　　周作人翻译 …………………………………………（54）
　　（三）边缘处的超越：周作人对功利翻译观的淡化与
　　　　　反拨 ……………………………………………………（59）

第四章　周作人的翻译与现代白话文 ………………………（62）
　一、现代白话文对日语的受容 ………………………………（62）
　　（一）严复的翻译词汇多数未被现代白话文受容 ………（62）
　　（二）以"经济""社会"等词为例探寻现代汉语词的
　　　　　源流 ……………………………………………………（64）
　　（三）众多留日学生成为日语词回流的重要推手 ………（65）
　　（四）现代白话文对日语的受容 …………………………（68）
　二、周作人通过翻译实现对日语的受容 ……………………（72）
　三、从周作人文学翻译前后期语言的变化看白话文
　　　进一步成熟 …………………………………………………（78）

第五章　周作人的小说翻译 ……………………………………（89）
　一、文白相间——单音节词语使用频繁 ……………………（90）
　二、词性自由——对词性缺乏严格限制 ……………………（93）
　三、日语语序的影响——SOV 语序多见 ……………………（95）
　四、胶柱鼓瑟——硬译生造的句子 …………………………（96）
　五、追求雅致——探索新的修辞手段 ………………………（99）

第六章　周作人的诗歌翻译 ……………………………………（102）
　一、日本的小诗以及周作人的散文式翻译 …………………（102）
　二、翻译家的两难心境和语言障碍 …………………………（105）
　三、日本诗歌在中国文坛的命运——曲高和寡 ……………（109）

四、周作人翻译语言与他人翻译语言之比较 …………… (111)

第七章　周作人与日本文化——译入语国家文化研究之一 … (115)
　　一、对日本文化的涵养与挚爱 ………………………………… (115)
　　　　（一）在日本的愉快经历 ……………………………… (116)
　　　　（二）对俳谐文体和浮世绘的喜爱 …………………… (118)
　　　　（三）对落语和狂言的喜爱 …………………………… (120)
　　　　（四）对新村运动的热烈响应 ………………………… (124)
　　二、重菊轻剑：对日本文化缺乏批判意识 ………………… (128)

第八章　周作人与古希腊文化——译入语国家文化研究之二 … (137)
　　一、对古希腊精神的向往与追求 …………………………… (137)
　　　　（一）文化挪移与精神释意 …………………………… (138)
　　　　（二）文学翻译与精神对照 …………………………… (141)
　　二、缺乏距离意识，全情拥抱古希腊文化 ………………… (145)

第九章　周作人以兴趣为出发点的文化观及与他人的比较阐释 … (148)
　　一、以兴趣为出发点，坚守个性主义文学 ………………… (148)
　　　　（一）民俗知识与审美逻辑 …………………………… (148)
　　　　（二）西学知识与精神诉求 …………………………… (151)
　　　　（三）个性主义与文学立场 …………………………… (157)
　　二、周作人文学翻译思想的比较阐释 ……………………… (159)
　　　　（一）"儿童性"与"翻译洁癖" ……………………… (160)
　　　　（二）"祛阶级性"与"翻译减法" …………………… (162)
　　　　（三）"为人生"与"翻译反叛" ……………………… (167)

结语：作为一种"方法"的文学翻译 …………………………… (173)

附：周作人文学翻译年谱 ………………………………………… (179)

主要参考文献 …………………………………………………… (183)

后　　记 ………………………………………………………… (185)

序

在我所带的研究生中,于小植算是比较特别的。她的本科不是学中文的,而是学外语的;她学的不是英语,而是日语。这种特别决定了她后来做论文和做研究的基本方向。从硕士直到博士,我都一直带她,她的聪明和刻苦也是比较特别的,具有精灵一般的聪明和痴迷一样的刻苦。于小植是一个比较全面完美的女生,她的才华往往是外露的,每逢大家聚会致辞轮到她时,开篇必定是恰到好处地引用一下古今中外的经典,有时候在此基础上还要非常智慧地发挥或评价一番。这在同学和老师活动中已经成为了一个保留节目。说实在的,她所引用的经典许多是我不知道的,她能信手拈来脱口而出,至少说明她看过了,记住了。

于小植研究周作人与她的专业基础和语言条件是相关的,但是其中更有着吉林大学的学术传统和学术背景的原因。由于吉林大学所处的地理位置和历史渊源关系,日本研究一直是学校里相关学科的传统课题,也是学术研究的强项。从1980年代以来,中文系、外语系和日本研究所等单位的老师都在此方面着力,产出了一大批令人瞩目的成果,也在国内外产生了重大的影响。我记得1990年代初,我在日本进行合作研究时,日本学界便把吉林大学称为日本研究的"名门"。例如,仅就中日文学比较研究方面来说,就有我的恩师刘柏青教授、前辈老师赵乐生教授和前辈于长敏、李冬木、靳丛林等长期致力于此,引起了学术界的高度关注。其中,刘柏青教授关于中日近现代文学关系特别是鲁迅与日本文学关系的研究,在中国学界具有开拓性的贡献。迄今为止,其研究成果仍然是此领域中不可逾越的学术高原。

受老师的启示和影响,我的硕士学位论文就是做有关中日近现代文学关系研究的。其后也对此领域有所涉及,但是主要方向逐渐疏离这一主题,而转向另外的领域。其实,这一直是我学术选择中的一种缺憾。当我得知于小植是日语专业的品学兼优的学生时,心中十分高兴,觉得终于找到一个恰当的学术后来人,可以实现自己未能实现的夙愿。经过一系列的过程,证明我的选择和感觉是准确的。于小植以周作人的翻译观及其翻译实践为主题,完成了这部书稿,并发表了多篇相关论文。她曾到日本名古屋大学访学一年,实地对周作人的生活轨迹进行了调查考证,收集了许多新的资料,所以,这部书稿基础扎实、内容丰富。

  在相当一段时间里,周作人研究是一个费力不讨好的话题。在政治判断、学术判断和道德判断一体化的标准下,周作人的创作和翻译以及人生评价都被先入为主地做了基本定论。于小植的论文在前人研究的基础上,做了一种还原式的文化研究。她以文本细读的方式对周作人的文学翻译进行深度阐释,并从中提纯出一系列的文化符号;她将周作人1920年代时的翻译与其他翻译家1980年代的翻译进行比较,并将周作人的文学翻译与其同一历史阶段的鲁迅、巴金、茅盾等人的文学翻译进行比较,从中透视出周作人的文学翻译具有超越时代的特征;她把周作人的文学翻译活动在本质上看成是对人类历史实践活动的总体认知和规律总结,以及建立在此基础上对人类未来发展趋向的推断。

  无论是学术研究还是社会表态,作为人文知识分子都必须坚守一个基本原则:可以不把真话都说出来,但是保证不说假话;你可以不崇高,但是绝不能作恶。这是我多年来和学生交流时常说的一句话,其实也是做人的一个底线。于小植在对周作人进行评价的时候,也正是持有这样一种原则,周作人是一个复杂的对象,包括政治上的复杂、思想上的复杂和文化上的复杂,在政治伦理本位的传统价值观的支配下,周作人研究长时间以来被简单化了。政治正确必然是道德高尚,政治反动必然是道德堕落。其实,政治有政治的标准,道德有道德的标准,学术亦有学术的标准。政治的标准是需要,道德的标准是善恶,学术的标准是高低。虽说其中互为关联,但是并不一致。不能完全用此标准代替彼标准,不能把复杂问题简单化。于小植在研究中对于周作人的政治下水、思想变异和文化转向都做了比较中肯的评价。这一点不算新鲜,但却很真实。她选择了周作人文学活动中最少争议的翻译活动作为自己的主要研究对象,但是自己的思想不是仅局限于其翻译活动,而是拓展到文化传播、文化变革和社会发展的宏观层面,或者说是以周作人的翻译为视角来找寻和触摸文化人周作人的形象。这种理解没有把周作人作为五四新文化的蜕变表征来理解,特别是没有将其作为鲁迅的思想文化对立面来理解。这是一种开放式的个案研究,是对于中国文化变革过程的标志进行把握的本质性研究。所以,这部书稿对于于小植自己和周作人研究领域来说,都是一种有意义的收获。

于小植这几年在学术上进步很快,算得上是跨越式发展了,获得了国家社科基金项目和地方政府项目,围绕着自己的专业发表了许多论文。我相信,这本书稿的出版,会使她在学术道路上更上一层楼。

张福贵
2013年9月15日于访台旅途

绪　论

一、周作人文学翻译研究现状分析

（一）周作人文学翻译研究现状

周作人研究起始于上世纪70年代,中国知网数据库里可以查到专门研究周作人的文章有1878篇,篇名中同时包含"周作人"和"翻译"两个关键词的文章有98篇(2013年9月15日数据)。

国家图书馆的网站上可以查到关于周作人翻译理论的论文200余篇；关于周作人的著作59部；关于周作人文学翻译的著作2部：王友贵《翻译家周作人》和刘全福《翻译家周作人论》。(2013年9月15日数据)

目前,对周作人文学翻译的研究主要集中在三个向度上：

1. 历史研究。目前的周作人翻译研究基本上是将周作人的文学翻译作为中国现代文学翻译史的一部分进行研究,梳理周作人文学翻译的生成、发展和演变的历史脉络,还原周作人文学翻译的历史现场,在整体上建构周作人文学翻译的谱系和发展链条,主要遵循的是线性时间的演进和中国现代历史、社会的发展变迁来阐释周作人的文学翻译。

2. 文化研究。目前多数周作人文学翻译研究是将其作为具有显著异域文化特性的文学翻译进行研究。在文化空间上探寻周作人文学翻译与异域文化之间的内在关联,探析周作人文学翻译中的文化"成规"和因此而形成的独特的文体形态、文学风格、审美意义和内在价值,展现周作人文学翻译与其他文学翻译的内在差异。

3. 个案研究。目前的研究多是对周作人单篇文学翻译作品进行的研究,研究中心集中在叙事的显性层面。例如,研究周作人文学翻译中展现出来的异域的自然地理风貌、生活习性、宗教信仰、民风民俗等文化因素,将其文学翻译作为异域文化研究的文学注脚。

（二）目前研究存在的问题和本书的研究策略

对于周作人文学翻译的研究目前仍然存在的局限和解决策略如下：

1. 宏观话语研究多,微观话语研究少。现阶段对周作人文学翻译的研究主要集中在周作人文学翻译整体脉络的梳理上,遗漏和忽略了周作人文学翻译作品中的微观细节。本书以翻译文本中的细节作为入口,将细节作为历史和时代的表征,以此来探寻当时社会政治、经济、文化的真实面貌,从而通过微观研究达到宏观效果。

2. 整体性研究多,差异性研究少。目前,周作人文学翻译研究的一个主要向度是将周作人的文学翻译作为中国现代文学翻译链条上的一个重要节点,将周作人的文学翻译与茅盾、鲁迅、巴金等现代作家的文学翻译作为20世纪初期中国文学翻译的一个统一整体进行研究,强调翻译的同一性和同质性。而实际上,这一时期的文学翻译具有十分明显的复杂性和差异性,意识形态话语、知识分子话语和民间话语共存,权利斗争、精神信仰、文化诉求、利益欲望纵横交错,同时,文学翻译因时间的变迁、空间的位移、作家的"代际"区分、历史语境的激变等因素的影响也表现出了明显的差异性,本书试图从中辨析出这种复杂性和差异性。

3. 表层经验研究多,深层精神研究少。现阶段对周作人文学翻译研究的一个关键症结是大部分研究只局限在周作人文学翻译文本的文学性层面,或者说是研究文学翻译文本中的语言、人物形象、文本修辞、文学翻译观念等文学性因素。但周作人文学翻译文本包含了丰富的社会心态的流变、价值观念的积淀与传承、道德意识的变迁、思维方式的取向、社会性格的转向等深层的精神信息,本书试图提纯出精神信息和文化本质,并在不同历史语境和文化语境中对这种精神信息做恰切的评价与定位。

(三)新的学术增长点和拓展空间

1. 周作人的文学翻译文本中存在着大量的"异域生活"描写,这些"异域生活"具有复杂多元的文化构成、文化品格和文化取向,并渗透在日常生活中。更为重要的是,这种异域生活在时间的推演下逐渐地生成为一种"知识观"和"知识系统",并渗透和植入作家的精神世界,成为掌控和支配作家文学翻译的价值标准和准则,"回到地方性文化的知识系统中,运用他们的认识途径和分析逻辑——比如他们自己关于罪恶、对错、权利和责任的界定、分类以及建立起来的各种规则等等——作为描述事件的基本思路"①。

文学翻译中独特的"异域生活"能够永久根植于个体的精神空间中恒

---

① 张静:《"格雷瑞事件"引出的知识论问题》,《清华社会学评论》2002年第2期,第107页。

定不变,并抵御他者文化和他者生活的入侵和毁坏。也就是说,周作人的文学翻译在某种意义上是以"异域生活"为叙事准则和叙事肌理的。同时,周作人的文学翻译展现出多民族谱系与多元文化形态,呈现了不同民族文化的相对独立性及其发生的流动性变异。周作人的文学翻译呈现了多元到一体的融合、开放与兼容并存、进取与保守并存、同化与变异并存的特点。透过周作人的文学翻译我们既能触摸到坚守文学翻译真理性上的抱负,又能感受到时刻彰显地域文化"永恒实体"旨趣的执著和坚韧。

要突破周作人文学翻译研究现有的状态和局面,应该将核心集中在对周作人文学翻译的文化叙事研究上,寻找一个新的理论构建和研究视角,将研究指向周作人文学翻译的内部空间和隐性层面,将研究视阈集中到周作人文学翻译文本的"异域生活"研究和"叙事身份"研究两个方面。

2. 周作人文学翻译中展现出来的身份建构和认同可以分为"直接皈依"和"中间游离"两种类型。"直接皈依"是指作家始终生活在中国传统文化内部,作为中国传统文化的"局内人"对中国传统文化的各种常识、符号和非规范性注解有着异于他人的感知和理解,文学翻译中的知识系统和知识应验往往建立在中国传统文化知识系统上,并通过对这种本土性知识系统在文学翻译中的再现来阐释事实和强化自己的文化身份,进而建构一个集体性的自我;"中间游离"是指作家的文化指向和精神趋向并不仅仅局限和固定在中国传统文化内部,而是在与其他文化的对峙、比较和调和中来体会异域文化,集体共有的传统文化符码并没有使其产生强烈的认知诉求、自我认同感和身份根植感,个体的身份建构和认同"游离"于多种不同文化之间,既没有完全进入新的文化知识系统中,也没有完全脱离传统文化体系,但其终极身份认同仍然指向传统文化,只是时刻保持着一种观察和警惕。

本书试图把文学翻译作为拓展传统文化空间,进一步丰富中国现代文学文化内涵的一个路径,而不是把文学翻译单纯作为异域文化在文学翻译中的拼贴和复制,也不是把异域文化从翻译文学情境中剥离出来进行异域民族志式的阐释和分析,而是将异域作为文学的参与要素和内部分子,体察异域文学的思维逻辑,探寻中国传统文化和异域文化在文学翻译中的磨合和碰撞。

3. 周作人的文学翻译研究要想从一个中国现代文学翻译研究的传统话题转变为真正具有学术公信力的学术命题,从实质上突破中国现代文学翻译研究的困境,需要解决三个问题:一、如何确立周作人文学翻译研究的理论支撑点和发展路径;二、如何弥补和修正周作人文学翻译研究中出现的问题；三、如何使周作人文学翻译个案研究呈现出宏观效果。我想在周作人文学翻译研究中应该把握住"转型""差序""场域"这三个思维方式和研究范式。

"转型"是指周作人文学翻译发生的社会历史语境始终处于疾速转变的过程中。20世纪初期中国社会结构发生了巨大转变，政治体制、经济结构、文化趋向都发生了实质性的变革。虽然周作人的文学翻译并没有因为社会的转变而放弃自身的发展路径，但难以避免地被卷入了这场变革中，并愈加强势地参与其中；周作人的文学翻译不是一个独立的文学空间，而是一个历史性的杂糅概念，既有外部力量的推动又有内部力量的重组。因此，周作人文学翻译研究的理论支撑点不应该是类似于"现代意义"这样单一的理论预设，而应该是政治学、经济学、社会学、文化学等多元化的理论提取，这样，周作人文学翻译的研究才能显现出丰富多彩的意义。通过周作人的文学翻译研究我们可以探讨社会转型期人与人、人与自然、人与政治、人与经济、人与社会之间的关系，围绕周作人文学翻译研究产生的是一部"事件史"和"生命史"，"人"在文学翻译研究中被重新定义和整合。

"差序"是中国传统文化中关于等级观的一个概念，将其引入周作人文学翻译研究中，并不是强调文学翻译中的等级尊卑和权力分配，而是突出文学翻译在发展中形成的内在差异性。虽然周作人文学翻译处于公共的历史社会背景中，分享着共同的文化资源，但不同的文学思潮、文学现象、作家作品在政治、经济、文化体系中所处的位置和产生的作用却不尽相同，呈现出冲突、对抗、依附、融合等不同的状态，并始终处于流动的态势。因此，我们要在研究中突出这种内在的差异性：周作人的文学翻译由于时间的推演和空间的位移，在不同历史时段具有不同的文学面相；不同文学作品在主题话语、人物形象、语言修辞、叙事模式等方面具有差异性，这种差异是在独特的历史文化情境中呈现出来的审美选择。周作人的文学翻译在作家主体意识的参与下，已经演变成为特定的精神现象，并呈现出鲜明的差异性叙述，这些差异性一方面体现着作家的选择，另一方面体现着20世纪中国知识分子的文化性格和精神特征，以及中国转型期社会思想的变迁和分化。

"场域"实质上是一种"文学翻译机制"研究，强调"文学翻译"的公共性和介入性。20世纪中国的政治、经济、文化的共同构建使周作人的文学翻译成为一个公共空间，通过周作人的文学翻译，我们可以还原20世纪中国社会的历史风貌，另外，周作人的文学翻译也介入了政治、经济和文化当中，形成了相互交流、调节和协商机制。因此，本书试图突破文学翻译研究的自身局限,突出文学翻译的汲取能力和开放姿态。实际上,在社会整体结构中文学翻译本身就不是一个自给自足的单位,它有着更为广泛的意义,文学翻译是在"自我"与"他者"的相互阐释中彰显自己存在的意义的,没有"他者"的参照,文学翻译就无法进行自我确认,同样,没有文学翻译的介入,"他者"也无法完成自我叙述和阐释,因此文学翻译包含了翻译之外的世界、规则和人,翻译之外的一切关系都可以化约为文学翻译的内容、生命意义、价值秩序和生存体验。周作人的文学翻译本身就是一种敞开和介入,是主动打破文学翻译的封闭空间,以积极的姿态加入到社会整体进程中来。

二、本书的主要内容

本书围绕周作人的文学翻译展开,在梳理周作人文学翻译发展脉络和确认其文学翻译历史地位的基础上,透析周作人的语言观、翻译观的历史根源与新变,以及周作人的文学翻译对中国现代白话文变革产生的历史功效;探究周作人小说、诗歌翻译的语言特色和充满其个人色彩的精神体验;寻绎周作人的文学翻译与日本文化、希腊文化之间的关系,以此为切入点发现周作人独特的文化观。

(一)周作人的语言观与翻译观

本书认为周作人的语言观和翻译观是从五四新文化运动内部滋生出来,经过五四新文化运动所提倡的现代理性重新建构的,与五四新文化运动在时间上具有共时性和延续性,在空间上具有开放性和稳定性,与五四新文化运动的文化意识、精神信仰、文学成规、道德习性等内容相关联,在成为五四新文化运动的语言样态的同时,始终保持着将这种独特的语言观演化为一种常态的欲望,并谋求进入群体的精神世界,成为支配五四新文化运动发展的语言原动力和价值准则,以此来确保这种独特的语言观和翻译观在时间之上而保持不变。如果我们从这种历史视阈来重新认知、理解和阐释周作人的语言观和翻译观,周作人的文学翻译在某种程度上是五四新文化运动的一个显著标识,是五四新文化运动的一种叙事形态和文学表征,因此,周作人的语言观和翻译观就成为我们进入到五四文化空间的一个入口和切入点。从周作人语言观和翻译观的显性层面,我们可以探寻到五四白话文运动的历史变迁和历史文化积淀,探寻中国白话文运动的历史脉络,构建五四白话文的语言谱系;从隐性层面,我们可以将周作人的语言观和翻译观之所以在五四新文化运动中得以存在和呈现的社会语境、时代背景、文化趋向等隐藏在背后的因素提取出来进行勘察。本书不仅将周作人的语言观和翻译观作为特定历史语境中的话语事件进行考量，而且将其演化为一个极富张力的场域，探讨各种政治意识形态话语、民间话语和知识分子精英话语，以及各种历史力量在其中的纠葛和对峙。

（二）周作人的小说翻译与诗歌翻译

本书通过将日文原文小说与周作人翻译文本的对照细读，发现了周作人翻译的语言特色，包括：单音节词语使用频繁、对词性缺乏严格限制、词语搭配自由随意、句子多翻译成宾语前置句，等等。本书透过周作人翻译文本的细节，整合出了周作人小说翻译的一些常规性原则、标准和成规，并试图探寻这些原则、标准和成规的内在逻辑。例如，周作人的小说翻译遵循平实、自由、精致、原生态等翻译原则，这些翻译原则构成周作人小说翻译知识谱系或者具体知识形态和特别的知识观，与周作人的知识背景相关联，与其具体的知识形态和文学观念一脉相承，在时间的积淀中演变成为周作人小说翻译的文化成规和集体无意识。本书发掘的就是周作人独特的翻译体系特征和其小说翻译模式背后的主导性的"信念"、"知识库"和"翻译技能"。

周作人的诗歌翻译相对于小说翻译而言更加强调文本背后的文化因素影响，这种影响在两个向度上展开：一方面，具体透析日本诗歌的时、地、情、景，分层解析日本诗歌在文本翻译中体现的特定化、情景化和具体化特征，阐释其所承载的文化意义；另一方面，周作人翻译日本诗歌不是对其进行简单的复制和挪移，而是对其进行了一种重新阐释和理解，在本质上是一种"释译"的过程。这样，必然产生对日本诗歌及其背后蕴含的日本文化理解的差异性问题。而对这种差异性的理解，周作人从"内部观念"和"外部观念"来阐释不同的思维方式、叙事立场和话语表述使诗歌翻译产生的不同样态。"内部观念"是针对日本小诗而言的，日本小诗产生于日本文化体系内部，对日本文化的感知方式往往是直接的、感性的和主观的。而"外部观念"是用外来的文化观念来认知、判断和解析日本小诗，对日本小诗的感知方式往往是间接的、理性的和想象的。总的来说，周作人的日本诗歌翻译既深入日本文化体系内部，饱含"情"的成分，又以他国人的立场和文化观念，站在日本文化外部来认知、判断和解析日本诗歌。

（三）周作人的文学翻译与日本、希腊文化之间的关系

日本文化和希腊文化在周作人的文学世界中占据着重要地位，此两种

文化对于周作人文学理念的生成起到了至关重要的作用，他一生执著于对此两种文化的勘察和言说以及对其文学性的阐释和整理。对此两种文化的兴趣化约为周作人的生命经验和意识形态，潜沉在他的精神空间中，成为他文学翻译的内在动力。

本书深度阐释了日本文化、希腊文化与周作人文学翻译的关系，在现代文化的历史语境中揭示了周作人的文学翻译对于五四文学翻译的重要影响。周作人对此两种文化的接受展现了五四知识分子的文化认知心理和动力系统，以及在对外来文化的接受中如何保持本土文化的纯洁性，如何组织和运用这些外来文化，并形成一套审美原则、话语表达方式和翻译机制等一系列问题。

三、本书的主要观点

（一）周作人文学翻译的语言观和翻译观在本质上属于五四新文化运动的宏大叙事范畴，本书重点关注文学翻译对五四白话文运动的推动作用，以及文学翻译对五四新文化运动的引导、补充和更正作用。同时，周作人文学翻译的语言观和翻译观又属于个体精神范畴，它从个体的生活史、生命史和记忆史中生发，将个体对世界、社会、生活的独特感受和特质性记忆灌注到文学翻译中，从而形成一种只属于自我的文学翻译。

（二）周作人的文学翻译是本土文化与西方文化的综合载体和衍生物。周作人的文学翻译是在某一时段特定的具体社会历史语境中产生的，与政治、经济和文化共同构成一个全方位、整体性结构。周作人的文学翻译与西方现代思想有着不可割裂的关系，"现代意义"也是一直横亘在周作人文学翻译中难以遮蔽的主线之一。但这并不意味着周作人的文学翻译只是西方现代性的统摄物，"本土性"和"本土意义"同样具有包容性和提升性，周作人通过文学翻译实现了"现代意义"与"本土性"的深度整合。

四、本书的研究方法

（一）本书以理论论析与资料整理相结合。对周作人的文学翻译研究既要有理论的提升、创新和建构，又要有第一手原始资料作为支撑，本书将学理逻辑引入对周作人文学翻译的文本分析之中，使理论与资料构成了一个完成的体系。

（二）本书采取了历史分析、关系分析、比较分析、个案分析四个分析路径。通过历史分析，在整体上探寻周作人文学翻译的历史起源、发展和演变，在整体上构建周作人文学翻译体系；通过关系分析，探求周作人文学翻译与日本、希腊文化之间的关系；通过比较分析，在横向与纵向两个层面透析周作人文学翻译的核心精神和本质特性；通过小说翻译文本、诗歌翻译文本的个案分析，深入周作人文学翻译精神这一抽象的文化集合内探寻周作人文学翻译的精神和特性。四个分析路径并不是单独运用的，而是相互融合、相互支撑的。

五、本书的学术创新

（一）以文本细读的方式对周作人的文学翻译进行深度阐释，从中提纯出一系列的文化符号，这些符号有地理风貌、服饰、语言、习俗、宗教仪式等，周作人文学翻译中的人物、社会和事件通过这些被赋予了特定文化意义的符号进行交流，并作为一种文化载体相互结合形成意义体系，表达自身的价值和意义，展现出独特的世界观、价值观和精神趋向。

（二）针对同一作家的同一文本，将周作人1920年代时的翻译与其他翻译家1980年代的翻译进行比较；并将周作人的文学翻译与同一历史阶段的鲁迅、巴金、茅盾等人的文学翻译进行比较，从中透视出周作人的文学翻译具有超越时代的特征，可以超越时间链条和空间逻辑，使历史在文学翻译中重建，并与现实形成相互指认的关系。因此，周作人的文学翻译在本质上是对人类历史实践活动的总体认知和规律总结，以及建立在此基础上对人类未来发展趋向的推断，并且在不断地循环、重复和推演。

（三）周作人文学翻译的文化精神是由中国传统文化、五四新文化和西方文化共同参与完成的。中国传统文化的历史变迁、五四新文化的繁复多样、西方文化的多元构成使周作人文学翻译的文化精神形态复杂多样，本书旨在厘清周作人文学翻译的文化精神，确认文化人格及其文学翻译产生的影响。

本书在认同日本文化与希腊文化对周作人文学翻译产生影响的基础上，将研究视阈集中在精神现象学上，考察周作人在面对日本文化和希腊文化时的独特的心性结构和精神体验，探讨周作人文学翻译发生的精神机制。

六、本书的学术价值

（一）本书解决了现有研究没有解决的一些问题，例如：周作人文学翻译观的历史根源、嬗变过程及其文化逻辑的问题；周作人文学翻译与其他五四文学翻译家之间的同一性和差异性，及其蕴含的时代原因和个体因素的问题；周作人文学翻译与五四文学创作之间的关系的问题等。

（二）从五四思想文化演变角度，探寻周作人文学翻译中蕴含的思想文化形态，透析五四思想文化形态演变与文学翻译之间的关联，提纯五四思想文化的精神困境和走向，对探寻现代中国思想史和文化史的发展具有一定的学术价值。同时，通过分析周作人文学翻译中的个体精神体验和生命感受，回答翻译家主体情感姿态以及叙述中隐藏的情感障碍，为现代知识分子精神演化轨迹提供学术参考。

（三）在全球一体化浪潮下，将外国的书籍译成汉语引进来，将我国的书籍译成外语传播出去，是借鉴他国文化和中国文化走出去的必由之路。鲁迅和周作人既是翻译的实践家，也是我国译学史上的翻译理论家。他们都主张原原本本地表达外国作品中的意思，不能因为雅而改变了原意，也不能完全顺从纯大众的口语而失去了文采，他们的翻译观在当时是正确而先进的。在对翻译的态度上，他们都主张尊重原文的秩序，不能随国人的喜好乱加删改。在他们看来，翻译的目的，不是取悦国人，而是传达异域文化的实质，而这实质，就与中国故有的传统大异其趣。所以，倘能原本地将异域的思想译出，对国人的思维习惯将有一种冲击，而这恰恰是他们所期盼的。

第一章　周作人文学翻译概观

　　周作人先后学过英文、古英文、日文、古日文、希腊文、古希腊文、俄文、世界语和梵文。他一生共翻译和介绍了154位作家的326种作品,分属22个国家。周作人的翻译主要集中在希腊文学、日本文学以及俄国和欧洲近现代文学三个方面。希腊文学的翻译以古希腊文学作品为主,若将1918—1923年翻译的蔼夫达利阿蒂思等人的"新希腊"文学作品和他从英文转译的英国人著的希腊文学作品,如劳斯的《希腊的神与英雄》、威格尔的《萨波传》等也计算在内,约有210万字;日本文学的翻译包括日本古典文学作品的翻译和日本近现代文学作品的翻译两部分,约有170万字,也以日本古典文学翻译的成绩最为突出。俄国及欧洲近现代文学作品的翻译有110万字左右。三类合计,周作人一生翻译的总量约为490万字,所涉国籍、作者之多,翻译总量之大都是现代翻译家中少有的。按钟叔河编辑的10卷本《周作人文类编》统计,周作人的创作共有620万字,从量化的角度考察,周作人的翻译和创作几乎是平分秋色的。

　　1904年,还在南京学堂求学的周作人得到了一本伦敦纽恩斯公司发行的英文插画本《天方夜谭》,他很喜欢,便翻译了其中的《阿里巴巴和四十大盗》,改名为《侠女奴》发表,这是周作人翻译生涯的开端。1966年5月31日,《平家物语》第七卷脱稿后,周作人最终放下了译笔,他的翻译生涯前后历时62年,可以说文学翻译贯穿了他的一生。

　　在"开眼看世界"的初期,周作人的思想还没有形成独立的体系,因此以译介他国作品为主;具备了自己的文学观和人生观后,周作人进入了创作的旺盛期,偶尔用翻译"曲折地言说";由于政治的原因,晚年的周作人已"不便言说",这时他再次进入了翻译的高产期,翻译了大量日本、希腊的古典文学作品,填补了这一领域的空白,是我国现代文学翻译史上的先驱。尤其值得一提的是在五四新文化运动时期,周作人及其同时代的文学革命主将,立志变革陈旧的文言文,通过译介外国文学作品,吸收外国文学作品中的新思想、新词汇和精密的语法,以期创造新的文学语言,为新思想找到新的载体。周作人认识到第一代翻译家严复、林琴南翻译的不足之处,提出了自己的翻译理论,并进行了60余年的翻译实践,形成了自己独特的翻译风格。周作人凭借自己深厚的古文功底和对译入语国家文化的深入了解,以优美的译笔沟通了中国读者与原作在时间和空间上的距离,为我国的翻译事业做出了杰出的贡献。

周作人的文学翻译从语言学的角度划分可以分为文言文体的翻译和白话文体的翻译两部分。其中文言文体的翻译集中在小说、寓言、童话等叙事性作品上,早期试笔时翻译了《侠女奴》和《玉虫缘》,后来有规模地翻译了《域外小说集》(与鲁迅合译)、《匈奴骑士录》《劲草》(10万字,未出版)等。白话文体的翻译可以分为小说、诗歌和戏剧三类,小说如《点滴》《现代小说译丛》《现代日本小说集》《迦尔询的梦》等,诗歌翻译了《石川啄木诗歌集》,还有一些诗歌收在《陀螺》中,翻译的戏剧主要是希腊拟曲和日本狂言。

周作人十分看重自己的翻译,认为翻译是他言说方式的一种,在《永日集》《艺术与生活》等几部自编文集中,周作人将译文与自己所作的文章合编,且将译文置于显要的位置。《〈永日集〉序》里,周作人阐明了他这样做的用心:

> 有五篇是翻译。有人或要不赞成,以为翻译不该与自作的文章收在一起。这句话自然言之成理。但我有一种偏见,文字本是由我经手,意思则是我所喜欢的,要想而想不到,欲说而说不出的东西,固然并不想霸占,觉得未始不可借用。正如大家引用所佩服的古人成句一样,我便来整章整节地引用罢了。这些译文我可以声明一句,在这集内是最值得读的文字,我现在只恨译得太少。①

引域外的火种,点燃自己的故土,照亮人们,周作人是想走一条"拿来主义"的路,借域外的思想、域外的文学,发展我国的新文学。翻译也是周作人的一种言说方式,有与写作互补的作用。"三·一八"惨案发生后,周作人发表了武者小路实笃的剧本《婴儿屠杀中的一小事件》的译文,并在译者附记中说:

> 三月十八日执政府大屠杀后,我心中感到一种说不出的郁抑,想起这篇东西,觉得有些地方,颇能替我表出一点心情……我译这篇的

---

① 周作人:《〈永日集〉序》,1929年2月15日作,署名岂明,收入《永日集》《苦雨斋序跋文》,见《周作人散文全集》第5卷,桂林:广西师范大学出版社2009年版,第544页。

意思,与其说是介绍武者小路君的著作,还不如说是我想请他替我说话。①

周作人早期、中期的译文、译序乃至跋文,无不在言说他的思想,而且,周作人的翻译往往比他的创作更早、更微妙地反映他文学态度、文学趣味的变化。1909 年,周作人与鲁迅合译了《域外小说集》,译介"被侮辱被压迫的"文学,驱逐了文学的游戏性,1918 年周作人发表了《论中国旧戏之应废》《人的文学》,1919 年又发表了《平民的文学》《思想革命》等文章,这些文章中"驱逐文学的游戏性"的观点与 10 年前译介《域外小说集》时的思路是如出一辙的,可见翻译走在了创作的前面,翻译对周作人早期文学观念的形成起到了奠基的作用。1920 年由北大出版部出版的译作《点滴》集中共收录了 21 篇小说,是周作人 1918 年 1 月至 1919 年 12 月间翻译的,作品依然是以尼采式的超人的启蒙姿态为基调的。1922 年,周作人宣布放弃"启蒙者"的立场,开辟"自己的园地",这一转变令许多人觉得突然。其实,早在 1920—1921 年周作人已经开始了古希腊神话、日本诗歌和日本狂言的翻译,将文学的游戏性又请了回来,开始了"自己的翻译"这块园地的耕作。1925 年翻译集《陀螺》出版,从《陀螺》选目我们可以感受到周作人对以往启蒙形象的弃绝,对个性主义文学的张扬。1928 年周作人将《点滴》更名为《空大鼓》由开明书店重新出版,将启蒙姿态换成了拥抱一切的姿态。透过翻译,我们可以清晰地追寻到周作人思想变化的轨迹,甚至比他的文章更为清晰、丰富和耐人寻味。

翻译在周作人的文学生涯中占据着重要的位置,他将翻译作为自己一生的事业认真地对待。日本狂言约有 300 种不同版本,周作人在翻译前,曾把不同的版本找来相互参照,并把自己认为最好的、最有趣味的拿来做自己翻译的底本,这种译前多方求证、择优选取底本的做法,足见周作人对翻译的重视程度。晚年他曾谈到了这段"择善而从"的经历:

> 狂言的翻译本是我愿意的一种工作,可是这回有一件事却于无意中做的对了,这也是高兴的事。我译狂言并不是只根据最通行的《狂言记》本,常找别派的大藏流或是鹭流的狂言来看,采用有趣味的来做底本,这回看见俄译本是依据《狂言记》的,便也照样的去找别本来翻

---

① 周作人:《〈婴儿屠杀中的一小事件〉译者附记》,收入《两条血痕》,开明书局 1927 年 10 月初版,第 113—114 页。

译，反正只要是这一篇就好了。近来见日本狂言研究专家古川久的话，乃知道这样的办是对的，在所著《狂言之世界》附录二《在外国的狂言》中说：

　　据市河三喜氏在《狂言之翻译》所说，除了日本人所做的书以外，欧译狂言的总数达到三十一篇，但这些全是以《狂言记》为本的。新加添的俄文译本，也是使用有朋堂文库和日本文学大系的，那么事情还是一样。只有中国译本参照《狂言全集》的大藏流，和《狂言二十番》的鹭流等不同的底本。

　　他这里所说的乃是《狂言十番》，我的这种译法始于一九二六年，全是为的择善而从，当时还并未知道《狂言记》本为不甚可靠也。①

周作人原本对日本的落语也抱有浓厚的兴趣，在东京时他曾专门去看过落语的演出。为了翻译落语，他曾多处搜集材料，搜集了六册约一百篇讲谈社的《落语全集》、今村信雄的《落语事典》、安藤鹤夫的《落语鉴赏》及《落语国绅士录》等。后来，周作人认为日本的落语与中国的读者隔膜太大，再加上内容中多有不健康的东西，放弃了落语的翻译，仅写了一篇《关于日本的落语》的文章向中国的读者进行普及意义上的介绍。他后来回忆说：

　　还有一种《日本落语选》，也是原来日本文学中选定中的书，叫我翻译的，我虽然愿意接受，但是因为译选为难，所以尚未能见诸事实。落语是一种民间口演的杂剧，就是中国的所谓相声，不过它只是一个人演出，也可以说是说笑话，不过平常说笑话大抵很短，而这个篇幅较长，需要十分钟的工夫，与说相声差不多。长篇的落语至近时才有记录，但是它的历史也是相当的悠久的，有值得介绍的价值。可是它的材料却太是不好办了，因为这里边所讲的不是我们所不大理解的便是不健康的生活。②

日本落语中最突出而精彩的是东京公娼所在地的吉原的"倡人"，就是俗语的窑姐儿的故事，还有就是专吃镶边酒的"帮闲"或者那些寿头码子的土财主的故事。周作人很喜欢《挑人》和《鱼干盏子》两篇，他"虽然考虑好久，却终于没有法子翻译。这一件事，因事实困难只好中止，在我却不

---

① 周作人：《我的工作六》，1962年9月22日作，署名周作人，收入《知堂回想录》，见《周作人散文全集》第13卷，桂林：广西师范大学出版社2009年版，第817—818页。

② 同上书，第816页。

能不说是一个遗憾了"①。1909年森鸥外在《性的生活》里有一段文章,说到过落语家表演的情形:"刚才饶舌着的说话人起来弯着腰,从高座的旁边下去了。随有第二个说话人交替着出来,先谦逊道:人是换了却也换不出好处来。又作破题道:爷们的消遣是玩玩窑姐儿,随后接着讲一个人带了不懂世故的青年,到吉原(公娼所在地)去玩的故事。这实在可以说是吉原入门的一篇讲义。我听着心里佩服,东京这里真是什么知识都可以抓到的那样便利的地方。"②

由于中日两国风俗的差异,周作人认为如果把日本吉原(公娼所在地)入门的讲义译出来,国人未必能理解,担心不能收到好的效果,尽管自己有兴趣,并且已经找到了大量翻译的底本,但最终还是放弃了翻译,也足见他的良苦用心。

周作人1930年3月从英文转译了《论居丧》,后来他又找到了这篇文章的希腊文原文,于是从希腊文原文出发,将该文重新翻译了一遍,文章题目翻译为《关于丧事》,收入《路吉阿诺斯对话集》中。《希腊神话》周作人也前后翻译过两遍,而且两次的译稿形式差异很大,上海人民出版社在2012年3月出版的《周作人译文全集》中将两次的译稿分别收入其中。另外,周作人还分别以白话文和文言文两种文体翻译了《炭画》,亦被分别收入《周作人译文全集》中。周作人对待翻译的态度可见一斑。1965年4月26日,他所做遗嘱云:"余今年已整八十岁,死无遗恨,姑留一言,以为身后治事之指针尔。死后即付火葬,或循例留骨灰,亦随即埋却。人死声消迹灭最是理想。余一生文字无足称道,唯暮年所译希腊对话是五十年来的心愿,识者当自知之。"③

周作人文学翻译的贡献得到了学界的一致认可。1922年,胡适在他的名文《五十年来中国之文学》里,认为1918年的文学革命,在建设方面,有两件事可记,一是"白话诗的试验",二是"欧洲新文学的提倡",后者以"周作人的成绩最好。他用的是直译的方法,严格的尽量保全原文的文法与口气。这种译法,近年来很有人仿效,是国语的欧化的一个起点"。④ 这

---

① 周作人:《我的工作六》,1962年9月22日作,署名周作人,收入《知堂回想录》,见《周作人散文全集》第13卷,桂林:广西师范大学出版社2009年版,第817—818页、第817页。
② 森鸥外:《性的生活》,转引自周作人《我的工作六》,见《周作人散文全集》第13卷,桂林:广西师范大学出版社2009年版,第816—817页。
③ 周作人:《遗嘱》,《周作人散文全集》第14卷,桂林:广西师范大学出版社2009年版,第320页。
④ 胡适:《五十年来中国之文学》,见《胡适文存》第二集,台北:远东图书公司1961年版,第250页。

无疑是对周作人翻译工作的高度评价。

对于《域外小说集》的翻译,钱玄同评价说:

> 周氏兄弟那时正译《域外小说集》,志在灌输俄罗斯波兰等国之崇高的人道主义,以药我国人卑劣、阴险、自私等等龌龊心理。他们的思想超卓,文章渊懿,取材谨严,翻译忠实,故造句选辞,十分矜慎;然犹不自满足,欲从先师了解古训,以期用字妥贴。①

后来,钱玄同与周作人有了更为密切的交往,对于周作人翻译的了解也更为深入,他高度评价周作人的翻译说:

> 周启明翻译外国小说,照原文直译,不敢稍以己意变更。他既不愿用那"达诣"的办法,借外国人学中国人说话的调子;尤不屑象那"清室举人"的办法,叫外国人都变成蒲松龄的不通徒弟,我以为他在中国近年的翻译界中,是开新纪元的。②

阿英在《晚清小说史》中将鲁迅和周作人看作现代翻译的开拓者。比较林纾和周氏兄弟二人的翻译,可以看出,林纾不懂英文,全凭他人口述,然后以己意推之,这样的翻译,不能见原作的风貌,原作的文章体式、语言风格全凭翻译者的自我感受,所得者,主要是原作的故事情节。周氏兄弟二人后来翻译西方作品时,由于可以读原文,他们有意识地采用直译的方法,在文章体式、语言风格上都尽力接近原作,表现出和以往翻译迥然不同的特点,是开纪元的。

古希腊文学翻译家罗念生对于周作人翻译的古希腊戏剧同样做出了肯定的评价:"我以为周的译文相当忠实,有自己的风格,在当时是标准的翻译。"③素来看重翻译的信度,甚至主张"宁信而不顺"的鲁迅难得赞扬别人的翻译,但他对周作人的翻译却完全信赖。一次,周作人将他的一部译稿交给商务印书馆,得知编辑正在校对,鲁迅问当时在商务印书馆工作的周建人,"莫非启孟的译稿,编辑还用得着校吗?"④

---

① 钱玄同:《我对于周豫才之追忆与略评》,见沈永宝编《钱玄同五四时期言论集》,上海:东方出版中心1998年版,第382页。
② 钱玄同:《关于新文学的三件要事》,见1919年12月《新青年》6卷6期。
③ 罗念生:《周启明译古希腊戏剧》,收入陈子善编《闲话周作人》,杭州:浙江文艺出版社1996年版,第253页。
④ 周建人:《鲁迅和周作人》,见陈子善编《闲话周作人》,第9页。

文洁若精通日语,1950年代末至1966年,一直担任周作人翻译的日本文学作品的编辑,她称周作人为"学者型的翻译家",以钦佩的口吻回忆道:

> 解放后周作人为人民文学出版社译的日本古典作品,从8世纪初的《古事记》、11世纪的女官清少纳言的随笔《枕草子》、13世纪的《平家物语》、14世纪的《日本狂言选》、18世纪的《浮世澡堂》和《浮世理发馆》,以至本世纪的《石川啄木诗歌集》,时间跨度一千多年。每一部作品,他译起来都挥洒自如,与原作不走样。最难能可贵的是,不论是哪个时代的作品,他都能从我国丰富的语汇中找到适当的字眼加以表达。这充分说明他中外文学造诣之深。①

《古事记》《枕草子》《平家物语》《日本狂言选》以及《浮世澡堂》《浮世理发馆》都堪称日本古典文学名著,深奥难懂,翻译的难度很大,治学谨严的文洁若将原文与译稿对读,从未找到过差错,她说:"周作人的译稿,我也总是搬出原文来核对,但这是为了学习,从未找到差错。遇到译得精彩处,还不禁拍案叫绝。"②

文洁若是一名长期接触日本文学的著名编辑,她自己曾翻译过日本文学作品《泉镜花小说选》,并与人合译了英语文学经典作品《尤利西斯》等,她的话大体是值得信赖的。周作人逝世后,文洁若缅怀说:"周作人对待外国文学翻译工作,态度谨严,仔细认真,是当作毕生事业来搞的。"③

周作人的文学翻译是开风气之先的。他和鲁迅是最初致力于"被侮辱被损害"文学翻译的翻译家,而周作人自己在古希腊文学翻译、日本古典以及近现代文学翻译等诸方面也都有开山之功。孙郁说:"看周氏兄弟的文章,观察其思想,应该懂得其翻译的历史,不看其译文,便对他们说三道四,终究是隔膜的。"④周作人对文学本质、文学的功利性和超功利性有自己深刻的体认,他的翻译理论和大量的翻译实践在我国的翻译史上有举足轻重的地位。从周作人的译作和他的序、跋、评介文字、文艺思想论著中,我们可以透视出他的文学理论和文学理想,探寻他人生观的发展变化历程。

---

① 文洁若:《晚年的周作人》,见陈子善编《闲话周作人》,杭州:浙江文艺出版社1996年版,第220页。
② 同上。
③ 同上。
④ 孙郁:《周作人和他的苦雨斋》,人民文学出版社2003年版,第202页。

第二章 周作人的语言观

一、探本寻源：五四白话语言变革的历史路径

五四白话文运动是中国语言发展的一个关节点，它既具有语言的历史性，同时也具有语言的当下性。晚清以白话报为主要阵营的白话文写作作为语文改革运动的一部分，在推动言文合一、扩大白话的使用范围方面，为五四新文学提供了语言基础。在白话文作为一种新的语言规则崛起的背后，蕴含了陈独秀、胡适、鲁迅、周作人等五四知识分子对中国语言的现代性所进行的一系列理论建构和想象表述。白话文作为文学书写工具和文学表述方式，经过五四新文学运动的捶打和磨砺，最终打倒了古文的权威，占据了正统地位。

五四新文化运动构建了现代中国关于现代性的一系列想象、规则和实践经验，作为五四新文化运动核心事件之一的白话文运动不仅颠覆了文言文的历史地位，确立了白话文的主流位置，更为重要的是生产了一种现代性的价值空间，对中国现代思想、学术、社会都产生了难以忽略和遮蔽的意义和影响。但五四白话文运动并非一蹴而就，而是经过了不断的演变和反复而形成的，晚清白话报的兴起和迅速发展，五四知识分子的集体理论构建，以及五四文人的白话文写作实践都为五四白话文运动提供了清晰可辨的语言源流。

（一）媒介语境与语言变革

在某种意义上，从晚清至五四这一段历史演进，可以被勘察为有关语言的更迭和交替史。在这段历史转型期中，长期占据中国语言中心和正统位置的文言与一直被压抑游寄于语言边缘位置的白话，实现了一种颠覆式的位置对调和语境置换。文言由中心位置跌落到底层，受到了批判和打压，而白话由边缘逐渐趋向中心，受到鼓吹和追捧，并成为一种具有现代性意味的语言。但是，这两种语言之间的转换并非仅仅是发生在语言内部的语言范式之间的单向度的互换和挪移，而是与社会发展趋势、时代精神走向、历史整体语境和主流意识形态有着极为密切的关联。尤其是晚清至民

初时期,白话报刊的大范围崛起,成为社会的主导媒介,使语言的使用语境、传播渠道、接受方式和受众群体发生了极大的改变,并成为语言变革的重要维度:一、促进了文言文向白话文的转变,使白话文成为一种社会通用语言;二、通过语言的转换对民众进行思想启蒙。

具体而言,清末的最后十年,出现了一个具有相当规模的"白话文运动",即晚清白话文运动。应该说晚清白话文运动是五四白话文运动的前驱,有了这前驱的白话文运动,五四白话文运动才有根据。当时中国人口大概有四万万,其中识字的不足五千万,在这五千万中可以阅读报纸的不满两千万,可以阅读文言文的就更少了。于是,1898年的戊戌变法失败后,资产阶级革命派为了扩大革命宣传,推翻清政府,掀起了办白话报高潮。清末最后十年,大约出现过140份白话报纸和杂志。

1897年11月7日,维新派第一份以"白话"命名的报纸《演义白话报》在上海创刊。1898年5月11日,裘廷梁和裘毓芳在无锡创办了《无锡白话报》,该报五期后更名为《中国官音白话报》,提倡变法和改良,影响极大。多数的晚清白话报都是资产阶级改良派为了实现"鼓民力、开民智、新民德"的变法目的创办的,因为用白话办报可以降低普通民众的阅读困难,使改良派的主张得到更广泛的传播。常州、安徽、绍兴等地都有白话报,杭州有《杭州白话报》;江西有《新白话报》;上海有《中国白话报》;连最偏僻的拉萨也在1907年创办了《西藏白话报》;日本东京出现过9种中国白话报刊。像《平湖州白话报》《通俗报》《女学报》《初学白话报》等都是当时著名的白话报纸。而天津的《大公报》、香港的《中国日报》也不时参用白话。白话报刊运用浅显的白话向民众传播启蒙思想,白话报刊的大量涌现,对于促进白话文的普及和发展做出了重大贡献。

而且,白话报还产生了更广泛、更深远的作用,即作为"开通民智""浚导文明"的利器。近代中国的改良和革命运动,在救亡图存的同时,更深远的归旨是对国家民族的改造,促进中国的现代化。所以,我们不能一味认定,创办白话报的工作,只属"狭隘的宣传工具"。1898年裘廷梁在《无锡白话报序》中指出:白话报可以"俾商者农者工者,及童塾子弟,力足以购报者,略能通知古今中外,及西政西学之足以利天下,为广开民智之助"①。

1899年,陈子褒在《论报章宜改用浅说》一文中说:"地球各国之衰旺

————————
① 裘廷梁:《无锡白话报序》,《无锡白话报》1898年5月11日。

强弱,恒以报纸之多少为准。民智之开民智之通塞,每根由此。"①而其时中国报纸"多用文言,此报纸不广大之根由"②。进而断言,"大抵今日变法,以开通民智为先,开民智莫如改文言"③。

刘师培也认为白话报是促进言文合一的有效途径,白话报的发展可以促进全国语言逐步统一。1904年,他发表了《论白话报与中国前途之关系》,指出:"欲统一全国语言,不能不对各省方言歧出之人;而悉进以官话。欲悉进以官话,不可无教科书,今即以白话报为教科书……以驯致全国语言之统一。……白话报者,文明普及之本也。白话推行既广,则中国文明之进行固可推矣。"④并说:"此皆白话之势力与中国文化相随而发达之证也。"⑤其他倡导白话报的人,莫不高标此意。

晚清白话报作为维新派启蒙民智和改良社会的工具,在晚清白话文运动中起到了至关重要的作用。但晚清白话文运动缺乏深厚的理论基础和明确的思想旨归,没有成为深刻的思想文化运动,因此没有最终完成近代文言文向白话文彻底转型的任务。但是,以晚清白话报为传播渠道的晚清白话文运动的奠基之功是不可否认的。

随着白话报刊力量的凸显和崛起,逐渐构建了一个以白话报刊为主导的传媒生态语境,白话报刊直接嵌入白话文语言变革过程中,为白话文在晚清时期的生成、确立和转换,以及发挥其思想启蒙工具的作用设置了一个"公共空间"。在白话报刊所构建的"公共空间"背后渗透了一种语言的现代性,也就是说,白话文在报刊中的语言主导地位和广泛应用,改变了报刊的受众群体和接受方式,把普通民众纳入到国家、民族和社会的发展中,普通民众能够真正地与社会发展互动,通过白话报刊接收现代性的思想,发表自己的舆论,打破由主流意识形态和精英知识分子所掌控的话语权和垄断地位,实现信息的自由生产和自由传播,形成真正现代意义上的"公共空间"。而这种情境形成的基础就是白话报刊的兴起,白话报刊在晚清时期的急速扩散为白话文的推广打通了一个无限扩展的通道,白话文语言变革正是通过白话报刊的"中介"而进入"正途",并不断地冲击和改变民众的思想,将公众纳入到一个巨大的语言空间内的。

更为重要的是,白话报刊不仅仅是白话文的传播载体、渠道和外在包

---

① 陈子褒:《论报章宜改用浅说》,《陈子褒先生教育遗议》,由门人编辑,1952年于广州刊行。
② 同上。
③ 同上。
④ 刘师培:《论白话报与中国前途之关系》,《警钟日报》1904年4月26日。
⑤ 同上。

装,它与白话文的语言本体意义也有着某种程度上的关联,对白话文的审美现代性构成起到了至关重要的作用。例如,晚清时期白话报刊所刊登的白话文在语言审美意义上依然存在着缺陷,但这些白话文所彰显出来的对于新国家、新民族和新社会的现代性想象,却从另一个向度上呈现出白话文本身的现代色彩。同时,在白话报刊的巨大影响下,社会的焦点也自然集中到白话文语言本身上,人们对于白话文本体的关注和探讨也达到一个前所未有的高度,对于五四时期的白话文运动起到示范性作用。

毋庸置疑,晚清时期白话报刊所构建的媒介语境,全面地、大规模地介入到白话文的生产中,使白话文的地位发生了巨大变革,加速了中国语言现代化的进程。

(二) 理论构建与身份认同

1887年黄遵宪率先提出了"言文合一"的主张:"文字者,语言之所从出也。虽然,语言有随地而异者焉,有随时而异者焉;而文字不能因时而增益,画地而施行。言有万变而文止一种,则语言与文字离矣。……盖语言与文字离,则通文者少;语言与文字合,则通文者多,其势然也。……余又乌知夫他日者不更变一文体为适用于今、通行于俗者乎?嗟夫!欲令天下之农工商贾妇女幼稚皆能通文字之用,其不得不于此求一简易之法哉!"①梁启超继承了黄遵宪的主张,提倡"诗界革命""文界革命""小说界革命",倡导"言文合一",但黄、梁二人都没有提出要"废弃古文",正式举起"崇白话废文言"大旗的是裘廷梁。1897年,裘廷梁在《苏报》上发表《论白话为维新之本》,指出:"有文字为智国,无文字为愚国;识字为智民,不识字为愚民,地球万国之所同也。独吾中国有文字而不得为智国,民识字而不得为智民,何哉?裘廷梁曰:此文言之为害矣。……呜呼!使古之君天下者,崇白话而废文言,则吾黄人聪明才力无他途以夺之,必务为有用之学,何至暗没如斯矣?"②此外,陈荣衮、王照、林獬、刘师培等人也是白话文的积极倡导者和晚清白话文运动的积极参与者。虽然晚清白话文运动没有取得成功,但他们的理论主张为五四白话文运动打下了基础。

然而,五四白话文运动的倡导者陈独秀、胡适、周作人却都否认这一点,极言五四时代开创了白话文学的先河。他们虽然不否认晚清白话的流行,但认为其目的在于"宣传革命"和"开启民智",与文学和语言无关,因

---

① 黄遵宪:《学术志二:文学》,《日本国志》第33卷,上海图书集成书局1898年版。
② 裘廷梁:《论白话为维新之本》,《清议报全编》第26卷。

而否认晚清白话文运动与五四白话文运动的联系。周作人说:"在这时候,曾有一种白话文字出现,如《白话报》《白话丛书》等,不过和现在的白话文不同,那不是白话文学,而只是因为想要变法,要使一般国民都认识些文字,看看报纸,对国家政治都可明了一点,所以认为用白话写文章可得到较大的效力。因此,我以为那时候的白话和现在的白话文有两点不同:第一,现在的白话文,是'话怎样说便怎样写',那时候却是由八股翻白话。……第二,是态度的不同——现在我们作文的态度是一元的,就是:无论对什么人,做什么事,无论是著书或随便的写一张字条儿,一律都用白话。而以前的态度则是二元的……在那时候,古文是为'老爷'用的,白话是为'听差'用的。总之,那时候的白话,是出自政治方面的需求,只是戊戌政变的馀波之一,和后来的白话文可说是没有多大关系的。"①

周作人这里主要强调的是,晚清白话文运动不是从文学上来立论的,其出发点和实质与五四时期是不同的。其实,即便从语言的角度考察,二者也是有联系的。晚清白话文运动的倡导者已经认识到语言文学改良本身的意义,并分析和说明过其中的缘由、利弊。他们认识到语言和文学是依循进化而发展、随时递变的。"文章是达意之器","文学与风气相消长,万国皆然"。但求"明白晓畅,务其达意","适用与否为标准"。因而语言文字无分雅俗,只分死活。"有所以为言者,今虽以白话代之,质干具存。"②进而指出,语言文字合一之必要,不能口手异说。尤有进者,觉察到中国方言众多,语言不统一之弊,而提出要统一全国语言,形成国语。至于国语完成的方法,乃有赖白话报的日益深入和普及。这一点与胡适后来在他主编的《竞业旬报》的《发刊辞》和《凡例》中主张的"国语大同""文言一致"颇有异曲同工之妙。

胡适是五四白话文运动的理论先锋,1917年1月他发表《文学改良刍议》,断言"白话文学之为中国文学之正宗,又为将来文学必用之利器"③。提倡白话文,反对文言文。1917年5月1日,胡适又提出"古人已造古人之文学,今人当造今人之文学""今日文学之正宗,当以白话文学为正宗"④,对白话文进行身份认同。陈独秀指出文言文:"既难传载新事新理,

---

① 周作人:《文学革命运动——中国新文学的源流(五)》,1932年3月31作,署名周作人,未收入自编文集,见《周作人散文全集》第6卷,广西师范大学出版社2009年版,第94—96页。
② 陈万雄:《五四新文化的源流》,北京:生活·读书·新知三联书店1997年版,第163—164页。
③ 胡适:《文学改良刍议》,《新青年》第2卷第5号,1917年1月1日。
④ 胡适:《历史的文学观念论》,《新青年》第3卷第3号,1917年5月1日。

且为腐毒思想之巢窟"①,并声明:"鄙意容纳异义,自由讨论,固为学术发达之原则;独至改良中国文学,当以白话为文学正宗之说,其是非甚明,必不容反对者有讨论之余地,必以吾辈所主张者为绝对之是,而不容他人之匡正也。"②对白话文的正统地位和身份进行了验证。1917年5月,刘半农在《新青年》第3卷第3号上发表《我之文学改良观》,从语言学、文体学、音韵学等方面给出了文学改良的具体办法。

为切实提高白话文唯我独尊的地位,胡适等人一方面强调"死文字决不能产出活文学",一方面又将"白话文学"正名为"国语文学"。胡适宣称:"我们所提倡的文学革命,只是要替中国创造出一种国语的文学。有了国语的文学,方才可有文学的国语。有了文学的国语,我们的国语才可算得真正国语。……中国若想有活文学,必须用白话,必须用国语,必须做国语的文学。"③白话之为"国语"的说法流行开来,有利于消除此前以"俗语""俚言"指称"白话"所包含的轻视。而且,白话不但"可以用来创造中国现在和将来的新文学,而且要用那'国语的文学'来做统一全民族的语言的唯一工具"④,其前途正可谓灿烂辉煌。胡适等人怀抱创造新文学的勇气,期望"尽量采用《水浒》《西游》《儒林外史》《红楼梦》的白话;有不合今日的用的,便不用他。有不够用的,便用今日的白话来补助;有不得不用文言的,便用文言来补助","努力去做白话的文学"。胡适相信,这样必能造成"中国将来的新文学用的白话",即"将来中国的标准国语"。⑤

然而改革不是一帆风顺的,胡适的提议遭到了封建复古势力林纾等人的极力反对。《文学改良刍议》发表后不久,林纾就写了《论古文之不该废》进行反驳,并写了文言小说《荆生》《妖梦》,鼓吹用武力将新文化运动镇压下去。林纾认为白话文鄙俚浅陋,如果用白话文做文章,"则凡京津之稗贩,均可用为教授矣"⑥,并说:"古文者,白话之根柢,无古文安有白话?"白话"万无能成之理,吾辈已老,不能为正其非,悠悠百年,自有能辩之者"。⑦

新文学阵营以《新青年》《每周评论》《新潮》等刊物为阵地,对林纾等

---

① 陈独秀:《答书》,《新青年》第4卷第4号"通讯"栏,1918年4月15日。
② 陈独秀:《答胡适之》,《中国新文学大系·建设理论集》,上海:良友图书印刷公司1935年版,第56页。
③ 胡适:《建设的文学革命论》,《新青年》第4卷第4号,1918年4月。
④ 胡适:《中国新文学大系·〈建设理论集〉导言》,上海:良友图书印刷公司1935年版。
⑤ 胡适:《建设的文学革命论》,《新青年》第4卷第4号,1918年4月。
⑥ 林纾:《致蔡元培书》,《中国新文学运动史资料》,上海:光明书局1934年版,第103页。
⑦ 林纾:《论古文白话之相消长》,原载1919年4月《文艺丛报》。

人的复古派言论进行了激烈的反驳。陈独秀发表了《关于北京大学的谣言》《林纾的留声机》,鲁迅发表了《现在的屠杀者》,蔡元培发表了《答林君琴南函》等文章批判复古派的言论。除了复古派以外,五四白话文运动还遭到了梅光迪、胡先骕、吴宓等学衡派代表人物的反对。这些反对的声音和论争并没能阻挡白话文的脚步,反而迅速扩大了白话文的影响,也许这正是五四白话文运动的倡导者们希望看到的景象,他们不怕与学界论争,担心的是被学界所漠视。

晚清作者虽给予白话文一席之地,却仅以之为启蒙大众的工具,因此,晚清白话文的使用和接受都是具有明显等级意识的。五四的民主思潮与平民化意识,取消了使用文言的语言特权;"白话为文学正宗"观念的确立,意味着"推翻向来的正统,重新建立中国文学史的正统"①,文言文的典则于是沦为"选学妖孽,桐城谬种"。② 白话文获得了理论上的支撑,得到了成为现代文学主要书写文体的身份认同。

从语言本质上而言,五四时期胡适等人所提出的白话文理论相对于以往的白话文理论是一种全新的语言理论和语言体系。对于中国古代白话而言,胡适等人的白话文理论在理论资源和思想指向上具有十分明显的西方语言理论痕迹,也就是说,在胡适等人的思想中,中国现代白话应该与中国古代白话和民间口语归属于不同的语言体系,一个是古代的、传统的语言体系,一个是现代的、西方的语言体系。五四时期的白话与古代白话和民间口语虽然同属于汉语这一文字系统,但却归属于不同的语言体系。正如李欧梵所言:"在'五四'文学中形成的'国语'是一种口语、欧化句法和古代典故的混合物。"③虽然这种表述仍然存在质疑,但这种表述的思想逻辑却是正确的,一方面指明了现代汉语的来源,另一方面将现代汉语和古代汉语放置在不同的语言体系中进行考量。如果从语言工具层面上勘察,五四时期的白话与古代白话没有实质性的差异,都是一种交流的工具和媒介。但如果从思想层面上勘察,就会发现二者之间存在着根本性的差异,五四时期的白话是在全盘否定传统文化,全力追寻西方文化的历史语境中产生的,虽然吸收了一些民间口语的成分,但它的语言趋向和思想指向明显转向了西方,西方语言中的一些概念、术语、范畴和话语范式,及其裹挟的西方现代思想被整体移植到五四时期的白话中,也正是在这一点上,五

---

① 胡适:《〈建设理论集〉导言》,《中国新文学大系》第一集,上海:良友图书印刷公司1935年版。
② 钱玄同:《致胡适之》,《新青年》第3卷第6号,1917年8月。
③ 〔美〕费正清:《剑桥中华民国史》上卷,北京:中国社会科学出版社1994年版,第528页。

四时期的白话理论彰显出现代意识。因此,从思想层面上而言,五四时期的白话理论为中国现代文化的现代化和中国现代文学的现代性奠定了坚实的理论基础。

(三)白话写作与地位确立

信奉"实验是真理的唯一试金石"的胡适曾发表《论短篇小说》《文学进化观念与戏剧改良》《谈新诗》等文章提倡新文学创作。他自己一方面积极从事白话诗、白话小说、白话戏剧的创作,一方面用白话翻译易卜生、莫泊桑、都德等人的作品。白话诗的诞生最能体现五四文学语言的革命实绩。胡适在1917年2月号《新青年》上发表了白话诗八首,其中最有名的是《蝴蝶》,被认为是我国第一首白话诗:"两个黄蝴蝶,双双飞上天。不知为什么,一个忽飞还。剩下那一个,孤单怪可怜。也无心上天,天上太孤单。"此后,刘半农、沈尹默等五四文人纷纷响应,群起写作,不断有新诗在《新青年》上发表,由占据制高点的文学研究者撰写的白话诗歌,顺理成章地进入了文学的殿堂。

周作人最早发表在《新青年》上的文章是《陀思妥夫斯奇之小说》(《新青年》第4卷第1号,此文于1917年9月交于钱玄同)。该文翻译了美国批评家写的陀思妥耶夫斯基小说的批评,内中有一些引用原文的话,引用小说的部分,是白话。(胡适1917年1月提出文学改良,提倡白话文。)这可以说是周作人最早翻译的白话评论文章,也是最早翻译的小说。因此,周作人《新青年》时期的文学活动以希腊"古诗今译"为开端,他首先以杰出的翻译家身份出现在五四文坛上不是偶然的。

1918年5月被称为第一篇现代小说的鲁迅的《狂人日记》在《新青年》上发表。此后,大量白话小说、白话散文、白话文学评论和白话译作借助《新青年》得以刊行。仅1918年5月至1921年8月,鲁迅就在《新青年》上发表了《阿Q正传》《孔乙己》《药》等50篇作品,另外,叶圣陶的白话小说《这也是一个人》、郭沫若的白话新诗《凤凰涅槃》等大批优秀的白话文学作品都是通过《新青年》问世的。20世纪20年代后创办的《语丝》《现代评论》《小说月报》等文学期刊刊载的也都是白话文学作品或文学评论。

白话文的创作实践证明了白话文理论的可行性,五四作家们通过试写证明白话"也带一点幽默和雍容;写法也有漂亮和缜密的,这是为了对于旧文学的示威,在表示旧文学之自以为特长者,白话文学也并非做不到"①。尽管五四白话文运动的倡导者们对白话文大加赞赏,但五四时期的白话文浅薄、贫乏、文法混乱却是不争的事实。五四白话文运动的成功,表面看来是由于文言文的僵死,事实上,是由于白话文在当时承担了将新思想最快最广泛地传播给更多的人的使命。文言只是少数知识分子所掌握和使用的工具,影响范围太小,不能满足尽快传播新思想的现实需求,而白话文却切合了"大家不能等""社会不能等"的时代精神,因此,五四白话文彻底取代了文言文。

《新青年》从1915年开始倡导思想革命,1917年开始的五四白话文运动使思想革命获得了传播工具。五四白话文运动建基于晚清白话文运动在量上的积累。而"新文体"大量输入的表现新思想、新事物的"新名词",则弥补了晚清白话文的不足,成为五四白话文学汲引的另一源泉。源远流长的明清白话小说(包括清末受西方与日本影响产生的"新小说"),也培育了五四文人的白话文素养。五四文人取三者之精华,将白话文、新名词与文学的美感合为一体,祛除了简陋、缺乏现代性、不长于论说等文言文体的短处,造就出傅斯年所谓"理想的白话文"即"欧化的白话文"。

白话文经历了从理论提倡到以白话报刊为标志的实践性发展,并最终通过五四文人的试写证明了其理论可行性的过程。晚清和五四的先觉知识分子,以社会的发展、民族的进步己任,站在启蒙的立场和语言进化的角度,论证言文合一的必要性和"抱着古文而死掉"还是"舍掉古文而生存"的问题,为我国国语的统一做出了重要贡献。

1920年1月,民国政府教育部承认白话为"国语",规定小学课本改用白话文教材,很快,中学的国语课本乃至大学的文学课本也大量收入新文学作品。1921年,全国教育会联合会新学制课程标准化起草委员会颁布了《中小学各科课程纲要》,将小学、初中和高中的国文科统一定名为国语科,明确规定国语课的教材和教学内容为白话文。至此,文言文正式寿终正寝,白话文以崭新的姿态登上历史舞台,真正具备了"文学正宗"的资格,开创了中国语言文学的新局面。

但我们需要将思考的靶心聚焦在五四白话文写作所呈现出来的独特精神现象上,从五四文学语言的白话现象中透析五四新文化运动的精神空间、灵魂深度和诗意表述,探寻五四白话文写作过程中展现出来的语言变革所具有的精神力量,进而考量五四白话文运动对于中国文学现代化所具

---

① 鲁迅:《小品文的危机》,《鲁迅全集》第4卷,北京:人民文学出版社1981年版,第576页。

有的重大意义。五四白话文写作对于白话语言的运用和欧化趋向,在实质上应该是具体历史情境中中国人的一种深刻的现代性精神体验。语言的白话与欧化是在中国社会特定转型期内,中国社会将西方语言作为西方现代思想的一种表征和符号移植到中国本土情境中,并通过文学运动的方式植入到中国人的精神世界中。文学语言的白话与欧化一方面是对传统文言落后性的批判和否定,另一方面是一种新的人生体验与文化体验,白话文运动打破了中国传统文学的封闭格局,激活了中国人沉寂的心灵体验,并将这种体验以白话文学的方式展现出来。同时,从文言文到白话文的转变也彰显出五四时期中国社会普遍的变革精神和现代转型观念,而这种精神和观念具有激进的先锋性和破坏性,以一种激进和决绝的姿态,断裂式地推进了中国文学的重大转变。

尽管如此,五四白话文运动所取得的实际历史功效却值得怀疑和警惕。虽然白话文主流地位的确立和文言文的逐渐消隐使中国传统文化逐渐断裂和瓦解,但实质上,五四新文化运动所提倡的自由、民主、科学、平等、人权等西方现代性思想、现代性体验和现代性规则却并没有随着白话文地位的确立而生成。五四白话文运动对文言文的全盘否定切断了中国传统文化进行现代性转化的语言通道,以绝对的二元对立思维形态构建起来的白话文对于新文化的建设和传播确实起到了重要的作用,但白话文的确立不是以思想文化的更新为起点、通过对西方现代文化的有效渗透和引进来推进文言文改革的,而是直接将文言文彻底否定和驱赶,以一种语言暴力的方式进行语言革命。也就是说,陈独秀、胡适等五四新文化运动先驱希望通过文言与白话的颠覆式转换完成传统文化与西方文化之间的更替与置换,但他们的目的并没有真正地实现。实质上,白话与文言的颠倒只是一种语言工具和表述方式的变更,中国传统文化的历史惰性和思维方式并没有随着文言的消隐而消失,白话文所裹挟的并不是真正的西方现代思想和现代文化,飘浮在白话文上的只是西方文化的一个表层和外壳,中国传统文化的深层价值系统并没有发生实质性的现代变革和完成深度现代化的改革。

从另一种视角而言,白话文作为五四新文化运动进行思想启蒙的语言工具实质上并没有完成自己的使命。具有西方现代意义的科学、真正的民主政治、人的自由解放、社会公平体系的建立等一系列现代性命题并没有植入中国人的精神思维和中国文化的价值观念中。虽然,对语言的变革牢牢占据了五四一代知识分子的意识中心,但他们并没有反思这种语言变革本身的价值取向、思维定势和实践方式中存在的内在缺陷和漏洞,而是一味地批判传统文化的劣根性和中国人的国民性,从而使自己的行为本身产生了虚妄和困顿。而从白话文的历史实践而言,五四新文化运动中的白话文写作激情并没有在中国作家写作中转变成一种常态,而是逐渐蜕变为一种矛盾和困境:一方面是必须依然将白话作为表明自己新文化传播者身份的语言认同,另一方面又明显地感知到白话文所带来的各种虚妄与局限,进而形成一种普遍性的语言焦虑,一种汉语主体性缺失的深层次焦虑。尤其是在文化全球化的当下语境中,中国作家忽然发现汉语无法寻找到自己的文化根基和历史渊源,汉语成为飘浮在纸上的僵死的符号,失去了文化母体的喂养,从而引发了汉语在世界语言体系被边缘化的危机,这不能不说是五四白话文运动的另一种面相。

二、周作人的语言观:语言即思想

在以往的文学史叙述中,我们习惯于用文学体裁和文学主题的变化体察中国文学的转型和发展,而忽略了现代语言在中国文学古今演变中的作用和价值,其实,语言的更新是文学发展的关键环节,中国现代文学最初是伴随着现代语言观念的建立、发展而逐步成熟的。在中国近现代文学史上,章太炎、王国维、吴宓、鲁迅、胡适、傅斯年、汪曾祺等人都具有语言本体论思想,而周作人的语言观也是其中不可或缺的一个。

五四时期,周作人是国语小组的成员,致力于国语改造。1922年,他写了题为《国语改造的意见》的文章,就"国语问题之解决""国语改造之必要"和"国语改造之方法"三个方面谈了自己的看法。周作人认为:因为当时白话文已经得到了大家的承认,因此国语问题已经解决了,只是大家对于国语有不同的理想。周作人的观点是:能充分表现思想的语言就是适用的语言。他说:"改变言语毕竟是不可能的事,国民要充分的表现自己的感情思想,终以自己的国语为最适宜的工具。……一民族之运用其国语以表现情思,不仅是文字上的便利,还有思想上的便利更为重要:我们不但以汉语说话作文,并且以汉语思想,所以便用这言语去发表这思想,较为自然而且充分。至于言语的职分本来在乎自然而且充分的表现思想,能够如此,就可以说是适用了。"①

但是,周作人却并不因此而赞成国语神圣,他很清楚国语只是国民利

---

① 周作人:《国语改造的意见》,1922年9月10日刊《东方杂志》第19卷第17号,署名周作人,未收入自编文集,见《周作人散文全集》第2卷,桂林:广西师范大学出版社2009年版,第753页。

用的工具,而不是崇拜的偶像。他尽管承认现在通用的汉语是国民适用的唯一的国语,但由于语言的责任重大,可以对国人的思想产生影响,因此有改造的必要。周作人认为,中国古人写古文,那是古代的国语,但是现在没有人说了。后来古人做的文章,不是从言语中出来,而是模仿更古的人的范本。这样,书面语言和人们的口语的距离越来越大,甚至有的人不能写通常的家信。以前的文言文,"思想自思想,文字自文字,写出来的时候中间须经过一道转译的手续,因此不能把想要说的话直捷的恰好的达出,这是文言的一个致命伤。文言因为不是活用着的言语,单靠古人的几篇作品做模范,所以成为一套印板似的格式,作文的人将思想去就文章,不能用文章去就思想"①。如果使用国语就不会出现思想和文字分离的情况,但是用什么样的国语呢?当时,有人主张以现代民间言语为主,有人主张以明清白话小说的文章为主,周作人认为,这两种主张虽然也有理由,却都不免稍偏于保守,太贪图容易了。二者都是国语的材料,而不是国语的标准。

周作人一一说明了其不足之处:明清的白话文章最大的缺点在于文体的单调,只重于叙事,也就是缺乏抒情和说理的文字。而现在人们要用白话来抒情说理,因此明清文章是不够的。周作人说:"大家都知道文章的形式与内容是极有关系的,韵文与散文的界限无论如何变换,抒情的诗与叙事的赋这两种性质总是很明显的,在外形上也就有这分别。明清小说专是叙事,即使在这一方面有了完全的成就,也还不能包括全体;我们于叙事以外还需要抒情与说理的文字,这便非是明清小说所能供给的了。其次,现代民间的言语当然是国语的基本,但也不能就此满足,必须更加以改造,才能适应现代的要求。"②现代国语的缺点:"乃是在于还未完善,还欠高深复杂,而并非过于高深复杂。我们对于国语的希望,是在他的能力范围内,尽量的使他化为高深复杂,足以表现一切高上精微的感情与思想,作艺术学问的工具,一方面再依这个标准去教,使最大多数的国民能够理解及运用这国语,作他们各自相当的事业。或者以为提倡国语乃是专在普及而不在提高,是准了现在大多数的民众智识的程度去定国语的形式的内容,正如光绪年间的所谓白话运动一样,那未免是大错了。那时的白话运动是主张知识阶级仍用古文,专以白话供给不懂古文的民众;现在的国语运动却主张国民全体都用国语,因为国语的作用并不限于供给民众以浅近的教训与知识,还要以此为建设文化之用,当然非求完备不可,不能因陋就简的即

---

① 周作人:《国语改造的意见》,1922 年 9 月 10 日刊《东方杂志》第 19 卷第 17 号,署名周作人,未收入自编文集,见《周作人散文全集》第 2 卷,桂林:广西师范大学出版社 2009 年版,第 754 页。
② 同上。

为满足了。"①

　　周作人论述的正是新文化运动的白话文运动和以往的白话文运动的不同之处。周作人不看轻民间的言语，也不以民间的语言为粗俗，但认为民间的语言言词贫弱，组织单纯，不能叙复杂的事实，抒微妙的情思，民间的歌谣虽有其特殊的价值，但缺点也仍是显著。他在题为《中国民歌的价值》的短文里论述道："久被蔑视的俗语，未经文艺上的运用，便缺乏细腻的表现力，以致变成那种幼稚的文体，而且将意思也连累了。……所以我要说明，中国情歌的坏处，大半由于文词的关系。"②民间的俗语，正如明清小说的白话一样，是现代国语的资料，是其分子而非全体。因此，周作人的观点是：现代国语须是合古今中外的分子融和而成的一种中国语。

　　周作人也提出了建设现代的国语的几个项目：

　　一、采纳古语。现在的普通语虽然暂时可以勉强应用，但实际上言词还是很感缺乏，非竭力地使之丰富起来不可。这个补充方法虽有数端，第一条便是采纳古语。中国白话中所缺的不是名词等，乃是形容词、助动词一类以及助词虚字，如寂寞、朦胧、蕴藉、幼稚等字都缺少适当的俗语，便应直截的采用；然而、至于、关于、况且、岂不、而且等字，平常在"斯文"人口里也已用惯，本来不成问题，此外"之"字替代"的"字以示区别，"者"替代作名词用的"的"字，"也"字用在注解里，都可以用的。总之只要是必要，而没有简单的复古的意义，便不妨尽量地用进去，即使因此在表面上国语与民间的俗语之距离愈益增加，也不足为意，因为目下求国语丰富适用是第一义，只要能够如此，日后国语教育普及，这个距离自然会缩短而至于无，补充的古语都化为通行的新熟语，更分不出区别来了。

　　二、采纳方言。有许多名物动作等言词，在普通白话中不完备而方言里独具者，应该一律收入，但也当以必要为限。

　　三、采纳新名词，及语法的严密化。周作人认为最重要的是这个，语法的严密化，也就是国语的欧化问题。如果没有语法严密化，那么前面的三项（古语、方言、新名词）也就等于零。"但是最重要的还是在于语法的严密化，因为没有这一个改革，那上边三层办法的效果还是极微，或者是直等于零的。"③

---

　　① 周作人：《国语改造的意见》，1922 年 9 月 10 日刊《东方杂志》第 19 卷第 17 号，署名周作人，未收入自编文集，见《周作人散文全集》第 2 卷，桂林：广西师范大学出版社 2009 年版，第 755 页。
　　② 周作人：《中国民歌的价值》，《歌谣》周刊第 6 号第 4 版，北大歌谣研究会，1923 年 1 月 21 日。
　　③ 周作人：《国语改造的意见》，1922 年 9 月 10 日刊《东方杂志》第 19 卷第 17 号，署名周作人，未收入自编文集，见《周作人散文全集》第 2 卷，桂林：广西师范大学出版社 2009 年版，第 757 页。

有人反对国语欧化,周作人说:"其实系统不同的言语本来决不能同化的,现在所谓欧化实际上不过是根据国语的性质,使语法组织趋于严密,意思益以明了而确切,适于实用。中国语没有语尾变化,有许多结构当然不能与曲折语系的欧文相同,但是根柢上的文法原则总是一样,没有东西之分。我们所主张者就是在这一点上。国语大体上颇有与英文相似之处,品词解说不很重要,其最要紧的事件却在词句之分析,审定各个的地位与相互的关系,这在阅读或写作时都是必要,否则只能笼统的得一个大意,没有深切显明的印象。"①

周作人理想的是:"在国语能力的范围内,以现代语为主,采纳古代的以及外国的分子,使他丰富柔软,能够表现大概感情思想。"②

关于国语改造实行的方法,周作人提出三点建议:一、从国语学家方面,编著完备的语法修辞学和字典。二、从文学家方面,独立开拓,使国语因文艺的运用而渐臻完善,足供语法字典的资料,且因此而国语的价值与势力也始能增重。此外文艺学术的研究评论之文,无论著译,亦于国语发达大有帮助,因为语法之应如何欧化,如何始适于表现这些高深的事理,都须经过试验才有标准,否则不曾知道此中甘苦,随意的赞成或反对,无一是处(无可否认,语言是在不断的试验中发展的,创作和译作都有助于语言的完善。这一点,周作人通过自己的翻译和创作实践,为优秀的国语写作提供了典范)。三、从教育家方面,实际的在中小学建立国语的基本。周作人提出:国语教育的目的是使学生人人能用国语自由地表现自己的意思,能懂普通古文,看古代的书。小学以国语为主,中学可以并进,不应偏于一面。以前的教国文是道德教育的一种变相,所教给学生的东西是纲常名分,不是语言文字,现在应当大加改变,认定国语教育只是国语教育,所教给学生的是怎样表现自己的和理解别人的意思,这是唯一的目的,其余的好处都是附属的。

最后,周作人总结道:"我对于国语的各方面问题的意见,是以'便利'为一切的根据。……为便利计,现在中国需要一种国语,尽他能力的范围内,容纳古今中外的分子,成为言词充足,语法精密的言文,可以应现代的实用。总之我们只求实际上的便利,一切的方法都从这一点出来,此外别

---

① 周作人:《国语改造的意见》,1922 年 9 月 10 日刊《东方杂志》第 19 卷第 17 号,署名周作人,未收入自编文集,见《周作人散文全集》第 2 卷,桂林:广西师范大学出版社 2009 年版,第 757—758 页。

② 同上书,第 758 页。

无什么理论的限制。"①

  周作人后来还对古文和白话进行了区分:他认为,"文学的重要目的是在表现自己的思想感情,各人的思想感情各自不同,自不得不用独特的文体与方法,曲折写出,使与其所蕴怀者近似,而古文则重在模拟,这便是文学的致命伤,尽够使作者的劳力归于空虚了"。而"白话文的生命是在独创,并不在他是活的或平民的,一传染上模拟病也就没了他的命了"。② 与古文相比,白话文更具活力,它是新思想、新气质的更好的载体。既然是载体,那么徒有文字,没有好的思想也是不行的。周作人说:

  但我想文学这事物本合文字与思想两者而成,表现思想的文字不良,固然足以阻碍文学的发达,若思想本质不良,徒有文字,也有什么用处呢?我们反对古文,大半原为他晦涩难解,养成国民笼统的心思,使得表现力与理解力都不发达,但别一方面,实又因为他内中的思想荒谬,于人有害的缘故。这宗儒道合成的不自然的思想,寄寓在古文中间,几千年来,根深蒂固,没有经过廓清,所以这荒谬的思想与晦涩的古文,几乎已融合为一,不能分离。我们随手翻开古文一看,大抵总有一种荒谬思想出现。便是现代的人做一篇古文,既然免不了用几个古典熟语,那种荒谬思想已经渗进了文字里面去了,自然也随处出现。譬如署年月,因为民国的名称不古,写作"春王正月"固然有宗社党气味,写作"己未孟春"又像遗老。如今废去古文,将这表现荒谬思想的专用器具撤去,也是一种有效的办法。但他们心里的思想,恐怕终于不能一时变过,将来老瘾发时,仍旧胡说乱道的写了出来,不过从前是用古文,此刻用了白话罢了。话虽容易懂了,思想却仍然荒谬,仍然有害。好比"君师主义"的人,穿上洋服,挂上维新的招牌,难道就能说实行民主政治?这单变文字不变思想的改革,也怎能算是文学革命的完全胜利呢?……中国人如不真是"洗心革面"的改悔,将旧有的荒谬思想弃去,无论用古文或白话文,都说不出好东西来。就是改学了德文或世界语,也未尝不可以拿来做"黑幕",讲忠孝节烈,发表他们的荒谬思想。倘若换汤不换药,单将白话换出古文,那便如上海书店的译《白话论语》,还不如不做的好。因为从前的荒谬思想,尚是寄寓

---

 ① 周作人:《国语改造的意见》,1922年9月10日刊《东方杂志》第19卷第17号,署名周作人,未收入自编文集,见《周作人散文全集》第2卷,桂林:广西师范大学出版社2009年版,第759—760页。

 ② 周作人:《艺术与生活·国语文学谈》,石家庄:河北教育出版社2002年版,第65页。

在晦涩的古文中间,看了中毒的人,还是少数,若变成白话,便通行更广,流毒无穷了。所以我说,文学革命上,文字改革是第一步,思想改革是第二步,却比第一步更为重要。我们不可对于文字一方面过于乐观了,闲却了这一面的重大问题。①

五四时期,白话文运动的大力倡导者,除了周作人以外,还有胡适和傅斯年,他们的语言观与周作人是一致的。傅斯年在《怎样做白话文》中谈道:"言语本为思想之利器……我们在这里制造白话文,同时负了长进国语的责任,更负了借思想改造语言,借语言改造思想的责任,我们又晓得思想依靠语言,犹之乎语言依靠思想,要运用精密深邃的思想,不得不先运用精密深邃的语言。"②傅斯年指出,没有独立于语言之外的思想或是独立于思想之外的语言,并将思想的问题集中于具体的语言分析活动,这样的语言观与西方近代语言学观念不谋而合。在《性命古训辨证》中,他提出"思想不能离语言,故思想必为语言所支配"③,强调语言与思想两者之间的密切关系已暗含了语言即思想、思想即语言的涵义。

胡适强调语言的工具性与建立国语的初衷有很大的关系。"国语的文学"与"文学的国语"——现代白话成了类似巴赫金所说的政治、文化意识形态"方言"。在逐渐成形的一元独白的时代语境里,这种"方言"构成了一种否定和批判的力量,起到颠覆主流正统文化的作用。白话文与革命、创新、进步等正面价值观获得了等价的关系,并成为此后几十年的主导话语。但是,当这些话语占据主流地位以后,周作人退隐了,他很少再发表这方面的文章。

周作人的语言观是逐步形成的。由于他和鲁迅少年时代接受的是私塾教育,他最初翻译作品时并未使用白话,而是用文言翻译的。

1905年,女子世界社出版周作人以"萍云女士"为笔名翻译的阿拉伯民间故事《侠女奴》(文言)。

1905年5月,翔鸾社出版周作人以"碧罗女士"为笔名翻译的爱伦坡原著小说《玉虫缘》(文言)。

1907年11月,上海商务印书馆出版周作人与鲁迅合译英国哈葛德、安

---

① 周作人:《思想革命》,1919年3月2日刊《每周评论》第11期,署名仲密,收入《谈虎集》,见《周作人散文全集》第2卷,桂林:广西师范大学出版社2009年版,第132—133页。
② 傅斯年:《怎样做白话文》,《新潮》第1卷,1919年1月第1号。
③ 傅斯年:《性命古训辨证》,刘梦溪编:《中国现代学术经典·傅斯年卷》,石家庄:河北教育出版社1996年版。

特路朗著小说《红星佚史》(文言)。

1908年9月,商务印书馆出版周作人翻译的匈牙利育诃摩耳著小说《匈奴奇士录》(文言)。

1909年3月和7月,东京神田印刷所分别出版了周作人、鲁迅纂译的英美法等国短篇小说集《域外小说集》的第一集和第二集(文言)。

1914年4月,北京文明书局出版周作人翻译的波兰显克微支著小说《炭画》(文言,1908年翻译)。

1927年8月,上海商务印书馆出版匈牙利育珂摩耳著中篇小说《黄蔷薇》(文言,1910年翻译)。

另外,1908—1910年前后,周作人还用文言翻译了俄国阿·托尔斯泰的历史小说《谢列勃里亚尼公爵》,英译本为《可怕的伊凡》,周作人从英译本译出,改名为《劲草》,一直没有出版。周作人在《谈翻译》一文中提到自己:"至民国六年为《新青年》译小说,始改用白话文。"[①]随着我国白话文运动的兴起和周作人语言观的形成,他开始尝试使用白话翻译作品。而且,尝试期里周作人的译作是半文言半白话的。典型的是1920年8月北京大学出版部出版、周作人翻译的俄国和波兰等国短篇小说集《点滴》,以及1922年5月上海商务印书馆出版,鲁迅、周作人、周建人合译的《现代小说译丛》。以后,随着时间的推移,周作人的翻译完全采用白话文,而且,文笔也越来越流畅、越来越成熟。可见,周作人的语言观影响着他的翻译实践。正是对语言的深刻体认和把握才使得周作人的翻译日渐成熟。

[①] 周作人:《谈翻译》,1944年2月5日作,署名周作人,收入《苦口甘口》,见《周作人散文全集》第9卷,桂林:广西师范大学出版社2009年版,第112页。

第三章 周作人的翻译观

周作人最初从事翻译的时代，翻译不以讹误、脱漏为鲜，不以删改原作、增添译者主张为病，翻译界是无序的、混乱的状态。在晚清以降的近现代文化语境中，翻译和创作的关系是十分复杂的，总体来说，译述不分是一个根本性的时代共识。

以晚清为例，严复翻译政治哲学类著作，林纾翻译小说，其路径却是殊途同归，以桐城派古文来翻译西方著作，后人评说他们替古文开拓了一块殖民地，翻译某种意义上成为他们自身的创作。周作人和鲁迅正是在这一风潮的影响下步入翻译界的，他们早期的翻译方法受到了严复和林纾的影响。周作人在《永日集》《艺术与生活》等几部自编文集中，都将译文和自己所作的文章合编，且将译文置于显要位置，其原因就是周作人认为翻译是他言说方式的一种。从表面看来，这与晚清的风气毫无二致；但若进一步分析，则能见出周作人与众不同的地方。晚清翻译无序、混乱的状态在五四新文化运动前后开始发生了变化，尤其是白话文运动开展后，翻译的专业化逐渐明朗；尤其是文学创作的实绩逐渐显示后，翻译和创作的分歧开始展现出来，译述的时代风气逐渐消退，甚至发生了关于翻译和创作谁更重要的争论。① 在这样的历史语境下，很多人具有了将翻译和创作区分开来的意识，比如鲁迅就将翻译和创作视为相互联系但又相互区隔的两个部分，文集中不收自己的译作。

现代作家中坚持把翻译视为自己创作一部分的，只有周作人一人。这点与周作人的散文写作也很相似，他那种读书札记的写作方式被称为"公抄文体"，尽管在他的散文里，偶尔也大段摘录自己的旧作，但更多的是将古今中外的文章包括翻译大段节录，而仅以很少的文字连缀，在他的很多文章中，引用的文字甚至远远超过他自己的文字，与今日的"学术规范"颇相冲突。从根底上来说，周作人在翻译和创作中彰显出的文学观是相同的，是对中国传统"杂文学观"的坚守。

---

① 郭沫若、郑振铎、鲁迅和茅盾等人参与了论争，参见王向远、陈言：《二十世纪中国文学翻译之争》，南昌：百花洲文艺出版社2006年版，第148—157页。

这里涉及何为"文学"的问题。在清代文人那里，对"文学"定义的分歧即已开始肇源。桐城派沿袭唐宋古文运动的主张，将文章与道术齐一，持整体性的文学观；阮元以"文笔说"针锋相对，认为只有沉思翰藻才能为文，实际上是主张狭义的"纯文学"。这一分歧到了晚清则发展为刘师培和章太炎的分歧，刘师培倡言纯文学，排斥杂文学，但章太炎则认为"文"乃是一切文字记录，除了一些实用性文体外，都可以称为文学。在西风东渐的过程之中，西方的社会分工思潮被引入到了中国，中国的文化学术也发生了裂变，文学在不知不觉中逐渐缩小了范围，开始了"现代化"。到五四前后，纯文学的观念逐渐确立起来了。但与五四同时代的许多作家不同，受教于章太炎的周氏兄弟或受章氏学说启发，或是自己的选择，仍然践行着杂文学观。

我们今天显然不可能再回到周作人所主张的那种"译述"状态，因为这与我们今天的学术生产机制、学术操作规范乃至学术道德格格不入，且从翻译现代化的角度来看，这种传统的"杂文学观"也与现代社会难以契合。但同时我们又不能用一个简单的"不规范"来对周作人的"译述"主张进行否定，而无视这一主张所连带出的问题，即翻译这一文化实践在整个文化中所占位置的问题。

从中国近代文学翻译的发生角度考量，文学翻译乃是一个不自觉的产物。在中国古代翻译史上，除汉唐译佛经外，宋元以后异域著作被译入华夏，主要是科技著作和传教士的一些宗教类书籍。鸦片一役丧地辱国后，师夷长技也是先从器物方面着手，编译局的设立主要是翻译科技类图书，严复的翻译虽有着高度的自觉，却是以政治哲学类著作为主。文学类著作为士人所重视，是梁启超东渡日本的产物，而首先兴起的乃是创作。在小说渐受追捧的同时，心灰意冷的林纾在友人的建议与帮助下开启了中国近现代文学翻译的大门。林纾翻译的动机和严复全然不同，却共同开启了一个新风潮。翻译在彼时的意义，显然不仅是单本书的传播，乃是新文明的输入。到了周氏兄弟，则变得更为直接明了，乃是向异域另寻新宗。翻译乃具有整体性的功能，这一点是我们理解周作人关于翻译问题一系列意见的关键所在，也是周氏兄弟区别于林纾等人的重要一点。对周作人而言，翻译是一种文化实践，是构成构想中的文化现代化的一部分，是文化启蒙、文化重构的关键环节之一。在现代中国王纲解纽、思想重构的时代中，翻译不仅是将"外文"译成"中文"的一个简单过程，周作人不仅关心翻译的起点（翻译什么），也关心翻译的终点（翻译成什么）和翻译路径（如何翻译），对这三者的同时把握，才能实现他的翻译目的。

1926年7月，周作人写了一篇题为《两个鬼》的文章，文章中说了这么一段话：

> 在我们的心头住着 Du Daimone,可以说是两个——鬼。……其一是绅士鬼,其二是流氓鬼。据王学的朋友说人是有什么良知的,教士说有灵魂,维持公理的学者们也说凭着良心,但我觉得似乎都没有这些,有的只是那两个鬼,在那里指挥我的一切言行。①

1945年11月，周作人又写下《两个鬼的文章》，回顾总结自己四十余年的文学创作：

> 在好些年前我做了一篇小文,说我的心中有两个鬼,一个是流氓鬼,一个是绅士鬼。这如说得好一点,也可以说叛徒与隐士,但也不必那么说,所以只说流氓与绅士就好了。……话虽如此,这样的两个段落也并不分得清,有时是综错间隔的,在个人固然有此不同的嗜好,在工作上也可以说是调剂作用,所以要指定那个时期专写闲适或正经文章,实在是不可能的事。②

有的研究者将"两个鬼"的说法引申到了周作人的文学创作乃至人生抉择中，虽然这些引申有"过度阐释"之嫌，但"两个鬼"的说法的确形象且生动地展示了一个现代作家矛盾且分裂的自我。周作人自我的内在悖论不独体现在他的文学创作中，也体现在他的文学翻译活动中。但是，如果将"两个鬼"理解为"历时性"的交替，实际上是悖逆周作人的原意的。周作人在不同时期对翻译的论述有很大变化，面对这些"悖论"，不能采取简单的线性描述，将周作人的翻译描绘成流氓鬼向绅士鬼的转变。

讨论周作人的"翻译观"，首先必须面对几个基本的问题。第一，周作人一生翻译实践虽多，但和同时代许多人一样，并不以翻译为"专业"，并不存在一个本体性的"翻译观"；第二，周作人关于翻译的论述虽多，但更多的是和当时的翻译界对话的结果，质言之，他的翻译观更多的是经验的总结而非理论形态的推演；第三，周作人关于翻译的论述的悖论是共时性

---

① 周作人:《两个鬼》,1926年8月9日刊《语丝》第91期,署名岂明,收入《谈虎集》,见《周作人散文全集》第4卷,桂林:广西师范大学出版社2009年版,第708页。
② 周作人:《两个鬼的文章》,1945年11月16日作,署名周作人,收入《过去的工作》,见《周作人散文全集》第9卷,桂林:广西师范大学出版社2009年版,第644—645页。

的存在,只是在不同的历史语境中,其展现方式不一。

基于以上三点,我们研究周作人的翻译观时,不应孤立地将周作人的零星表述扩大为周作人对于文学翻译的整体性把握,或者简单将周作人的翻译观理解为一个线性的变迁过程,而应将周作人的翻译观理解为一个矛盾性的存在。它既是两个鬼辩证矛盾的产物,也是内心含有"两个鬼"的周作人与外界相生相克的产物。周作人的翻译思想内在于中国现代文学史的发展脉络之中。在历史中产生的问题,只有在历史的总体语境中才能被理解。只有对周作人的翻译观加以整体性的考察,才能把握他博大而驳杂的文学翻译实践。

实际上,虽有"两个鬼"在内心斗争,但周作人仍是一个统一体。他关于翻译的看法,有道和器两个层面。道的层面就是对翻译这一实践的形而上的把握,是"常"的所在,这一点,用"译述"可以加以概括,当然,这是近代译界的通识,但贯彻得最彻底的则是周作人,甚至在现代文学翻译定规逐渐形成的时候,他依然不改初衷。而器的层面则是"变"的所在,这主要表现在:工作与兴趣的抉择、直译与意译的抉择两个方面。前者是翻译的出发点问题,而后者是翻译的路径问题。

一、翻译路径:直译与意译

(一) 直译的本相与文化的真相

1920年,周作人将他《新青年》时期的翻译结集为《点滴》出版,他在序文中提醒读者注意两点"特别的地方":"一,直译的文体;二,人道主义的精神。"①1925年的《〈陀螺〉序》再次申言"我的翻译向来用直译法……我现在还是相信直译法,因为我觉得没有更好的方法"②。这些基本上可以视为夫子自道。许多研究者接受了周作人的"自叙"并奉之为圭臬,以此概括周作人的全部翻译。其实,这种思路并不准确。其一,周作人对翻译的看法并不是系统的理论阐发,而更多的乃是生成于与同时代翻译界的对话,"直译"需要在与"意译"的矛盾关系中才能得到理解。其二,"直译"并不是一个内涵清晰的概念,只有"逐字译"才算"直译"吗?还是"逐句译"、

---

① 周作人:《〈点滴〉序》,1920年4月17日作,署名周作人,收入《苦雨斋序跋文》,见《周作人散文全集》第2卷,桂林:广西师范大学出版社2009年版,第234页。
② 周作人:《〈陀螺〉序》,1925年6月22日刊《语丝》第32期,署名周作人,收入《苦雨斋序跋文》,见《周作人散文全集》第4卷,桂林:广西师范大学出版社2009年版,第211页。

"逐段译"也可以算是"直译"呢?很难给出明确的界定。

　　清末民初的翻译家不以对原作删改为病。翻译家周桂笙1906年曾将"直译"作为一种不良的译书风气加以批评,认为直译"率尔操觚",其结果是"佶屈聱牙""令人难解"。① 这从另外一个层面折射出晚清翻译界"意译"观念的盛行。有人或许认为:由于当时外语人才稀缺,翻译水平不高,所以采用意译。其实这是误解。诚然,林纾不能阅读原文,仅靠友人口述,所以只能"达意"。但值得我们注意的是为什么林纾的译作能够风行于世呢?另一方面,留学英伦的严复,提出"译事三难,信、达、雅",将"信"放在第一位,并在译作的前面着力解释自己如何努力尝试"信",但他的译作在被接受的过程中,忠实性并未被时人接受。在晚清能够大放异彩的译文多是"雅"文和"达"文,当严复将西方哲人的著作翻译成古色古香的班马古文,漂亮的"桐城文章"时,当时的知识界激动不已。"并世译才数严林",时人称赞严复和林纾为"译才",实际是偏重于他们译文的"雅"上。五四前后人们对严、林的推崇也多侧重于文章层面,如陈子展说他们为古文延长了二三年的运命②,而胡适更是盛赞严林的翻译给古文开拓了殖民地③。正如一些研究者指出的那样,"时人推崇严、林译述,不仅仅在于其'新学'的内容,'译笔甚佳'、'文章雄伯'更是其广为传诵的重要原因"④。

　　"信达雅"的重要性被倒置为"雅达信",直译遭到病垢,意译成为时代的主潮。这在晚清的语境中不足为怪,因为译界风气的形成不仅和译者有关,同时也和读者有关,受整个时代的内在需求所左右。如果说鸦片之役提醒了国人学习西方列强的"长技",那么甲午之役则给中国知识界带来了更为深远的震动。除了思考路径从器物层面转向制度层面以外,更重要的是意识到了"译书之亟"。尤其是日本明治维新的成功似乎给了中国士人走捷径的启示。当时知识界所开出的药方不仅仅是译书,更重要的是要"多快好省",以期尽快输入西方文明,至于"信"或者"不信",在当时则并未引起足够的重视。1898年1月,康有为向光绪皇帝进呈了他所著的《日本变政考》,提出了直接从日文转译的主张,认为中日同文同种,日译本对原著已有改编,所以输入中国时容易被我们理解与吸收。在这本书的序文

---

　　① 王向远、陈言:《二十世纪中国文学翻译之争》,南昌:百花洲文艺出版社2006年版,第85页。
　　② 陈炳堃:《最近三十年中国文学史》,上海太平洋书店印行,1930年,第35页。
　　③ 胡适:《〈建设理论集〉导言》,《中国新文学大系》第一集,上海:良友图书印刷公司1935年版。
　　④ 吴微:《桐城文章的"别样风景"——以严复、林纾的翻译为中心》,《中国现代文学研究丛刊》2009年第2期,第17页。

中,康有为说:"彼与我同文,则转译辑其成书,比其译欧美之文,事一而功万矣。彼与我同俗,则考其变政之次第,鉴其行事之得失,去其弊误,取其精华,在一转移间,而欧美之新法、日本之良规,悉发现于我神州矣!"①这一主张事实上也被广为接受,与清政府派遣大量留学生赴日求学的思路如出一辙,西方的许多知识经由日本传入中国。这一思潮一直持续到20世纪30年代才发生了根本性的改变。

结合这些背景来看"意译",就会发现其所系带的乃是"中体西用"的现代化方案。一方面,士人体认到了异域知识的重要性;另一方面又抱着实用主义的态度,考虑到了中国读者的接受能力,将翻译视为"本土化"的过程。既然翻译的鹄的是直接作用于中国大众,那么其侧重点必然是读者的"接受"。而在一个文章兴盛的国度里,"言之无文,行而不远",所以"雅"和"达"显得十分重要。为达此目的,作品情节被删改、孱入译者见解的做法屡见不鲜。② 在这样的文化逻辑之中,"直译"由于未经过精细的"本土化"加工,被时人视为粗糙,也就是理所当然的事情了。

鲁迅和周作人刚开始从事外国文学翻译时,也并没有"直译"的意识。鲁迅早年曾将《月界旅行》和《地底旅行》译成章回本,每章完篇还有"要知以后情形,且待下回分解"之类的句子,可见并没有尊重原作,而是按中国人的习惯"意译"的。周作人翻译的《侠女奴》和《玉虫缘》也随意增删,小说《女猎人》"参译英星德夫人《南非搏狮记》,而大半组以己意"③,而《孤儿记》据周作人自己说乃是"系据雨果小说摘译改写"④而成的。

当时的中国翻译界,林纾的影响很大,可以说"林译"开了中国翻译史的先河。周作人曾经说:

> 老实说,我们几乎都因了林译才知道有外国有小说,引起一点对于外国文学的兴味,我个人还曾经很模仿过他的译文。他所译的百余种小说中当然玉石混淆,有许多是无价值的作品,但世界名著实也不少:达孚的《鲁滨孙漂流记》,司各得的《劫后英雄略》,迭更司的《块肉

---

① 康有为:《〈日本变政考〉序》,北京:中国人民大学出版社2011年版。
② 如陈独秀、苏曼殊将雨果《悲惨世界》译为《惨世界》,对基本情节改动极大,而马君武译穆勒《论自由》时多处将自己的看法添加到正文中。
③ 周作人:《〈女猎人〉约言》,初刊1905年1月15日《女子世界》第2卷第1号,署会稽萍云女士假做,未收入自编文集,见《周作人散文全集》第1卷,桂林:广西师范大学出版社2009年版,第26页。
④ 周作人:《〈孤儿记〉缘起》,1906年3月作,署名平云,未收入自编文集,见《周作人散文全集》第1卷,桂林:广西师范大学出版社2009年版,第45页。

馀生述》等,小仲马的《茶花女》,圣彼得(St. Pierre)的《离恨天》,都是英法的名作,此外欧文的《拊掌录》,斯威夫德的《海外轩渠录》,以及西万提司的《魔侠传》,虽然译的不好,也是古今有名的原本,由林先生的介绍才入中国。"文学革命"以后,人人都有了骂林先生的权利,但有没有人像他那样的尽力于介绍外国文学,译过几本世界的名著?中国现在连人力车夫都说英文,专门的英语家也是车载斗量,在社会上出尽风头,——但是英国文学的杰作呢?除了林先生的几本古文译本以外可有些什么!就是那德配天地的莎士比亚,也何尝动手,只有田寿昌先生的一二种新译以及林先生的一本古怪的《亨利第四》。我们回想头脑陈旧,文笔古怪,又是不懂原文的林先生,在过去二十几年中竟译出了好好丑丑这百馀种小说,回头一看我们趾高气扬而懒惰的青年,真正惭愧煞人。林先生不懂什么文学和主义,只是他这种忠于他的工作的精神,终是我们的师,这个我不惜承认,虽然有时也有爱真理过于爱吾师的时候。①

这段话透露出两层意思:其一,林纾的翻译是他的"师",所谓承继是也;其二,他"有时也有爱真理过于爱吾师的时候",即对"意译"有所反拨,其"求信"的意图非常明显。毋庸讳言,周作人早期的文学翻译虽然和林纾相比,情节上更忠实于原文,但并非真正的"直译",在"文体"上仍是采用中国的章回体去翻译西方的小说,因此和林纾的翻译属同一范畴。② 但在不断的实践中,鲁周二人开始对林译产生了不满,周作人后来回忆说:"我们对于林译小说有那么的热心……但这也只以早期的林译本为限……随后更是译得随便,便不足观了。斯威夫特的《格列佛游记》与伊尔文的《见闻杂记》,本是好书,却被译得不成样子,到了塞万提斯的《堂吉诃德传》,改名为《魔侠传》,错译乱译,坏到极点了……到了民国以后,对于林琴南的译本鲁迅是完全断绝关系了。"③

"错译乱译",乃是他们告别林译的根本原因。在晚清翻译浪潮的影响下,鲁迅、周作人皆有作译不甚分明、随意转换的一段时期。但他们在日本东京的时候,发现林琴南的译文虽然很美,误译却很多,为了纠正对原作

---

① 周作人:《林琴南与罗振玉》,1924年12月1日刊《语丝》第3期,署名开明,未收入自编文集,见《周作人散文全集》第3卷,桂林:广西师范大学出版社2009年版,第524—525页。
② 张丽华:《晚清小说译介中的文类选择——兼论周氏兄弟的早期译作》,《中国现代文学研究丛刊》2009年第2期,第40页。
③ 周作人:《鲁迅与清末文坛》,《鲁迅的青年时代》,石家庄:河北教育出版社2002年版,第74—75页。

随意增改的时代风气,他们才有《域外小说集》的翻译之举。这次他们告别了损益由己的翻译方法,改为绝对忠于原作的直译法,这在晚清译界是一种叛逆精神,是对泛滥成灾的意译法的反动。"叛逆精神"实为鲁周二人所共有,只是表现方式不同,鲁迅为刚,周作人为韧。此后兄弟二人又合译了《现代日本小说集》。从这个意义上而言,"直译"与其说是理论上的创新,倒不如说是改变了对"直译"和"意译"关系的看法。"直译"较之"意译",除了追求意义上的"准确"外,还有更为深远的旨归。1918年4月19日,周作人在北京大学文科研究所发表了题为《日本近30年小说之发达》的讲演。除概括介绍了日本小说发展的历史外,他反复强调一点:"中国讲新小说也二十多年了,算起来却毫无成绩,"其原因是"不肯模仿不会模仿":"(中国译者)所以译这本书者,便因为他有我的长处,因为他像我的缘故。所以司各得小说之可译可读者,就因为他像《史》《汉》的缘故,正与将赫胥黎《天演论》比周秦诸子,同一道理。大家都存着这样一个心思,所以凡事都改革不完成。不肯自己去学人,只愿别人来像我。即使勉强去学,也仍是打定老主意,以'中学为体,西学为用。'……我们要想救这弊病,须得摆脱历史的因袭思想,真心的先去模仿别人。随后自能从模仿中蜕化出独创的文学来,日本就是个榜样。"①

这一时期鲁周二人的翻译主张大体相同,他们所不满意的不独是林琴南,甚至也不仅是严复,其矛头指向的是整个晚清的意译思潮以及这种翻译路径背后所牵涉的整个现代化方案。归根结底,"意译"之所以风行乃是"像"在作怪,即传统文化在翻译过程中的巨大召唤功能,使一切的异域色调都在传统的底板上获得一个稳定的秩序,通过"软着陆"从而将异域来的冲击化解到最小。直译显然是另外一种思路,即只有首先意识到中外文化的"不像",然后翻译才会有效,才能鼓励"模仿"并由此引导古代中国向现代"蜕化"。

(二)直译的思维模态与人的精神构建

鲁迅和周作人否定了他们的前辈——梁启超、林纾等人"中学为体、西学为用"的翻译思想,有归旨、有计划地大量翻译和介绍外国著作,吸收外国文化精华并以此推动中国现代思想革命、文学革命和语言革命。

正如周作人自己所陈,在五四时期,他较为看重"直译",而这正是他

---

① 周作人:《日本近三十年小说之发达》,《艺术与生活》,石家庄:河北教育出版社2002年版,第147—148页。

一生中"流氓鬼"最为风光的时候,一方面张扬人的文学,一方面推广"直译的文体"。"自从严几道发表宣言以来,信达雅三者为译书不刊的典则,至今悬之国门,无人能损益一字,其权威是已经确定的了。但仔细加以分析,达雅重在本国文方面,信则是与外国文有密切关系的。必须先将原来的文字与意思把握住了,再找适合的本国话来传达出来,正当的翻译的分数似应这样的打法,即是信五分,达三分,雅二分。假如真是为书而翻译,则信达最为重要,自然最好用白话文,可以委曲也很辛苦的传达本来的意味……我们于一九零九年译出《域外小说集》二卷,其方法即是如此,其后又译了《炭画》与《黄蔷薇》,都在辛亥以前,至民国六年为《新青年》译小说,始改用白话文。文言译书不很费力而容易讨好,所以于译者有利,称曰为自己而翻译,即为此故。不过若是因为译者喜欢这本原书,心想介绍给大家去看,那么这是为译书而翻译了,虽然用文言译最有利益,而于读者究不方便,只好用白话文译去,亦正是不得已也。至于说到外国文这一边,那就没有几句话即可说了。我想在原则上是最好是直接译,即是根据原书原文译出,除特别的例外在外,不从第二国语重译为是。"①

这种为"直译"张本的做法很快就受到了质疑,有读者致信《新青年》,认为直译的结果是"不中不西",而这正是周铁笙 1906 年的老调重弹。对此,周作人进行回答并提出了"逐句译"的主张:"我以为此后译本……当竭力保存原作的'风气习惯,语言条理';最好是逐字译,不得已也应逐句译,宁可'中不像中,西不像西',不必改头换面。……但我毫无才力,所以成绩不良,至于方法,却是最为正当。"②

1917 年 11 月《新青年》4 卷 2 号上,发表了周作人翻译古希腊作家的牧歌第十,这是周作人第一次用白话翻译。《古诗今译》有一篇题记,周作人说,《古诗今译》和题记都由鲁迅修改过,题记中鲁周二人提出了自己的翻译观,这段话后来在《点滴》的序中又出现过:

什法师说,翻译如嚼饭哺人,原是不差,真要译得好,只有不译。若译他时,总有两件缺点;——但我说,这却正是翻译的要素:一,不及原本,因为已经译成中国语。如果还要同原文一样好,除非请谛阿克

---

① 周作人:《谈翻译》,1944 年 2 月 5 日作,署名周作人,收入《苦口甘口》,见《周作人散文全集》第 9 卷,桂林:广西师范大学出版社 2009 年版,第 111—113 页。
② 周作人:《文学改良与孔教——答张寿朋》,1918 年 12 月 15 日刊《新青年》第 5 卷第 6 号,署名周作人,未收入自编文集,见《周作人散文全集》第 2 卷,桂林:广西师范大学出版社 2009 年版,第 78 页。

利多斯(Theokritos)学了中国语,自己来作。二,不象汉文,——有声调好读的文章,因为原是外国著作。如果同汉文一般样式,那就是随意乱改的胡涂文,算不了真翻译。①

这是周作人对于翻译的比较成熟的观点。五四时期,周作人初用白话翻译作品。其原因,一方面是介绍新知,启蒙民众;另一方面是引入新的文法,期望产生新的文体。他试图通过翻译,输入与中国传统异质的新的思维方式与新的语法、词汇,以弥补中国思维、语言不精密的不足,这一点是和其他翻译家,如前代的林纾、严复以及同时代的胡适等不同的。

周作人在为《点滴》(收入 1918 年 1 月至 1919 年 12 月间翻译的小说)作的序中,将此书也即他自己这一时期的翻译工作的特点归结为"直译的文体"和"人道主义的精神",诚然,一个固定的模型底下的统一是不可能的,周作人具有开放的视野,提倡"多面多样的人道主义的文学",认为这才是"真正的理想的文学"。因此,周作人对于作品的选择,是不拘一格的,译了人生观绝不相同的梭罗古勃与库普林,又译了对于女子解放问题与易卜生看法不同的斯忒林培格。这表现了五四那个时代及周作人个人开放的眼光与宽容的心态。

另外,周作人提倡直译的翻译方法,强调语言和思维的关系,注重引进新的文法和思维方式。这一点,他与鲁迅的观点一脉相承。鲁迅后来回忆前期对于翻译方法的革新时举例说:"最好懂的自然是《天演论》,桐城气息十足,连字的平仄也都留心,摇头晃脑的读起来,真是音调铿锵,使人不自觉其头晕。"②

鲁迅也主张翻译在于求真求实,也就是对于原著的忠实可信:"说到翻译文艺,倘以甲类读者为对象,我是也主张直译的。我自己的译法,是譬如'山背后太阳落下去了',虽然不顺,也决不改作'日落山阴',因为原意以山为主,改了就变成太阳为主了。虽然创作,我以为作者也得加以这样的区别。一面尽量的输入,一面尽量的消化,吸收,可用的传下去了,渣滓就听他剩落在过去里。所以现在容忍'多少的不顺',倒并不能算'防守',其实也还是一种的'进攻'。在现在民众口头上的话,那不错,都是'顺'的,但为民众口头上的话搜集来的话胚,其实也还是要顺的,因此我也是主张

---

① 周作人:《〈点滴〉序》,1920 年 4 月 17 日作,署名周作人,收入《苦雨斋序跋文》,见《周作人散文全集》第 2 卷,桂林:广西师范大学出版社 2009 年版,第 235 页。
② 鲁迅:《二心集·关于翻译的通信》,《鲁迅全集》第 4 卷,北京:人民文学出版社 1981 年版,第 381 页。

容忍'不顺'的一个。"①

由于鲁迅自己经常从事翻译工作,因此他对翻译上的诸多困难有深刻的体会:由于译者的能力不足和汉语本来的缺点,在译文中,晦涩,甚而至于难解之处很多;但若是将各句拆开来翻译,又会失去原文精悍的语气。鲁迅无奈地说:"在我,是除了还是这样的硬译之外,只有'束手'这一条路——就是所谓'没有出路'——了,所余的唯一的希望,只在读者还肯硬着头皮看下去而已。"②

鲁迅还以自己的译本《苦闷的象征》举例说明什么是所谓的"硬译",鲁迅当时也是按板规逐句,甚而至于逐字译的。他当然希望中国有更好的翻译,他策略地认为在更好的翻译到来之前,为不失原作原意而下苦功夫的"硬译"也是可以存在的,这颇符合他的一贯思想,既然没有新的先进武器,只能暂时使用笨拙的毛瑟枪了。在翻译上鲁迅还认为,根据具体情况有些作品可以重译。1930年代鲁迅写了多篇有关翻译问题的文章,涉及了翻译的方方面面,在我国译学理论史上具有十分重要的意义,许多观点在今天看来仍然具有相当的指导作用。

(三) 在直译与意译之间

周作人的认识展现了直译的内在逻辑,即不仅要移入知识本身,而且还要通过翻译重构语言、重构思维,最终完成人——国民性的重构。而直译的前提就是承认中外文化差异的巨大存在,但拒绝加以掩盖,甚至拒绝化合,这里潜藏的是激进但又深刻的交往理性:只有深刻地意识到不同,交往才会彰显出意义。异域的东西进入中国,只有保有其本色,才能凸显出其移入的意义。但如果加以深究的话,这里潜在的问题就是译者的位置问题。周作人此时显然没意识到,如果译作仍然保有原作的底色,那么它又如何能成为译者的一部分呢?

我们不能将周作人的翻译统称为"直译"。实际上,"直译"对周作人而言,理念要大于行动,这一点,与鲁迅有很大的不同。同样主张直译,鲁迅是彻底的践行者,强调翻译是"盗火"的工作,与创作完全不同,异域的就是异域的,没必要本土化,鲁迅不看重"顺",认为如果要顺,不如去创作。在鲁迅看来,翻译和创作是文学的两极,虽互有关涉,但不能混淆,而

---

① 鲁迅:《二心集·关于翻译的通信》,《鲁迅全集》第4卷,北京:人民文学出版社1981年版,第383页。
② 鲁迅:《〈文艺与批评〉译者附记》,《鲁迅全集》第10卷,北京:人民文学出版社1981年版,第299页。

周作人后来则对"直译"进行了很多修正。正如他提出"人的文学"和"把文学当消闲的时代已经过去了"后不久即提出"自己的园地"加以修正一样,他在提出"直译"主张后,很快就进行了修正:"我的翻译向来用直译法……但是直译也有条件,便是必须达意,尽汉语的能力所及的范围内,保存原文的风格,表现原语的意义,换一句话就是信与达。近来似乎不免有人误会了直译的意思,以为只要一字一字地将原文换成汉语,就是直译,譬如英文的'Lying on his back'一句,不译作'仰卧着'而译为'卧着在他的背上',那便是欲求信而反不雅了。据我的意见,'仰卧着'是直译,也可以说即意译;将它略去不译,或译作'坦腹高卧'以至'卧北窗下自以为羲皇上人'是胡译;'卧着在他的背上'这一派乃是死译了。"①

这篇《〈陀螺〉序》值得我们注意,虽然自称"直译",但却对"直译"加了界定并明确否定"一字一字地将原文换成汉语,就是直译"。细心的读者会发现,前引他 1918 年的主张不正是说"当竭力保存原作的风气习惯,语言条理;最好是逐字译,不得已也应逐句译"吗?周作人这里攻击的"有人",实际上正是几年前的自己,这一前后矛盾的说法恰好说明了他此后所言的"直译"已非一般意义上的"直译",起码与鲁迅的"直译"大异其趣。

周作人 1944 年写《谈翻译》时,将这种"异趣"凸显得尤为清晰,他将翻译分为"为自己翻译"与"为别人翻译",而他所真正心仪的乃是"为自己而翻译"。

实际上,对严复"信达雅"三原则的理解,周作人和鲁迅所关注的重点不同,鲁迅侧重"信",而周作人侧重"雅",他的翻译主张与实践都表明,尽管他也一度鼓吹"直译",但他所认为的理想状态依然是"意译"。从这个意义上来说,他又回归到了他五四时期所批判的严、林辈的主张上去了,即把翻译理解为一个中外文化的化合过程,既能传达出作者的原意,又能与既有的文化化合。而这"化合",实际上乃是"意译"的衍变,就这个层面而言,周作人的翻译路径具有很大的"意译"色彩。周作人的文学翻译不仅早期受到了严、林影响,终其一生,他的译学主张都未能走出严、林的影响。因此,也就不难理解为什么他建国后会对苏联式的翻译方法盛加推崇了:"有人听苏联友人说他们译书的办法,无论汉文俄译还是俄文汉译,都用集体翻译法,即是最初由甲照原文一一直译,其次由乙来把译文整理通顺,再

---

① 周作人:《〈陀螺〉序》,1925 年 6 月 22 日刊《语丝》第 32 期,署名周作人,收入《苦雨斋序跋文》,见《周作人散文全集》第 4 卷,桂林:广西师范大学出版社 2009 年版,第 211—212 页。

加修饰,后来由专家校定,作为定本。这个译法的确有好些好处,第一步求信,其后求达与雅,竭几个人的力量,各尽其所长,比一个人来担任自然要好得多了。……从前林琴南与人合译的小说,成绩颇好,可是毛病在于译文一任林氏,口译的人不加覆校,也不参加意见,由他一人去胡搞,成为林氏文集。"①

周作人虽曾是"直译"最有力的主张者,但对"直译"信有余而雅不足的特点深感遗憾,念念难忘"意译"的雅致。因此,虽然并未明言要复归"意译",但他实际上已经偏离了与鲁迅共同主张的"直译"路径,或者说并没有像鲁迅那样彻底地践行"直译",而是一直竭力寻求"直译"与"意译"的平衡。

二、翻译方法:调和古今、融会中西

(一) 翻译理论

周作人一生追求"调和",这一点也体现在他的译学理论上。在翻译上他不极端,一直做着兼顾古今、融汇中西方文化的努力。1951 年 6 月 15 日《翻译通报》第 2 卷第 6 期上,周作人发表了《翻译四题》,谈了"直接译与间接译""直译与意译""古文与白话"和"韵文与散文"四个问题。在对待"古文与白话"问题的看法上体现了周作人调和白话文与古文的理想。他认为:如果是为出书而翻译,则信、达最为重要,自然须得用白话文,只是似乎总缺少点雅。虽然白话文也自行其雅,但一般不当它为雅,反以为是俗。如果是为自己而翻译,那么雅便是特别要紧,并且只有用文言才能极容易地达到。周作人提倡的翻译方法是:"先将原文看过一遍,记清内中的意思,随将原本搁起,拆碎其意思,另找相应的汉文一一配合,原文一字可以写作六七字,原文半句也无妨变成一二字,上下前后随意安置,总之只要凑像妥帖的汉文,便都无妨碍,唯一的条件是一整句还他一整句,意思完全,不减少也不加多,那就行了。这种译文不能纯用八大家,最好是利用骈散夹杂的文体,伸缩比较自由,不至于为格调所拘牵,非增减字句不能成章,而且这种文体看去也有色泽,因近雅而似达,所以易于讨好。"②

周作人这里讲的翻译方法似乎是在句子的框架内自由切割拼接黏合

---

① 周作人:《谈翻译》,1944 年 2 月 5 日作,署名周作人,收入《苦口甘口》,见《周作人散文全集》第 9 卷,桂林:广西师范大学出版社 2009 年版,第 113 页。

② 同上书,第 112 页。

的方法,尽管提倡使用白话文翻译,但也未将文言文体一棒打死,他委婉地表示为了实现"雅",文言文体在翻译中也是有一定的艺术生命力的。对于诗歌,周作人也不反对有能力的人把外国诗歌译成中国旧诗,他自己在翻译时将诗歌译成白话体散文,是因为他认为还没有有韵的白话这种文体,所以没法用韵文译;要是用旧诗形式译,容易译好,但对于读者是否便利,对于原文是否体裁相合,是很有问题的。古代译师们翻译佛经时,将佛经中的韵文译成一种"无韵的非散文"——偈。周作人认为这是古代译师们的苦心与独创。古代译师们不愿意改译成散文,用韵文又受到约束,有变成长篇述祖德诗的危险,于是创造了这样一种新的文体。再如《四十二章经》,用《论语》《老子》体的文章写了以后,虽然感觉雅,却不适于发挥新事理,于是糅合骈散,形成了晋唐的佛经文体。周作人指出:"这给予我们一个教训,便是旧文体纵或可以应用,新时代应当自己去找出途径来。"① 周作人的这种不拘骈散、调和古今翻译主张是对译学理论的一大贡献,对我们有深远的启示。

周作人在题为《国粹与欧化》的文章中曾谈到过他对待我国的国粹即古文以及欧化问题的态度,他反对模仿古人,也反对模仿西方人。他认为我们可以受他们的影响,但不是模仿他们。他说:"我们欢迎欧化是喜得有一种新空气,可以供我们的享用,造成新的活力,并不是注射到血管里去,就替代血液之用。向来有一种乡愿的调和说,主张中学为体西学为用,或者有人要疑我的反对模仿欢迎影响说和他有点相似,但其间有这一个差异:他们有一种国粹优胜的偏见,只在这条件之上才容纳若干无伤大体的改革,我却以遗传的国民性为素地,尽他本质上的可能的量去承受各方面的影响,使其融和沁透,合为一体,连续变化下去,造成一个永久而常新的国民性,正如人的遗传之逐代增入异分子而不失其根本的性格。"②

外文中的一些专有名词和人名的翻译,向来是困扰翻译家的难点,周华松根据鲁迅的"就用原文"的原则,主张将外来语的专门名词和学术名词,写成新文字夹入汉字当中。③ 还有人提倡翻译时不用音译而直接将外文夹入汉字中。对此,周作人有不同意见,他指出,鲁迅说就用原文,本是指化学元素那些名称而言,那是专名的性质,万国共通的,只有拉丁名,拿

---

① 周作人:《翻译四题》,1951年6月15日刊《翻译通报》第2卷第6期,署名遐寿,未收入自编文集,见《周作人散文全集》第11卷,桂林:广西师范大学出版社2009年版,第27—32页。
② 周作人:《国粹与欧化》,《自己的园地》,石家庄:河北教育出版社2002年版,第12—13页。
③ 周华松:《统一译名和拉丁化》,《翻译通报》第2卷第2期,1951年3月14日。

过来可以干脆地应用。若是别的，即使也是拉丁文，如维他命、盘尼西林、赛璐珞、德律风等，已逐渐由音译转为义译，所以要将学术名词都用原文，与这趋势正是背道而驰。因此，周作人认为"中国对于外国专名只好用汉字译音"，但如有必要时，"原文是尽可插入的，譬如专名译音，欲求忠实，不妨于译音下用括弧记入原文"。① 周作人的主张是中肯的，也是切实可行的。

在谈到国语问题时，周作人说："在主张中学为体西学为用者的意见，大抵以废弃周秦古文而用今日之古文为最大的让步了；我的主张则就单音的汉字的本性上尽最大可能的限度，容纳'欧化'，增加他表现的力量，却也不强他所不能做到的事情。照这样看来，现在各派的国语改革运动都是在正轨上走着，或者还可以逼紧一步，只不必到'三株们的红们的牡丹花们'的地步：曲折语的语尾变化虽然是极便利，但在汉文的能力之外了。我们一面不赞成现代人的做骈文律诗，但也并不忽视国语中字义声音两重的对偶的可能性，觉得骈律的发达正是运命的必然，非全由于人为，所以国语文学的趋势虽然向着自由的发展，而这个自然的倾向也大可以利用，炼成音乐与色彩的言语，只要不以词害意就好了。"②

可见，在欧化问题上，周作人持影响说。他的影响说以国民性为基础，认为国民性有遗传的特质。就个人来说，每个人都有遗传得来的素质，在成长的过程中，又必然接受了西方的、中国古典的、现代的各种空气的熏陶滋润，这样，各种思潮合为一个整体，便可造成一种"永久而常新"的国民性。"永久"是指遗传是先天具有的，"常新"是指接受各种影响的遗传素质又是可以改变的，在永久的基础上常变常新。对于国语改革的问题，由于汉语是孤立语，因此在语法上不能强求汉语和英语等曲折语一样有单复数的变化，但是可以发展汉语自身的特点，如汉语自身单音所造成的音义对偶，这一点在过去的骈文律诗中得到了很好的发展，现在不妨也加以借鉴，发展现代汉语以及中国文学。

(二) 翻译实践

读鲁迅和周作人翻译的文章，就会想到他们写作的底色。鲁迅在译了《小约翰》之后，才写了《从百草园到三味书屋》，译了《克莱喀先生》之后写了《藤野先生》，后者对前者的模仿，是有意无意的。不读他们的译文是无

---

① 周作人：《译名问题质疑》，1951 年 3 月 15 日刊《翻译通报》第 2 卷第 3 期，署名遐寿，未收入自编文集，见《周作人散文全集》第 11 卷，桂林：广西师范大学出版社 2009 年版，第 8、10 页。
② 周作人：《国粹与欧化》，《自己的园地》，石家庄：河北教育出版社 2002 年版，第 13 页。

法准确地对他们的创作进行评价的,域外文学的新精神,是他们的思想摇篮。

鲁迅和周作人都主张"直译",但因个人性情的关系,周作人比鲁迅多些弹性,也更见灵活。因此,周作人的译笔能兼中外文化的优长,创造出一种新的风格。孙郁评价周作人的翻译说:"那是一个清淡、典丽而又忧郁的文本,读了好似感到沉重的历史天幕上忽地出了一个大洞,清新的风和明朗的光,缓缓泻下,抚慰着苦难中的人们。"①周作人翻译的永井荷风的散文,笔调之优美令人惊叹,可说是现代翻译史上的一个范本:

  我反省自己是什么呢,我非威耳哈伦(Verhaeren)似的比利时人而是日本人也,生来就和他们的运命及境遇迥异的东洋人也。恋爱的至情不必说了,凡对于异性之性欲的感觉悉视为最大的罪恶,我辈即奉戴此法制者也。承受"胜不过啼哭的小孩和地主"的教训的人类也,知道"说话则唇寒"的国民也。使威耳哈伦感奋的那滴着鲜血的肥羊肉与芳醇的蒲桃酒与强壮的妇女之绘画,都于我有什么用呢。呜呼,我爱浮世绘。苦海十年为亲卖身的游女的绘姿使我泣。凭倚竹窗茫然看着流水的艺妓的姿态使我喜。卖宵夜面的纸灯寂寞地停留着的河边的夜景使我醉。雨夜啼月的杜鹃,阵雨中散落的秋天树叶,落花飘风的钟声,途中日暮的山路的雪,凡是无常无告无望的,使人无端嗟叹此世只是一梦的,这样的一切东西,于我都是可亲,于我都是可怀。②

中国的文人随笔,先前没有这样的韵致。周作人以自己的慧眼,捕捉到了其间的精华,又汇入自己的笔端,于是便形成了一种超俗的文本。周作人的绝大多数译文都是既准确又优美的,1923年他曾翻译过许多希腊的小诗:

  (一)蒲桃尚青的时候你拒绝了我;蒲桃熟了,你傲然走过去;但不要再吝惜一球罢,现在蒲桃已要干枯了。
  (二)同我饮酒,同年少,同恋爱,同戴华冠,狂时同我狂,醒时同

---

① 孙郁:《周作人和他的苦雨斋》,北京:人民文学出版社2003年版,第206页。
② 周作人:《怀东京》,1936年9月16日刊《宇宙风》第25期,署名知堂,收入《瓜豆集》,见《周作人散文全集》第7卷,桂林:广西师范大学出版社2009年版,第330—331页。

我醒。①

再通过《陀螺》中的两首小诗,体察一下周作人的译笔风格:

日本与谢野晶子诗一首
野　草

野草真聪明呵,在城里野里,留下了人的走路,青青的生着。

野草真公正呵,什么洼地都填平了,青青的生着。

野草真有情呵,载了一切的兽蹄鸟迹,青青的生着。

野草真可尊呵,不论雨天晴天,总微笑着,青青的生着。

法国约翰保朗俳谐诗二首
一

谁呢,笑着和你说话?不,小河的水,和两三朵的花。

二

北边的空中是烟,东边的空中是蝴蝶;真是轻浮的风呵!

从周作人优美的译文中,我们领略到"直译"并不影响艺术审美的个人性特征,翻译家的笔调也展示着翻译家的文风和特色。周作人认为翻译也是创作,并经常将译作收录到自己的作品集内,他在《艺术与生活》自序中写道:"集中有三篇是翻译,但我相信翻译是半创作,也能表示译者的个性,因为真的翻译之制作动机应当完全由于译者与作者之共鸣,所以我就把译文也收入集中,不别列为附录了。"②周作人用自己的翻译理论和躬身实践为我们讲述了翻译应该"如何为"的问题。他的翻译理论文章和优美的译文是我们宝贵精神财富,在我国的翻译史上留下了浓墨重彩的一笔。

三、翻译理念:超越功利性

(一) 五四时期的翻译主潮及其急功近利之弊

五四前后,国外的新知识、新思想震撼着作家的神经,强烈的"输血意识"使翻译成为作家重要的言说方式。翻译"作为两种文化符号的转换活

---

① 周作人:《希腊的小诗》,1923 年 7 月 11 日刊《晨报副镌》,署名周作人,收入《谈龙集》,见《周作人散文全集》第 3 卷,桂林:广西师范大学出版社 2009 年版,第 179 页。

② 周作人:《艺术与生活·自序》,石家庄:河北教育出版社 2002 年版,第 2 页。

动,与文化交流有着密不可分的关系。一部中国近现代史,正是中国文化转型的历史。文化发展的方向规约着翻译的历史,翻译是文化转型的中介和缩影"①。

1919年3月1日,傅斯年发表了《译书感言》,作为新文学运动开展后的第一篇译学专论,产生了很大反响。文章中傅斯年提出了八条译书原则:一、"先译门径书"。二、"先译通论书"。三、"先译实证的书,不译空理的书"。四、"先译和人生密切相关的书;关系越切越要先译。(像《北美瑜珈学说》《长寿哲学》一类的书,我真猜不到译者是何心肝。)"五、"先译最近书"。六、"同类书中,先译最易发生效力的一种"。七、"同类著作者中,先译第一流的一个人"。八、"专就译文学一部分而论,也是如此;'只译名家著作,不译第二流以下的著作。'这是胡适之先生在他的《建设的文学革命论》中的一条提议"。②

傅斯年的"八条译书原则"具有强烈的政治功利主义色彩,"先译和人生密切相关的书"与文学研究会的"为人生而艺术"如出一辙,强调译的书要与现实人生息息相关,要对社会的发展有所裨益。"先译最易发生效力的一种"更突显了急功近利的思想倾向。

傅斯年的观点在当时得到了许多有识之士的赞同。1920年7月2日,郑振铎写了《我对于编译丛书底几个意见》一文,响应傅斯年的观点。后来,郑振铎又在他的短文《盲目的翻译家》中指出"不惟新近的杂志上的作品不宜乱译,就是有确定价值的作品也似乎不宜乱译"③,他指出《神曲》《哈姆雷特》《浮士德》一类作品,也未必是当时中国最需要最合宜的作品。郑振铎呼吁道:"翻译家呀!请先睁开眼睛看看原书,看看现在的中国,然后再从事于翻译。"可见,郑振铎的翻译思想也带有强烈的社会责任感。

郑振铎对于翻译内容的想法和鲁迅如出一辙,认为当时最值得翻译介绍的,是俄国文学和其他被压迫民族的反抗的现实主义作品。他提出:现在的介绍,最好是能有两层的作用:(一)能改变中国传统的文学观念;(二)能引导中国人到现代的人生问题,与现代的思想相接触。④ 郑振铎认为古典的作品不能担当此任,所以不妨从缓翻译。当时茅盾也发表文章,赞同郑振铎的意见。应该说,傅斯年、郑振铎等人的主张对于使翻译更

---

① 张福贵:《"活着的"鲁迅:鲁迅文化选择的当代意义》,北京:社会科学文献出版社2010年版,第147页。
② 傅斯年:《译书感言》,载1919年3月1日《新潮》第3期。
③ 郑振铎:《盲目的翻译家》,载1921年6月30日《文学旬刊》第6期,署名西谛。
④ 同上。

好地为新文学建设服务还是有积极意义的。

茅盾也是我国著名的翻译家和翻译理论家。作为为人生的现实主义文学的有力提倡者,茅盾在主持《小说月报》时,就反复强调文学是为表现人生而作的,是为使人精神向上而作的。他的翻译观与其文学观完全一致,他在《一年来的感想与明年的计划》一文中说道:"我觉得翻译文学作品和创作一般地重要,而在尚未有成熟的'人的文学'之邦,像现在的我国,翻译尤为重要;否则,将以何者疗救灵魂的贫乏,修补人性的缺陷呢?"①

茅盾认为不引进外国的新知识、新理论、新思想就无法疗救我国人民灵魂的贫乏,无法修补我们人性的缺陷,这是一种文化自惭心理。在茅盾看来,文学翻译也是以服务人生为目的的。由于他的翻译目的非常明确,因而他对如何选择翻译作品也作了深刻的论述。早在《小说月报》全面改革的前一年,也就是1920年1月他开始主持该刊《小说新潮》栏目时,便指出当时新文学翻译已取得一点成绩,但"却微嫌有点杂乱"。"多译研究问题的文学果然是现社会的对症药,新思想宣传的急先锋,都未免单面;只拣新的译,却未免忽略了文学进化的痕迹。"因此,需要全盘考虑。他认为,"现在为欲人人能领会打算,为将来自己创造先做系统的研究打算,都该尽量把写实自然派的文艺先行介绍"。② 茅盾还列出了新文学史上的第一份选择书目,包括20个外国作家的43部作品,以供翻译工作者考虑翻译,这些作品中的大部分是现实主义和"带些问题性"的。在1920年2月4日《时事新报·学灯》上,茅盾又发表了专论《对于系统的经济的介绍西洋文学底意见》,功利色彩相当明显:

> 西洋新文学杰作,译成华文的,不到万分之几,所以我们现在**应选最要紧最切用的先译**,才是时间上人力上的经济办法;却又因为中国尚没有华文的详明西洋文学思潮史,所以在切要二字之外,更要注意一个系统字。……③

鲁迅和周作人当时翻译波兰等东欧诸弱小民族的文学作品,都是根植

---

① 茅盾:《一年来的感想与明年的计划》,载1921年12月10日《小说月报》第12卷第12期。
② 同上。
③ 茅盾:《对于系统的经济的介绍西洋文学底意见》,载1920年2月4日《时事新报·学灯》。

于一种崇高的使命感,出于被压迫民族之间的伟大同情。鲁迅翻译外国作品,希望借此"改造国民性",因此,鲁迅对读他作品的民众也提出要求,要求民族承受,承受民族提升过程中的痛苦。周作人对待文学翻译的态度总的来说是消遣游戏性的,虽然在五四启蒙声浪渐高时他将其掩蔽并试图忘却。

五四时期的周作人也曾满怀理想,在启蒙声浪渐高时无论是翻译对象的选择,还是译者附记中的表白,都常流露出其他历史时期少有的亮色。例如,周作人在《〈点滴〉序》里谈到了所选作品的共同倾向:"无论乐观,或是悲观,他们对于人生总取一种真挚的态度,希求完全的解决。如托尔斯泰的博爱与无抵抗,固然是人道主义;如梭罗古勃的死之赞美,也不能不说他是人道主义。他们只承认单位是我,总数是人类:人类的问题的总解决也便包涵我在内,我的问题的解决,也便是那个大解决的初步了。这大同小异的人道主义的思想,实在是现代文学的特色。因为一个固定的模型底下的统一是不可能的,也是不可堪的;所以这多面多样的人道主义的文学,正是真正的理想的文学。"①在《皇帝之公园·后记》里,周作人更以赞赏的口吻肯定了俄国作家库普林"颇近乐观"的人生理想:"将来有一个时候,世上更无主奴,无损伤残疾,无恶意,无恶行;无有哀怜,亦无有怨恨,人人都是神……自由高尚的爱成为世界的宗教。"在《〈铁圈〉译记》里,周作人又这样反驳梭罗古勃的悲观主义与虚无主义:"我的意见,不能全与著者相同,以为人的世界究竟是在这真实的世界一面,须能与'小鬼'奋斗,才是唯一的办法。"②这些是五四理想主义、乐观主义时代精神的折射,在五四时代精神的感召下,周作人也曾抱有积极、进取的人生态度,试图追求启蒙与战斗的社会理想。但由于对现实的失望,他很快就冷静下来,强迫自己逐渐告别了主潮文学,咏唱自己的文学。

在当时的历史语境下,绝大多数作家的翻译是以"启蒙"为使命的,带有明显的功利色彩。这与一代知识分子接触到西方文明后,发现自身民族政治经济文化落后并产生学习西方先进文明来推动自身民族进步的急迫心情密切相关。可以说,以思想启蒙以及其后的救亡为目的的功利性的翻译观是一种时代性的潮流,它由中国一代知识分子的现代化焦虑所引发。而这种焦虑心境所带来的功利性翻译观囊括了当时大多数著名的翻译家。这一思潮不仅仅主宰了五四前后,它的影响力起码持续了半个世纪以上。

---

① 周作人:《〈点滴〉序》,1920年4月17日作,署名周作人,收入《苦雨斋序跋文》,见《周作人散文全集》第2卷,桂林:广西师范大学出版社2009年版,第236页。
② 周作人:《〈铁圈〉译记》,载1915年1月15日《新青年》第6卷第1号。

在今天看来,这种急功近利的翻译主潮有其历史成因,也在很大程度上推动了民族的历史进程。但同时也不得不说,五四时代的翻译主潮顺应了民族群体无意识里的现代化焦虑,过分张扬了群体性战斗、社会性实用等功利性的一面,而把个体的个性化追求、作为消遣的趣味等生命的另一面忽略了。可见,五四的翻译主潮把西方文化的工具性的一面从其文化整体上隔离出来,形成片面的功利性引进,无法造就和谐的、有耐久力的个体,在承认其合理性的同时,也需要承认其显而易见的弊端。

(二)大潮里的孤独者:专注于趣味与个性的周作人翻译

虽然五四时期周作人也曾经融入其时代的翻译主潮,但仔细分析其五四之前的翻译文本及关于翻译观的表述,不难发现,周作人并没有简单地把翻译直接作为改良社会的武器,他在强调翻译的社会功利目的之外,同时不忘记文学本身作为艺术的特点和功能。

1904年周作人读了英国伦敦纽恩斯公司发行的《天方夜谭》插图本,引起了他极大的兴趣,技痒之下,他把《天方夜谭》里的几篇故事翻译出来,命名为《侠女奴》,1904连载于《女子世界》,1905年又由女子世界社出版,署名"萍云女士";接着,又翻译出版了美国爱伦·坡的小说《玉虫缘》,署名"碧罗女士"。周作人晚年写回想录时曾介绍过这部小说的内容:

> 这故事的梗概是这样的,著者的友人名莱格阑,避人住于苏利樊岛,偶然得到一个吉丁虫,形状甚为奇怪,颇像人的枯颅,为的要画出图来给著者看,在裹了吉丁虫来的偶从海边捡得的一幅羊皮纸上,画了图递给著者的时候,不料落在火炉旁边了,经著者抬起来看时,图却画得像是一个人的髑髅。莱格阑仔细检视,原来在画着甲虫的背面对角地方,真是髑髅的图,是经炉火烘烤出现的,而在下方则显出一只小山羊,再经洗刷烘烤,乃发见一大片的字迹,是一种用数字及符号组成的暗码。他的结论是这是海贼首领甲必丹渴特(Kidd)的遗物,因为英语小山羊的发音与渴特相同,而髑髅则为海贼的旗帜,所以苦心研究,终于将暗号密码翻译了出来,掘得海贼所埋藏的巨额的珍宝。①

这时的周作人已经76岁了,他重阅早年的译本,不避敝帚自珍之嫌,

---

① 周作人:《我的新书二》,1961年2月10日作,署名周作人,收入《知堂回想录》,见《周作人散文全集》第13卷,桂林:广西师范大学出版社2009年版,第293—294页。

将小说开头部分自己当年的译文又抄录在《知堂回想录》里：

> 此岛在南楷罗林那省查理士顿府之左近，形状甚奇特，全岛系沙砾所成，长约三英里，广不过四分之一。岛与大陆毗连之处，有一狭江隔之，江中茅苇之属甚茂盛，水流迂缓，白鹭水凫多栖息其处，时时出没于荻花芦叶间。岛中树木稀少，一望旷漠无际，岛西端尽处，墨而戍列炮台在焉。其旁有古朴小屋数椽，每当盛夏之交，查理士顿府士女之来避尘嚣与热病者，多僦居之。屋外棕榈数株，绿叶森森，一见立辨。全岛除西端及沿海一带砂石结成之堤岸外，其馀地面皆为一种英国园艺家所最珍重之麦妥儿树浓阴所蔽，岛中此种灌木生长每达十五尺至二十尺之高，枝叶蓊郁，成一森密之矮林，花时游此，芬芳袭人，四围空气中，皆充满此香味。①

周作人以趣味为出发点开始了他的文学活动，晚年回顾自己一生时仍引此以为豪，以兴趣为中心的文化引进与文化融合成为他一生执著的追求。

在1907年写的《红星佚史》的译序中，也显现了他对趣味的重视：

> 中国近方以说部教道德为桀，举世靡然，斯书之繙，似无益于今日之群道。顾说部曼衍自诗，泰西诗多私人制作，主美，故能出自由之意，舒其文心。而中国则以典章视诗，演至说部，亦立劝惩为鹄极，文章与教训漫无畛畦，画最隘之界，使勿驰其神智，否者或群逼挢之，所意不同，成果斯异。然世之现为文辞者，实不外学与文二事，学以益智，文以移情，能移人情，文责以尽，他有所益，客而已，而说部者文之属也。读泰西之书，当并函泰西之意，以古目观新制，适自蔽耳。②

周作人的译书态度是消遣游戏性的，他强调"主美""移情"的"文心"，即文学的趣味性、怡情性，与鲁迅的用文学来"改造国民性"的思想是有很大不同的。周作人很早便有悄悄地把作文与翻译当作一种消遣的想法，他在1905年1月6日的日记里写道：

---

① 周作人：《我的新书二》，1961年2月10日作，署名周作人，收入《知堂回想录》，见《周作人散文全集》第13卷，桂林：广西师范大学出版社2009年版，第295页。

② 周作人：《〈红星佚史〉序》，1907年3月作，署名周逴，收入《苦雨斋序跋文》，见《周作人散文全集》第1卷，桂林：广西师范大学出版社2009年版，第48—49页。

> 世界之有我也已二十年矣,然廿年以前无我也,廿年以后亦必已无我也,则我之为我亦仅如轻尘栖弱草,弹指终归寂灭耳,于此而尚欲借驹隙之光阴,涉笔于米盐之琐屑,亦愚甚矣。然而七情所感,哀乐无端,拉杂纪之,以当雪泥鸿爪,亦未始非蜉蝣世界之一消遣法也。①

由消遣步入改造国民性的启蒙文学,周作人似乎是以被动之势起步,有一个由非自觉到自觉的过程。

1921年,上海群益书社重印《域外小说集》时,加了一篇新序,署"周作人记",但周作人在《关于鲁迅之二》中说"用我出名,也是豫才写的"②。鲁迅在序言中说:"我们在日本留学时候,有一种茫漠的希望:以为文艺是可以转移性情,改造社会的。因为这意见,便自然而然的想到介绍外国新文学这一件事。"③这里的"我们"自然是指鲁迅自己和周作人。但实际上,兄弟二人在思想上还是存在着某些差异的。周作人回忆当年翻译的情况时说:"大概我那时候很是懒惰,住在伍舍里与鲁迅两个人,白天逼在一间六席的房子里,气闷得很,不想做工作,因此与鲁迅起过冲突,他老催促我译书,我却只是沉默的消极对付,有一天他忽然愤激起来,挥起他的老拳,在我头上打上几下,便由许季茀赶来劝开了。"④

恐怕不能简单地把兄弟二人的冲突归结于鲁迅急躁,周作人懒惰。鲁迅曾把译书比作普罗米修斯的"偷火",将其视为严肃的事业,怀抱着强烈的社会责任感和使命感。这种强烈的责任感使他不仅不断地催促周作人,更无情地督促、苛责着自己。周作人曾回忆,鲁迅每晚都要在洋油灯下熬夜,看书,写作,"到什么时候睡觉,别人不大晓得,因为大抵都先睡了。到了明天早晨,房东来拿洋灯,整理炭盆,只见盆里插满了烟蒂头,像是一个大马蜂窠,就这上面估计起来,也约略可以想见那夜是相当的深了"⑤。与鲁迅废寝忘食的献身者的形象相比,当时的周作人,虽然一定程度也在积极追求译书的社会效果,但从他的本性来讲,他更愿意由一己的兴趣出发,

---

① 周作人:《〈红星佚史〉序》,1907年3月作,署名周逴,收入《苦雨斋序跋文》,见《周作人散文全集》第1卷,桂林:广西师范大学出版社2009年版,第48—49页。
② 周作人:《关于鲁迅之二》,见《〈域外小说集〉序》注释1,《鲁迅全集》第10卷,北京:人民文学出版社1981年版,第164页。
③ 鲁迅:《〈域外小说集〉序》,《鲁迅全集》第10卷,北京:人民文学出版社1981年版,第161页。
④ 周作人:《邹波尼沙陀》,1961年5月19日作,署名周作人,收入《知堂回想录》,见《周作人散文全集》第13卷,桂林:广西师范大学出版社2009年版,第388页。
⑤ 周遐寿(周作人):《鲁迅的故家》,香港:大通书局出版社1962年版,第176页。

以兴之所至的态度来译书和写作,不愿任何外在的东西——哪怕是译书这样的有价值的思想文化活动来束缚自己。也许这才是周作人在鲁迅逼迫下常常感到气闷,以致终于消极怠工的根本性的原因。

20世纪20年代以降,俄罗斯文学的翻译和文学救国的翻译路线开始广泛流行。但周作人却发生了巨大的转变。一般说来,他转向的原因可能有以下几点:一、五四新文化运动的落潮;二、与鲁迅反目的影响(由于生活和情感的冲突导致对于对方和双方原有的志向的怀疑和反感);三、中国古代特别是晚明闲适小品、日本古典文学的影响等。无论其转向的原因是什么,可以明确的是,周作人在20世纪20年代另辟蹊径,走上以自然、质朴、简洁见长的古希腊文学和日本古典文学的翻译之路。

1920年周作人出版了译作《点滴》,其后的译作大都收集在1925年由新潮社出版的《陀螺》和1926年由北新书局出版的《狂言十番》中,以希腊、日本的古典文学作品为主,体裁多数是艺术性的散文、短剧和诗歌,与周作人当时正在提倡的"美文"的文学趋向一致。在谈到《陀螺》集名字的时候,周作人说:

> 我用陀螺做这本小书的名字,并不因为这是中国固有的旧物,我只觉得陀螺是一件很有趣的玩具。……这一册小集子实在是我的一种玩意儿,所以这名字很是适合。我本来不是诗人,亦非文士,文字涂写,全是游戏,——或者更好说是玩耍。平常说起游戏,总含有多少不诚实的风雅和故意的玩笑的意味,这也是我所不喜欢的,我的乃是古典文字本义的游戏,是儿戏(Paidia),是玩,画册图象都是玩具(Paignia)之一。①

周作人开始怀疑自己是否有"自己的园地"而至于关闭"文学店",大概是在1923年底至1925年,有三篇文章谈到了这一变化,分别是:《一年的长进》《元旦试笔》和《国语文学谈》。1925年1月,周作人在《元旦试笔》中写道:"以前我还以为我有着'自己的园地',去年便觉得有点可疑,现在则明明白白的知道并没有这一片园地了。"②1925年12月25日,周作人在《国语文学谈》中声明"我洗手学为善士,不谈文学,摘下招牌,已二年

---

① 周作人:《〈陀螺〉序》,1925年6月22日刊《语丝》第32期,署名周作人,收入《苦雨斋序跋文》,见《周作人散文全集》第4卷,桂林:广西师范大学出版社2009年版,第210—211页。
② 周作人:《元旦试笔》,1925年1月12日刊《语丝》第9期,署名开明,收入《雨天的书》,见《周作人散文全集》第4卷,桂林:广西师范大学出版社2009年版,第9页。

于兹矣"①。以此推论周作人应该是1924年初关闭"文学店"的。1924年,周作人的思想和人生态度乃至艺术主张都发生了根本性转折,此后,他更加强调对自身的关注,而主动地疏离了改造社会的各种主义。他总结说:

> 如集中一九二四年以后所写的三篇,与以前的论文便略有不同,照我自己想起来,即梦想家与传道者的气味渐渐地有点淡薄下去了。一个人在某一时期大抵要成为理想派,对于文艺与人生抱着一种什么主义。我以前是梦想过乌托邦的,对于新村有极大的憧憬,在文学上也就有些相当的主张。我至今还是尊敬日本新村的朋友,但觉得这种生活在满足自己的趣味之外恐怕没有多大的觉世的效力,人道主义文学也正是如此,虽然满足自己的趣味,这便已尽有意思,足为经营这些生活或艺术的理由。以前我所爱好的艺术与生活之某种相,现在我大抵仍是爱好,不过目的稍有转移,以前我似乎多喜欢那边所隐现的主义,现在所爱的乃是在那艺术与生活自身罢了。②

这段话基本概括了周作人的一个非常重要的转变。1924年后,他似乎对各种"主义"都失去了兴趣,感兴趣的只剩下"满足自己的趣味"本身了。实际上,对趣味的强调与对个体、对自身的关注密切相连,当传道与拯救社会的梦想退却后,满足自身的趣味也就是关注个体的生命了。与此同时,强调文学创作中个性的重要性,也是周作人文学观中的核心点。1921年1月,周作人阐释了他所理解的个性的文学主张:(1)创作不宜完全抹杀自己去模仿别人,(2)个性的表现是自然的,(3)个性是个人的唯一的所有,而又与人类有根本上的共通点,(4)个性就是在可以保存范围内的国粹,有个性的新文学便是这国民所有的真的国粹的文学。③

另外,周作人对自己的译文的读者的定位也与其时代的大多数翻译家不同,鲁迅、郑振铎、茅盾等翻译家所锚定的读者往往是普泛意义上的大众,而周作人所关注的读者却是个体性的小众。翻译日本古典文学名著《古事记》时,周作人曾以平缓的语调讲述他翻译的目的:"我译这《古事

---

① 周作人:《国语文学谈》,1926年1月24日刊《京报副刊》,署名周作人,收入《艺术与生活》,见《周作人散文全集》第4卷,桂林:广西师范大学出版社2009年版,第486页。

② 周作人:《〈艺术与生活〉序》,1926年8月10日刊《语丝》第93期,署名岂明,收入《艺术与生活》《苦雨斋序跋文》,见《周作人散文全集》第4卷,桂林:广西师范大学出版社2009年版,第733页。

③ 周作人:《个性的文学》,《谈龙集》,石家庄:河北教育出版社2002年版,第147页。

记》神代卷的意思,那么在什么地方呢?我老实说,我的希望是极小的,我只想介绍日本古代神话给中国爱好神话的人,研究宗教史或民俗学的人看看罢了。"①

综观周作人的翻译之路,发现他最有特色的地方,就是对趣味和个体性的坚守。这一点与同时代的其他翻译家相比,会显得非常突出。可以说,在功利性的翻译主潮里,周作人是处于非常边缘的地位。但他似乎并不在意,恬淡地专注于趣味与个体性,在边缘处自得其乐。

(三) 边缘处的超越:周作人对功利翻译观的淡化与反拨

周作人对于自己翻译作品的选择,是不拘一格的,五四前他就翻译了人生观绝不相同的梭罗古勃与库普林,又翻译了对于女子解放问题与易卜生不同的斯忒林培格。这表明周作人的视野是开阔的。周作人1917年9月被聘为北京大学文科教授,讲授欧洲文学史、罗马文学史两门课,1918年6月他结合讲义完成了自己的著作《欧洲文学史》,10月此书得以出版。这是周作人到北京后出版的第一部著作,从这部著作可以看出周作人对于希腊、罗马乃至整个欧洲文学史的了解和他的文学素养。

周作人在《陀螺》的序中说:"集内所收译文共二百八十篇,计希腊三十四,日本百七十六,其他各国七十。这些几乎全是诗,但我都译成散文了。"②周作人的这种翻译方法也是大胆和创新的。《陀螺》中的作品短小精悍,都有诗和散文的意境和艺术美。即使是拟曲、小说,也都只有三四百字,语言精练、寓意深刻、发人深思,或诙谐逗人,或隽永耐读。

周作人从青年时代起,既翻译同情被压迫被侮辱者的作品,也爱好希腊、日本等国的古典作品。前者和中华民族民主革命的任务相一致,激发人们的抗争;后者则主要从艺术欣赏出发,以得到艺术享受为目的。这或许也是他身上的绅士鬼和流氓鬼在翻译活动上的表现吧。

与对趣味和个体性的专注相联系,周作人的翻译非常强调包容性。《陀螺》由希腊牧歌、拟曲,法兰西的散文式小诗,田园诗,日本的俳句、短歌等组成。这样一本"杂烩"式超越时代超越地域的翻译合集,本身多少具备超功利的性质,是对五四前后急功近利的"启蒙"的一种反拨和淡化。

---

① 周作人:《汉译〈古事记·神代卷〉引言》,1926年2月8日刊《语丝》第65期,署名周作人,收入《谈龙集》《苦雨斋序跋文》,见《周作人散文全集》第4卷,桂林:广西师范大学出版社2009年版,第504页。

② 周作人:《〈陀螺〉序》,1925年6月22日刊《语丝》第32期,署名周作人,收入《苦雨斋跋文》,见《周作人散文全集》第4卷,桂林:广西师范大学出版社2009年版,第212页。

纵观周作人一生的翻译，翻译文本所涉国度包括了美国、英国、俄罗斯、东欧各小国、日本、古希腊等国，时间上也从近现代上溯到古代，其自身的包容性是相当强的。

这种对包容性的追求无疑增强了整体性的中国近现代文学翻译的多样性。尤其是对古代日本和古希腊文本的翻译，周作人的翻译在相当长的时间里独放异彩，独立支撑着中国近现代翻译的这一古典领域。

当胡适、傅斯年、郑振铎、茅盾，包括鲁迅等翻译理论家都在倡导"启蒙和救国"，倡导"复仇和反抗"，倡导"先译和人生密切相关的书"，"先译最易发生效力的书"的时候，周作人却预见了这看似热闹的文坛的单调与危险。《陀螺》的内容是一些轻松、浅显、愉悦的文学作品，可以看作是周作人文学趣味的转移，可实质上却是周作人对于文学多样性的清醒的理性坚守，《陀螺》游戏性的背后体现的是一种宽容的精神。倘若将翻译"被侮辱与被损害"民族的文学作品视为新文学发展路向之一种，那么周作人在《陀螺》中所体现的精神就是对前种路向的有意识的背离和超越，在20世纪文学史上有着极为重要的意义。

这种对包容性的追求还表现在对当时的中国人并不在意的一些重要领域的强调上。当鲁迅积极从事左翼文艺运动的时候，周作人主持创刊了散文周刊《骆驼草》，参加这刊物的有废名、冯至、俞平伯、徐祖正、梁遇春、徐玉诺等人。废名在《发刊词》中写道："我们开张这个刊物，倒也没有什么新的旗鼓可以整得起来，反正一向都是有闲之暇，多少做点事儿"，并表明办刊的态度是："不谈国事"，"不为无益之事"，"文艺方面，思想方面，或而至于讲闲话、玩古董，都是料不到的，笑骂由你笑骂，好文章我自为之，不好亦知其丑，如斯而已，如斯而已"。①

在《骆驼草》的创刊号上，周作人发表了一篇有关民俗学的散文《水里的东西》，说到他家乡的河水鬼，说到日本的"河童"，结末说：

> 人家要怀疑，即使如何有闲，何至于谈到河水鬼去呢？是的，河水鬼大可不谈，但是河水鬼的信仰以及有这信仰的人却是值得注意的。我们平常只会梦想，所见的或是天堂，或是地狱，但总不大愿意来望一望这凡俗的人世，看这上边有些什么人，是怎么想。社会人类学与民俗学是这一角落的明灯，不过在中国自然还不发达，也还不知道将来会不会发达。我愿意使河水鬼来做个先锋，引起大家对于这方面的调

---

① 废名：《发刊词》，见1930年5月12日《骆驼草》创刊号。

查与研究之兴趣。①

周作人对包容性的追求也使他呼唤中国文坛的包容性：

> 我们所希望的,便是摆脱了一切束缚,任情地歌唱,无论人家文章怎样的庄严,思想怎样的乐观,怎样的讲爱国报恩,但是我要做风流轻妙,或讽刺谴责的文字,也是我的自由,而且无论说的是隐逸或是反抗,只要是遗传环境所融合而成的我的真的心搏,只要不是成见的执著主张派别等意见而有意造成的,也便都有发表的权利与价值。②

这种对包容性与多样性的追求,使周作人不停地对新文学的发展发出异声,他坚持地认为文艺的生命是自由而不是平等,是分离而不是合并。《自己的园地》是创作上的分离行为,《陀螺》《古事记》等专注于趣味的翻译则是翻译上的分离,是自由的、大胆的与主流文学的分离。可以说周作人的这种选择是对翻译主潮的某些集体主义趋向的反拨。也许正是基于这种考虑,周作人一头钻进了域外古典文学的翻译中,在20世纪翻译文学史上走出了一条与众不同的路。

如果说中国现代文学的主题是启蒙与救亡,那么多数翻译家都在竭尽全力地为这一目的呐喊,其基调是悲愤的,更是焦虑的。而周作人却在呐喊之后,又有超脱、从容的"自己的园地",奏出了当时少见的轻快明亮的音符。这样说不仅是因为周作人作品与译作本身的音质,也是因为周作人弹奏这些不"合拍"的音调的苦心。它们是周作人发自内心的歌唱,也许他并不想压倒大时代的主题,但却想淡化乃至超越单一的主题。站在历史的后端,我们今天发现：周作人以孤独的坚守者的姿态,以其对趣味和个性的专注,构筑了与功利性翻译并行的另一种翻译,增加了中国近现代翻译的多样性和包容性,形成了对功利性翻译的一种反拨,其历史意义不可忽略。

---

① 周作人:《水里的东西》,1930年5月12日刊《骆驼草》第1期,署名岂明,收入《看云集》,见《周作人散文全集》第5卷,桂林:广西师范大学出版社2009年版,第649页。
② 周作人:《地方与文艺》,1923年3月22日作,署名周作人,收入《谈龙集》,见《周作人散文全集》第3卷,桂林:广西师范大学出版社2009年版,第103页。

第四章 周作人的翻译与现代白话文

一、现代白话文对日语的受容

（一）严复的翻译词汇多数未被现代白话文受容

严复被评价为将西方新思潮系统地介绍到中国的第一人。严复翻译的书有：

作者	书名	严复的译书名	出版年代
T. H. Huxley	Evolution and Ethics	天演论	1898 年
Adam Smith	Wealth of Nation	原富	1901 年
Herbert Spenser	Study of Sociology	群学肄言	1903 年
J. S. Mill	On Liberty	群己权界论	1903 年
Edward Jenks	A History of Polotics	社会通诠	1904 年
Montesquieu	Spirit of Laws	孟德斯鸠法意	1904—1909 年
J. S. Mill	System of Logocs	穆勒名学	1905 年
W. S. Jevons	Primer of Logic	名学浅说	1909 年

在将这些书翻译成汉语的过程中，严复的译语与我们现在的译语大不相同，据我初步统计，不同的译语至少有九百词以上，比方下表中的例子：

原语	严复的译语	现在的译语
arithmatic	布算	算术
atom	莫破尘	原子
biology	生学	生物学
capital	母财	资本
circulating	循环母财	流通资本
fixed	常往母财	固定资本
chemistry	质学	化学
economics	议学	经济学
ethics	义理之学	伦理学
evlution	天演	进化
gometory	形学	几何学

（续表）

原语	严复的译语	现在的译语
introduction	发凡、引论	导言、引言
logic	名学	逻辑、伦理学
philology	字学	语言学
philosopher	名理家	哲学家
physics	格物	物理学
physiology	内景之学	生理学
politics	治制论	政治学
psychology	心学	心理学
sientific man	格致之家	科学家
selection	天择	选择、淘汰
society	群	社会
university	国学、翰林院	综合性大学
Utopia	乌托邦	乌托邦

通过上表，我们发现：当年严复的译语，现在大都不使用了，现在被广泛使用的译语几乎都是日语的回流词。当时日本人将英文"society"翻译成"社会"，现代白话文也采用了"社会"这种说法，也就是说，"社会"一词是从日语回流到汉语中来的。现代白话文大量吸收日语回流词的原因大概有以下三点：一、严复的翻译继承了桐城派古文的特色，文章晦涩难懂，而现代白话文运动提倡"打倒古文"，因此，当时的青年读者对严复翻译使用的文体和词汇持排斥的态度，而当时日语的翻译是符合简化文体、简化文字这种世界性潮流的。二、以梁启超等人在日本的出版物《清议报》《新民丛报》等为媒介，大量由英语翻译成的日语词汇进入汉语。三、明治三十一年至八十一年的 50 年里，大量留学日本的中国留学生广泛地学习和使用的都是自英语翻译而成的日语词汇，加上中日有同文同种之便，因此，日语词汇迅速在中国的学术界流行起来。

1867 年，上海江南制造局的开设标志着翻译成为了中国的一项国家事业。翻译成为清政府富国强兵政策的一环，当时的翻译主要限于与技术有关的实务、实用类的翻译。首先为中国引入了西方思想的就是 1898 年严复翻译的《天演论》，但是严复的翻译中有大量的古文，普通的读者很难理解书的内容。何况，无论严复是多么优秀的翻译家，凭他一人之力也很难满足时代需求。

明治维新以来，为了接受西方文明，日本的翻译事业和出版事业都有迅猛的发展，无论在质上还是在量上，都远远走在清朝的前面，而且，当时日语书面语大部分是汉字,对中国的文化人来说容易理解,日本新出版的书籍也被中国读者广泛阅读,而且《新民丛报》等报纸也提倡多从日文翻译,如1902年2月23日的《新民丛报》第二号上写道:"我国的当务之急莫过开启民智,开启民智的最佳办法莫过译书,译书莫过从日文翻译。"当时的中国,日文书籍的翻译盛极一时,这是由于日语易学。有的年轻人只学习了几天日语,就抱着《日本文法》或者《和文汉读法》等几本日文词典开始译书了。因此,尽管日译本数量众多,质量却难以保证,翻译界一度处于十分混乱的局面。《新民丛报》主编梁启超说:"我国重视英文数十年了,学习英文、精通英文者不下数千人,除了严又陵(严复字又陵),举国无一人将西方的学术思想输入中国。与西方通商数十年后的今天,此事还要依靠读东洋书的人来做,实在是中国的不幸。"①

面对日文书籍被中国学人大量翻译的混乱局面,日本人天野某曾在日本的《东洋经济新报》上主张:"中日之间应该规定版权,凡是日本人著的书,一律不允许中国人任意翻译。"此言论一出,马上有中国学人做出反应,在《新民丛报》第二号的《国闻短评》里反驳道:"翻译与否尚未知晓,日本人的小气真令人感到吃惊。三十年前的日本文明,一点一滴都来自中国,数千年前,他们没有花费任何代价,翻译我国的书籍,至今他们仍受其益,但他们很快就忘记了反哺之义。"②

日文书籍的大量翻译和严复翻译的晦涩难懂成为其翻译的词汇多数未能被现代白话文受容的主要原因。

(二) 以"经济""社会"等词为例探寻现代汉语词的源流

现代汉语中,与"economy"相对应的词是"经济",但是最初"economy"曾有过很多种译法。

1902年3月10日的《新民丛报》第三号上,梁启超提出:可以从古汉语中找出"食货""轻量""货殖""平准"等词与"economy"对应,鉴于"平准学""平准界""平准问题"应用广泛,最后决定使用"平准"这一说法。严复得知梁启超的意见后,认为"平准"不能充分表达"economy"的含义,而且"平准"是汉代官职名,所以认为应该将"economy"译为"理财",若是为了求驯雅,可以译为"计学"。③ 梁启超在同期报纸上介绍了井上辰九郎的《生计学史》,例言中梁启超写道:"草创之初,正名最难。"并明确说"econo-

---

① 梁启超:《东籍月旦》,1902年6月6日《新民丛报》第九号。
② 《国闻短评》,见1902年2月23日《新民丛报》第二号。
③ 参见1902年5月8日《新民丛报》第七号。

my"的译法由"平准学"改为"生计学",随后,梁启超便用"中国之新民"的笔名,在《学说》栏中发表了《生计学学说沿革小史》,试图将"生计学"这种翻译方法固定下来。

1902 年 7 月 5 日,《新民丛报》第 11 号刊载了题为《论世界经济竞争之大势》的文章,率先使用了"经济"的说法。日语中把英文"economy"翻译成"经济学",是福泽谕吉在 1871 年 12 月发表的《劝学篇》中首次使用的,因此,"经济"是日语的回流词。当"经济界""经济问题"这些词被广泛应用后,严复的翻译"计界""计问题"渐渐从现代汉语中淡出了。"economy"的译法,由梁启超的"平准学""生计学",到严复的"计学",最后采用了日语的译法。

古汉语中有"社会"一词,"社会"在古汉语中指在春天和秋天进行的拜祭土地神的仪式,或指在农村私塾举行的一种庆祝仪式,是一个并不常用的词。日语中将英文词"society"译为"社会"。现代汉语中,"社会"这种说法是在《新民丛报》第四号"学术"栏《论中国学术思想变迁之大势》文章中出现的。有读者当时不清楚"社会"一词的意思,曾写信向该报询问。《新民丛报》在第十一号"问答"栏中对社会一词做出了解释:"社会一词,是日本人的译语。在汉语里可以理解为'群'。这里的'社会'乃是'人群'的意思。……本报或者使用'群'或者使用'社会',取决于一个字或两个字的需要,然而'社会'这种两个字的说法日后定当流行于世。"①

"Finance"在汉语中是一个很难理解的词。严复在《原富》一书中将其译为"金银本值",简称"银值",可是中国是一个金本位的国家,"银值"这一说法不通。日语将其译为"金融",有"金钱融通"之意,可以按照中国古有的"泉币＝货币"的意思来理解。因此,现代汉语也采用了日语的译法。

对于"human rights"的翻译中国曾经盛行"民权"的译法,日语译为"天赋人权"。"民权"与"人权"哪种译法更好呢?《新民丛报》第六号做出了以下回答:"'民权'实际是卢梭提倡的说法……'天赋人权'强调人生而固有的自由自治的权利和平等均一的权利。"最终,也采用了日本的译法。

(三) 众多留日学生成为日语词回流的重要推手

晚清影响最大的留学运动有四次,分别是:派遣留美幼童、派遣留欧学生、派遣庚款留美学生和留学日本浪潮。派遣留美幼童发生在 1872—1875 年,清政府每年向美国派遣 30 名幼童,四年共派遣了 120 名幼童赴美学

---

① 参见 1902 年 7 月 8 日《新民丛报》第十一号。

习。这个计划由于保守派势力的阻挠被迫中断,1881年全部幼童被遣返回国。尽管幼童中只有二人大学毕业,但是他们回国后活跃在铁路、轮船、采矿、邮政、海防、电报乃至外交、教育、文化各个领域,成为了近代中国的奠基人材。京张铁路的总设计师詹天佑就是120名留美幼童之一。

1877年、1879年、1886年,清政府又先后派遣了三批留欧学生。这批留欧学生回国后在近代中国造船业、海军建设中发挥了重要作用,北洋舰队的指挥官中半数为首批船政留学生,如刘步蟾、林永升、林泰增、严复等。

1901年,《辛丑条约》规定清政府向十四国赔偿白银4亿5千万两,分39年付清,历史上称这次赔款为"庚子赔款"。1908年,美国国会通过法案,授权罗斯福总统退还清政府"庚子赔款"中超出美方实际损失的部分,用这笔钱帮助清政府办学,并资助清朝学生赴美留学。双方协议,创办清华学堂,并自1909年起,清政府每年向美国派遣100名留学生,历史上称这些留学生为庚款留美学生。

1909—1911年,清政府连续三年面向全国招考庚款留美学生。1909年从630名应考者中录取了47名,这47人与3名贵族子弟共50人作为第一批庚款留美学生于1909年10月赴美,他们所学专业大多是化工、机械、土木、冶金及农、商各科,后来的清华大学校长梅贻琦就是其中之一。1910年8月又举行了第二次招考,从400多名应考者中录取了70名赴美,胡适、语言学家赵元任,以及气象学家竺可桢等都是第二批庚款留美学生。1911年,第三批、也是最后一批共派遣了63名庚款留美学生。三批庚款留美学生所习的科目以理工科为主,庚款留学有"以十分之八习农工格致等科,以十分之二习法政、理财、师范等诸学"的明确分科计划,并且规定官费生"概学习农工格致各项专科,不得改习他科",自费生"非学习农工格致三科者,不得改给官费",已修习此三科的,"亦不得改习他科"。① 庚款留美学生中产生了许多优秀的科学家,中国近代科学发展中的许多新学科的创建者大多来自这些留美学生。另外,政治活动家唐绍仪、董显光,外交家顾维钧、颜惠庆、施肇基、郭泰祺、梁敦彦、王正廷、梁如浩,社会科学家马寅初、潘光旦等也是庚款留美学生。

清华大学曾对1909至1929年间留美学生所学的专业做过统计,学哲学的18人,占总人数的1.4%;文学61人,占4.8%;社会科学325人,占25.2%;法学29人,占2.2%;自然科学127人,占9.8%;商学142人,占11.1%;工程学404人,占31.3%;农业67人,占5.2%;医学68人,占

---

① 李喜所、刘集林等:《近代中国的留美教育》,天津:天津古籍出版社2000年版,第136页。

5.3%;军事92人,占2.2%;未详者19人,占1.5%。① 这样看来,除去专业未详的19人,清华大学1909—1929年间的留美学生中,学习文科的有433人,而学习理工科的有900人,明显超过了学习文科的学生的人数。留美学生以修习理工科为主,是近现代留美运动的一个重要特点。国内理工科人才的相对匮乏和迫切需要是主要原因,另外,政府吸取了留日学生以军事法政为主业、对政治过于关心的教训,因此,不提倡留学生出国后修习文科。

1894年清政府在中日甲午战争中的失败拉开了中国青年留学日本谋求救国之方的序幕。以1896年清政府派遣13名学生赴日留学为肇始,留日学生数到1904年已达2400余人,1906年增加到近两万名②,留学规模之大和留学生成分之复杂都是空前的,这一时期可称为第一次留日浪潮,这次浪潮直至辛亥革命前夕才有所衰减。留日学生产生了众多革命领袖,邹容、陈天华著了《革命军》《猛回头》等书倡导反清革命;黄兴、宋教仁成为辛亥革命的主要领导人;陈独秀、李大钊成为中国共产党早期领导人。从文学史的角度看,鲁迅、周作人以及以陈独秀为代表的《新青年》的撰稿人大都是这一时期的留日学生。其名字及赴日时间如下:陈独秀(1901年)、高一涵(1913年)、刘叔雅(1909年)、高语罕(1906年)、潘赞化(1902年)、汪叔潜(?)、李大钊(1913年)、杨昌济(1903年)、马君武(1902年)、苏曼殊(1898年)、吴虞(1905年)、陶履恭(?)、光升(1905年)、吴稚晖(1902年)、章士钊(1905年)、钱玄同(1905年)、周作人(1906年)、沈尹默(1905年)、沈兼士(1905年)、陈大齐(1903年)、鲁迅(1902年)。从《新青年》的撰稿人名单可以看出,除胡适(留美)、蔡元培(留德)、王星拱(留英)、陈衡哲(留美)等少数人外,其余的撰稿人几乎都是留日归来的学生。③

辛亥革命结束到1923年日本关东地震前后,掀起了第二次留日浪潮。松本龟次郎在《中华民国留学生教育的沿革》中记述道:"1913年至1914年间,留学生人数颇多,最少也有五六千人,仅次于日俄战争前后的最盛时

---

① 《清华大学史料选编》第1卷,北京:清华大学出版社1991年版,第56页。
② 关于留日学生的确切数字说法较多,舒新城在《近代中国留学史》中记述道:"自(光绪)二十七年(1901)至三十二(1906)年五六年间,留日学生达万余,实为任何时期与任何留学国所未有者。"日本学者实藤惠秀根据多方资料统计,认为"以1905与1906两年,留日学生人数都在八千左右大概是不会错的。"参见实藤惠秀:《中国人留学日本史》,北京:三联书店1983年版,第三章。
③ 参见陈万雄:《五四新文化的源流》,北京:三联书店1997年版,第1—19页。

期。"①以孙中山为首的大批革命党人为躲避袁世凯的追杀在这一时期再度流亡日本,作为中国新文学运动重要一翼的创造社作家也是在这期间留学日本的。

其实,许多留日学生并非留学之初即抱着从事文学之目的,梁容若在《日本文学对中国文学的影响》一文中谈道:"中国学生的留日,最初是以学军事、法律为主,以后是教育,最后则倾向于自然科学。以研究文学、哲学为目的东渡的人为数极少……然而在原来富于文学素质的中国留学生里边,当时被日本新文学的隆盛所刺激,把自己原来研究的科目抛开,而转向于文学研究和创作的人,却意外的多。"②诚如斯言,留日学生中,鲁迅学医、周作人学海军、郭沫若学医、张资平学地质、郁达夫学经济,据鲁迅回忆,当时留学日本的情况是"在东京的留学生很有学法政理化以至警察工业的,但没有人治文学和美术"③。留日学生没有人专治文学和美术,为什么却产生了大量的文学家呢?

对于留学生而言,与所学的专业相比,他们所在国家的社会制度、政治氛围、风俗习惯等才是他们生命体验的重要因素。梁启超曾对比过近代留日学生和留美学生,认为前者是"读书不忘爱国",而后者是"爱国不忘读书"。④ 王奇生说:"一部近代中国留日史,既是一部留日学生忍辱负重的历史,又是一部留日学生排日反日的历史。"⑤也许正是这种"屈辱感"和"压抑感"激发了留日学生言说的欲望,成为他们从事创作的主要动因。大批留日学生成为日语词回流到现代白话文中来的重要推手。

(四) 现代白话文对日语的受容

西方著名语言学家萨丕尔认为:"交际的需要使说一种语言的人和说邻近语言的人或说文化上占优势的语言的人发生直接或间接接触。"⑥按照萨丕尔的逻辑进行推演,在两种文化交流和碰撞的过程中,高位文化的语言对低位文化的语言会先验的具有一种文化优势,并因此对处于低位文化地位的语言产生更大的影响。隋唐时期,中国文化经过千年的积淀,在

---

① 〔日〕松本龟次郎:《中华民国留学生教育的沿革》,载《留东学报》创刊号,1935年7月1日刊行。
② 梁容若:《日本文学对中国文学的影响》,《中日文化交流史论》,北京:商务印书馆1985年版,第29页。
③ 鲁迅:《〈呐喊〉自序》,《鲁迅全集》第1卷,北京:人民文学出版社1981年版,第417页。
④ 梁启超:《新大陆游记》,长沙:湖南人民出版社1981年版,第154页。
⑤ 王奇生:《中国留学生的历史轨迹》,武汉:湖北教育出版社1992年版,第97页。
⑥ 〔美〕萨丕尔:《语言论》,北京:商务印书馆1997年版,第173页。

精神本质和思想根基上形成一种"天下大同"的文化观和儒家文化为主导文化的文化秩序,在东亚文化体系内,中国文化总是以文化导师和精神救赎者的形象出现在日本文化面前,先验的对日本文化形成一种压制和规训,日本多次派遣唐使来中国,学习中国文化,日本人在汉字的基础上创造了日本文字。但在日本明治维新后,日本实行"脱欧入亚"的现代性社会改革运动,在西方国家现代化发展路径的参照下,日本急速进入到现代化发展轨道,而中国却处于内忧外患中,在这种时代语境下,日本文化与中国文化之间发生了颠覆性的转换,日本文化成为高位文化,日语向汉语逆输出,汉语对日语受容,成为不可抗拒的历史潮流。

据统计,《现代汉语词典》所收词条中,来自日语的汉字词及回流汉语词有 768 条,而日本学者实藤惠秀认为汉语中能够确认的日语外来词是 844 条①。在现代汉语词汇谱系中,关于经济学、哲学、社会学的大部分学术术语,诸如"革命""思想""意识""社会""国家"等政治语汇,以及我们在日常生活中进行交流和沟通的日常用语,在某种意义上,都与日语体系及其相关因素有着直接而内在的关联。尤其是,近代以来,大量日语词汇向汉语的逆输入极大地推动了汉语的转型、发展和现代性重构。现代汉语对日语的受容主要是通过大量日文书籍的翻译来实现的。

甲午战争后,中国改良派觉察到日本的国力不容小视,日本明治维新的成功经验,便成为中国志士"变法图强"效仿的典范。中日两国在改革前的情况相对接近,使中国改良派更愿意接受经过日本人拣择与验证、造成日本迅速近代化的"洋学";加之中日有"同文"之便,学习日本因此成为学习西方的捷径。晚清西方文化的输入,经历了一个从偏重自然科学到偏重社会及人文科学的过程。与之相伴,翻译也逐渐从偏向西文转为偏向日文。

1896 年,京师同文馆中添设了东文馆。1897 年,梁启超等人在上海创立大同译书局,其宗旨明示时代新风:"以东文为主,而辅以西文;以政学为先,而次以艺学。"1898 年以后翻译的西方社会及人文科学著作,大约三分之二是由日文转译的。留日学生创办的 40 余种杂志都曾刊登过翻译作品,还出现了《游学译编》这样专门的翻译杂志。《新民丛报》记载,1902 年的上海翻译界"未知其内容若何,但见其所出广告,满纸皆日本字面,几于不能索解,实属可笑"②。诸宗元在《译书经眼录序例》中曾做过统计,1901

---

① 参见〔日〕实藤惠秀:《中国人留学日本史》,北京:三联书店 1983 年版。
② 见《新民丛报》第 26 号,"学界时评"。

年至 1904 年间译书总数为 533 种,其中译自日文 321 种,占总数的 60.2%,而译自英、美、法、德等国的西文书只有 130 种,占译书总数的 24.5%。①

翻译取向的转移,也决定了翻译语汇的改变。日本为翻译西文,用汉语构词法自造的汉字新词,此时也在中文译本中大量出现。这种"新名词"的采用备受关注。从言文合一的角度,梁启超论述过"新名词"的产生与使用的必然性:

> 社会之变迁日繁,其新现象、新名词必日出,或从积累而得,或从交换而来。故数千年前一乡一国之文字,必不能举数千年后万流汇沓、群族纷拏时代之名物、意境而尽载之、尽描之,此无可如何者也。言文合,则言增而文与之俱增。一新名物、新意境出,而即有一新文字以应之。新新相引,而日进焉。②

由于"西学东渐",古汉语已捉襟见肘,不敷应用,"新名词"便成为输入、传播新思想与新知识的重要媒介。所谓"吾近好以日本语句入文,见者已诧赞其新异"③,正明白道出了其所用新词的来源。本来,另行创造新词语也未尝不可,但其既费时,又不易统一。而日本明治年间已然流行的汉字新词,不但符合中国人的读写习惯,而且取义定名,容易领会。于是,在翻译与阅读的过程中,日本新造的汉文词汇被大量引入汉语。这些来自日语的外来语词汇,便成为晚清大量增生的现代汉语的主体。

与白话不同,来自日语的新词汇虽然在形式上与汉语接近,但毕竟仍属于外来语。其流行和普及曾遭到相当程度的反对,其中不乏赞成使用白话写作的文化人。创办过《杭州白话报》与《中国白话报》、笔名"白话道人"的林獬,1904 年便对"文界革命"发生以来日语词汇的移用大加抨击:

> 吾国文章,实足称雄世界。日本固无文字,故虽国势盛至今日,而彼中学子,谈文学者,犹当事事丐于汉土。今我顾自弃国粹,而规仿文辞最简单之东籍,单词片语,奉若《邱》《索》,此真可异者矣。④

---

① 张静庐:《中国近代出版史料二编》,北京:中华书局 1957 年版,第 99—101 页。
② 中国之新民(梁启超):《新民说·论进步》,《新民丛报》第 10 号,1902 年 6 月。
③ 任公:《汗漫录》,《清议报》第 35 册,1900 年 2 月。
④ 高旭:《愿无尽斋诗话》引录,《南社丛刻》第 1 集,约 1910 年。

从保存国粹出发,政治立场截然对立的刘师培与康有为也在排斥日语影响上持论相同,二人均视"日本文体""输入于中国"为"吾国文学之大厄"。①

不过,这些说法也从反面证实了来自日语的"新名词"已深入普及,成为现代汉语不可剔除的有机部分,甚至连反对者也必须依靠它达意。历任湖广总督与两江总督的端方,批某生课卷,谓其"文有思想而乏组织,惜用新名词太多"②,即因不知"思想"与"组织"本为来自日语的新名词而传为笑谈。

日语词汇通过翻译等手段大量流入汉语,现代汉语接纳了大量的日语词汇。许多现代人看来不证自明的词,却令当时的一般读者费解。因此,经常有读者致信《新民丛报》询问一些词汇的含义。1902 年 2 月 1 日起,《新民丛报》特辟了"问答"栏,专门解释诸如"金融""经济""社会""组织""形而上学"等新名词。但是,仅靠《新民丛报》对少量新名词的解释,显然不能满足读者的需要。1902 年 2 月 15 日的《新民丛报》为读者介绍了一本名为《和文奇字解》的字典:

> 今中国人读日本书者益多,而或未尝习日语或习之未深者,往往有遇过此等字,茫然不知所谓,因而不能得其上下文理,甚至有误会其意者。桐城陶君特著此书,将此等奇字苦心摘出,为下注脚,以便于读日本书者,其用意至深厚,其堪嘉也。③

1903 年,留日学生汪荣宝和叶澜编撰了一部专门解释日本新名词的《新尔雅》④。全书分十四个部分:释政、释法、释计(经济)、释教育、释群(社会)、释名(论理学)、释几何、释天、释地、释格致(物理学)、释化(化学)、释生理、释动物、释植物。所收录的词条很多都成为了今天现代汉语的基本词汇。如"释教育"一章中收录词条 90 余条,其中包括下面的词条:

> 爱情、激情、气质、美感、个性、人格、感官、感情、感觉、同化、愿望、意见、意识、统一性、现象、观念、概念、主观、客观、精神作用、精神现

---

① 刘师培:《论近世文学之变迁》,《国粹学报》第 26 期,1907 年 3 月;康有为:《中国颠危误在全法欧美而尽弃国粹说》,《不忍杂志》第 7 册,1913 年 8 月。
② 柴萼:《梵天庐丛录》卷二十七《新名词》,上海:中华书局 1926 年版。
③ 《新民丛报》第 4 号(1902 年 2 月 15 日),第 104 页。
④ 《新尔雅》,光绪二十九年(1903),上海:文明书局发行,由东京并木活版所印。

象、判断、证明、暗示、形式、内容①

从这些词条可以看出，许多我们今天常用的词汇，都是现代汉语从日语受容来的外来语，而这些词汇在当时都是需要解释的新名词。

二、周作人通过翻译实现对日语的受容

现代汉语对日语的受容，一方面，使汉语本身的文化本土性受到了冲击，另一方面，如何对日语进行符合汉语规范和接受习惯的翻译和转述就成为一个关键节点。1935年6月10日鲁迅写了《"题未定"草·二》，阐述在翻译中既必须力求易解，又必须保存原作的风貌，在语言上不必完全"归化"的主张：

> 还是翻译《死魂灵》的事情。……动笔之前，就先得解决一个问题：竭力使它归化，还是尽量保存洋气呢？日本文的译者上田进君，是主张用前一法的。……所以他的译文，有时就化一句为数句，很近于解释。我的意见却两样的。只求易懂，不如创作，或者改作，将事改为中国事，人也化为中国人。如果还是翻译，那么，首先的目的，就在博览外国的作品，不但移情，也要益智，至少是知道何地何时，有这等事，和旅行外国，是很相象的：它必须有异国情调，就是所谓洋气。其实世界上也不会有完全归化的译文，倘有，就是貌合神离，从严辨别起来，它算不得翻译。凡是翻译，必须兼顾着两面，一面当然力求其易解，一则保存着原作的丰姿，但这保存，却又常常和易懂相矛盾：看不惯了。不过它原是洋鬼子，当然谁也看不惯，为比较的顺眼起见，只能改换他的衣裳，却不该削低他的鼻子，剜掉他的眼睛。我是不主张削鼻剜眼的，所以有的地方，仍然宁可译得不顺口。②

鲁迅关于翻译的"洋气"问题的主张，看来有两方面的考虑。一是为了"益智"，与旅行外国相似，必须有"异国情调"；二是为了"输入新的表现法"，以改进中文的文法。这后一方面，是从属于他的整个改造中国语言的博大思想的，换句话说，鲁迅主张"直译""硬译"，是站在中国语言改革的

---

① 参见《新尔雅》，上海：文明书局1903年版，第51—61页。
② 鲁迅：《"题未定"草·二》，《文学》月刊第5卷第1期，1935年7月1日。

高度的。

周作人正是鲁迅主张的身体力行者,周作人在日本生活过 8 年,并有日本女人为妻,其日语水平不容置疑,在翻译日文的过程中周作人将大量的日文词汇、语法引入了汉语,并介入到汉语由文言文转化为白话文的现代性语言进程中,日语与汉语实现了"挪移——引用——借鉴——融合"的双向互动和受容,对五四白话文的生成和发展产生了明显的历史功效。

周作人的译文中所使用的词汇虽然在古汉语早已有之,但在日语中,词汇的含义已经发生了变化,周作人在翻译过程中取的是这个词在日语中的意思,这种情况也可以看作是语言的回流。这些词汇,有的我们现在依然使用着,有的基本不使用了,然而,这些也许并不重要,因为语言是始终发展变化着的,每个时代都会有新的词汇产生,同时也要有一些词汇消亡。以下是《现代日本小说集》中的部分译例:

1. 但是他很能说能笑,笑起来眼边现出一种**爱娇**。①（第 10 页）

處が能く語り能く笑ふ、笑ふ時は其眼元に一種の**愛嬌**がこぼれる、……②

2. "文章也妙,主意更是**大赞成**。"（第 14 页）

「文章も面白ろい、主意は**大賛成**です!」③

3. 将伊打发出去,但是隔着格子门望伊走出去的**后影**,看见阿房比以前显然衰瘦得多了……（第 55 页）

さうして出て行く**後ろ影**を格子越しに見送つて、おふさが前と較べて、くつきりと力なげに痩せたのを見て、……④

4. 说是行李,原不过一只女人用的**信玄袋**和一个包裹罢了。（第 155 页）

荷といつても、女持の**信玄袋**と風呂敷包が一つだけだ。⑤

5. 后来又道,"好吃的,给你罢?"一只手便从**信玄袋**里掏出一颗"园之露"来给伊。（第 155 页）（园之露后注道:干点心的名称。[第 161 页]）

---

① 1—12 译例,汉语部分均引自周氏兄弟合译文集:《现代日本小说集》,北京:新星出版社 2006 年版。
② 国木田独步:《巡查》,《日本现代文学全集 18》,講談社 1980 年版,第 95 页。
③ 同上书,第 97 页。
④ 铃木三重吉:《金魚》,《现代日本文学全集 42》,改造社 1930 年版,第 103 页。
⑤ 志賀直哉:《網走まで》,《日本现代文学全集 49》,講談社 1980 年版,第 204 页。

今度は、「うま、上げよう」と片手で**信玄袋**から「園の露」を一つ出してやる。①

6. 火车不久到雀之宫子；去问**车掌**，说这里停车的时刻很短，请在后一站下去罢。后一站是宇都宫，有八分间的停车。（第 159—160 页）

間もなく汽車は雀の宮に着いたが、**車掌**に訊くと、其間はないから此次になさい、といふ。此次は宇都宮で八分の停車をする。②

7. "这可窘了。"母亲踌躇了一回，从包里拉出一条小孩用的细的**博多带**，络在婴儿两边腋下，就想背上去；又似乎想到了，从袖底里拿出**木棉**手帕来，盖在自己衣领的后面，赶快的将带缚好，背了婴儿，走下月台去。（第 160 页）

「困るわねえ」母は一寸ためらつたが、包から、スルスルと細い、**博多**の子供帯を出すと、赤児の両の腋の下を通して、直ぐ背負はうとしたが、袂から**木綿**のハンケチを出して自身の襟首へかけ、手早く結いつけおんぶにして、プラットフォームへ下り立つた。③

8. 来访他做木匠的父亲的客看见清兵卫**热心**的磨着壶卢，便这样说。（第 163 页）

大工をしてゐる彼の父を訪ねて来た客が、傍で清兵衛が**熱心**にそれを磨いて居るのを見ながら、かう言つた。④

9. 不久清兵卫的父亲从**工作场**回来了。（第 166 页）

間もなく清兵衛の父は**仕事場**から帰つて来た。⑤

10. 他的那种非常伤心，没有**元气**的青白的脸色……（第 263 页）

その青ざめた**元氣**の無くなつた様子を、……⑥

11. 家里的凸哥儿无论怎样，总还是幸福的，——这样**两亲**都完全在这里。（第 263 页）

宅の凸ちやんなどは、何といつても仕合せだわ。—斯うして**両親**が

---

① 志賀直哉：《網走まで》，《日本現代文学全集49》，講談社 1980 年版，第 204 頁。
② 同上书，第 206 页。
③ 同上书，第 207 页。
④ 志賀直哉：《清兵衛と瓢箪》，《日本現代文学全集49》，講談社 1980 年版，第 272 頁。
⑤ 同上书，第 273 页。
⑥ 加藤武雄：《郷愁》，《現代日本小説大系38》，河出書房 1956 年版，第 176 頁。

揃つてゐるんですもの。①

12. 我在空中描出芳姑儿母亲的姿态,——虽然缺乏**爱娇**,但是容貌端正……(第263页)

愛嬌には乏しかつたが、顔立の整つた、身だしなみのいい、いつも澤やかな丸髷に結つて書生羽織などをきちんと着てゐたよッこちやんの阿母様の姿を幻に描きながら、……②

"爱娇""大赞成""后影""信玄袋""车掌""博多带""木棉""工作场""两亲"等词汇是日语词汇,周作人在翻译时无法找到适合的汉语词汇与之对应,因此他便直接把日语词汇放在自己的译文中了。

"爱娇"一词在日语中的意思是"妩媚可爱"。虽然现在我们几乎不使用这个词了,但是现代作家茅盾和巴金都曾在自己的小说中使用过这个词。如茅盾在《子夜》第二章写道:"(吴少奶奶)眼睛却依然那样发光,滴溜溜地时常转动——每一转动,放射出无限的智慧,无限的爱娇。"③巴金在《家》第九章写道:"这个女人虽然常常浓妆艳抹,一身香气,可是并没有一点爱娇。"④尽管我们无法证明茅盾和巴金是在阅读了《现代日本小说集》后始知"爱娇"一词的,但是商务印书馆出版《现代日本小说集》的时间是1923年,而《子夜》写于1931年10月至1932年12月,《家》写于1931年,都在《现代日本小说集》出版之后,因此,我们不能排除《现代日本小说集》的引入之功。

"车掌"是日语词汇,在日语中,称电车司机为"车掌"。"车掌"一词也曾经被现代作家广泛应用。鲁迅在《南腔北调集·上海的少女》中写道:"如果一身旧衣服,公共电车的车掌会不照你的话停车。"⑤郭沫若在《塔·喀尔美萝姑娘》也使用了"车掌"一词:"车掌催着我下了车,我立着看那比我力量更大的电车把我的爱人夺去。"⑥

"木棉",汉语中指木棉科植物,是一种落叶大乔木。但在日语中,"木棉"是指"纯棉的、棉质的"的意思。周作人在译文中自然取的是日语中的意思,他将日语词汇直接放在了译文中。

---

① 加藤武雄:《郷愁》,《現代日本小説大系38》,河出書房1956年版,第176页。
② 同上书,第177页。
③ 茅盾:《茅盾文集》第3卷,北京:人民文学出版社1958年版,第33页。
④ 巴金:《巴金全集》第1卷,北京:人民文学出版社1986年版,第70页。
⑤ 鲁迅:《鲁迅全集》第4卷,北京:人民文学出版社1981年版,第563页。
⑥ 郭沫若:《郭沫若全集》第9卷,北京:人民文学出版社1985年版,第217页。

"热心"一词,汉语古已有之。宋代李觏《偶题饶秀才溪光亭》一诗有云:"万事热心成浩叹,一樽撩眼怕长迷。"《警世通言·赵太祖千里送京娘》:"你这般不识好歹的,枉费俺一片热心。"《二十年目睹之怪现状》第三回:"承你一片热心知照我,把这个美举分给我做,我还感激你呢。"①但值得我们注意的是,"热心"在汉语中的意思是"热情,肯尽力"。其近义词是"热情"。而日本《新明解国语辞典》对日语"热心"一词的解释为"对一件事物关心、感兴趣、心不被其他事物所动"②。"热心"一词在日语中是"专注"的意思。对照例7原文,显然,周作人此处译文想表达的乃为"专注"之意,取的是日语里"热心"的意思,而非古汉语中的意思。

中国古代即有朴素的"元气论",认为"元气"是构成宇宙万物的最本质、最原始的要素,其源头可认为是老子的"道"。汉语中"元气"一词,始见于汉代哲学著作。如《鹖冠子·泰录》:"天地成于元气,万物成于天地";《论衡》:"元气未分,浑沌为一","万物之生,皆禀元气";《白虎通义·天地》:"天地者,元气之所生,万物之祖也。"唐代柳宗元提出"庞昧革化,惟元气存";明代王廷相称"天地未判,元气混沌,清虚无间,造化六元机也"均为对汉代元气说的继承与发展。③日语中"元气"的含义与古汉语中"元气"的含义不同,日本《新明解国语辞典》对日语"元气"一词的解释为"1. 身体充分修养后有了想做事情的气力。2. 活泼的、干劲十足的。"④周作人译文中的"元气"显然是直接引用的日语中"元气"的含义。

周作人在其翻译中引入的日语词汇虽然有些我们现在几乎不使用了,但基于汉语和日语的亲缘性,我们依然可以大概理解词语的含义,体察他通过文学翻译丰富现代汉语的良苦用心。以下也是出自《现代日本小说集》中周作人的译文,译文中的词汇也是来自日语的:

1. 这时候,母亲的**实家**也还很富裕,所以母亲的妆奁办的十分讲究。(第59页)(日语为"实家","自己的家"之意。)⑤

2. 在南边望见许多大火花,看去像是**三四町**外的地方正烧着。(第76页)("町"为日语词汇,一町约合109米。)

3. 走了**半町**的路,有一个从对面跑来的男人踹了我的脚。(第76页)

---

① http://baike.baidu.com/view/3274136.htm.
② 《新明解国语辞典》第4版,东京:三省堂株式会社1997年版,第994页.
③ http://baike.baidu.com/view/522.htm.
④ 《新明解国语辞典》第4版,东京:三省堂株式会社1997年版,第382页.
⑤ 1—8例均引自周氏兄弟合译文集:《现代日本小说集》,北京:新星出版社2006年版.

4. 伯母家里的堂妹和贞子豫定去演"**仕舞**",他们二人每天出门练习"**仕舞**"去了。在实演的两三天以前,先在我家的客室里试演一番,那时候贞子也演"**仕舞**"给我们看。(第 81 页)("仕舞"为日语词汇,指日本能乐中不化妆、不带伴奏的简单舞蹈。)

5. 有一天,伯母拿了贞子和静子的**看护妇**装束的照相来,给母亲看。这大约因为社会交际的关系,二人当作什么名誉**看护妇**或是**有志看护妇**,曾去访问过负伤兵士,在那时候所照的罢。(第 87 页)("看護婦"是日语词汇,"护士"之意。)

6. 我听了想起以前母亲曾经讲过贞子的坏话的事情,便猜想伊现在也因为要使我**断念**,所以说这些坏话的,于是生起气来了。(第 89 页)("断念する"为日语,意为"放弃这种想法"。)

7. 父亲和母亲关于这个阿姊似乎平常也颇自夸,现在从照片上看来,并不是所谓美人式的一定的姿色,但是有说不尽的优美和温雅,而且与人以一种**花霞**似的淡淡的温暖的感觉,这是我所相信的。(第 137 页)(周作人在小说后注道:花霞[Hanakasumi],谓花盛开时,花光映发,远望如红霞,大抵形容樱花时节的景色。[第 146 页])

8. 我对于这些兵卒,**昼间**的疲劳还未恢复,又从瞌睡的床上被叫起来,拉到野外去的兵卒,十分同情。(第 168 页)(日语"昼間",意为"白天"。)

现代汉语通过翻译对日语受容,给现代汉语增添了新活力。面对现代社会出现的新思想、新事物,古代汉语的匮乏和无力不仅是词汇层面的,在语法层面,古代汉语也表现出了不够"精密"的不足。1931 年 12 月 28 日,鲁迅在与瞿秋白讨论翻译问题时,有过详尽论述:

> 这样的译本,不但在输入新的内容,也在输入新的表现法。中国的文或话,法子实在太不精密了,作文的秘诀,是在避去熟字,删掉虚字,就是好文章,讲话的时候,也时时要辞不达意,这就是话不够用……要医这病,我以为只好陆续吃一点苦,装进异样的句法去,古的,外省外府的,外国的,后来便可以据为己有。①

---

① 鲁迅:《二心集·关于翻译的通信》,见《鲁迅全集》第 4 卷,北京:人民文学出版社 1981 年版,第 382 页。

现代汉语对日语的受容体现在词汇、语法各个层面,自晚清以降大量日语词汇进入汉语,经过几十年的渗透、融合极大地推动了汉语的转型、发展和成熟。正是通过现代翻译家的翻译和现代作家的试写,使大量的日语词汇完全地融入了汉语,为五四白话文的成熟打下了坚实的基础。同时,现代日语也对留日作家完成了现代思维的训练,留日作家的现代小说创作为更新、完善现代汉语提供了可能。五四白话文运动激发了现代作家的创作热情,同时,正是通过现代作家的现代小说书写,才确立了白话文的合法性,这也是五四留日作家对文学史和语言史的伟大贡献之所在。

三、从周作人文学翻译前后期语言的变化看白话文进一步成熟

周作人是白话文运动的倡导者和先行者,他说:"白话如同一条口袋,装入那种形体的东西,就变成那种样子。古文如同一个木匣,它是方圆三角形,仅能置放方圆三角形的东西。"①1917 年周作人翻译了古希腊作家 Theokritos 的作品《牧歌第十·两个割稻的人》,作品内容是通过两个人对话来展现的。1921 年,周作人又重新翻译了这部作品。我们可以通过周作人前后两次对同一部作品的翻译来体察白话文的成熟。

1917 年的翻译:Theokritos 牧歌第十

对话角色　甲 Milon　乙 Battos

两个割稻的人

甲　你没气力的笨汉,你怎么了?你不能一径割稻,同平常一样,又不能同两边的人一样的割得快。却独自落后,宛然一只母羊,脚被棘刺刺伤,跟在羊队的后面。你早上便割的不得法,等到午后晚上,不晓得不会到怎地?

乙　Milon,你能从早到晚的劳作,你是顽石的小片,我问你,可不曾想着你不在身边的人么?

甲　不曾!作工的人,空想着不曾得到的人作甚。

乙　你可又不曾为了相思,睡不着觉么?

甲　没有!教狗尝过油饼的味,便不妙了。

---

① 周作人:《死文学与活文学》,《本色》,石家庄:河北教育出版社 2002 年版,第 103 页。

乙　Milon，我可是想着那人，已有十一日了。

甲　看来你好运气。从酒缸酌了酒吃，我却连醋也没。

乙　我为了爱神的缘故，我门外的田，自从秋田时候，还不曾耕过。

甲　但是谁家女儿，使你这样受苦？

乙　Polybotas 的女儿，就是近来常常在 Hippokoon 的田里，吹箫给割稻的听的那女儿。

甲　神的报施不爽呵！你也可遂了你的心愿，得着那蚱蜢似的女儿（譬喻唱歌唱的好）通夜陪你睡。

乙　你又来嘲笑我。盲神可不止一个财神，那鲁莽的爱神，也是瞎的。你莫要说大话呵。

甲　我并不说大话。——你今且一径割稻；唱齿句情歌称赞那娃儿，你便觉得作工愉快些。你从前原是个歌人呵。

乙　咦，你每 Pieria 的诗神，帮我来唱那嫋娜的处女，因为你每惹著凡物，都能使他美丽。

（歌）他每都叫你黑女儿，你美的 Bombyka，又说你瘦，又说你黄；我可是只说你是蜜一般白。

咦，紫花地丁是黑的，风信子也是黑的；这宗花，却都首先被采用在花环上。

羊子寻首蓿，狼随着羊走，鹤随着犁飞，我也是昏昏的单想着你。倘使 Kroisos（古代富人）的宝藏，都归了我呵，我每要铸二人的金像，献与 Aphrobite（恋爱女神），你手握着一支箫，一朵蔷薇，或是一个苹果；我穿着鲜衣，两足着了 Amyklai 做的新靴。

唉，美的 Bombyka，你的脚像雕成的象牙，你的声音甜美催人睡，你的风姿，我说不出。——

甲　我每的小子，你真是一个能作可爱的歌的人；我每从前并没晓得。你唱得真好。唉，我白长了胡子，一点都无用。——但是你每来，且听这伟大的 Lityerses 的歌。

（歌）地母呵，多果子，多五谷；愿田稻成熟，百果长的多呵。

你每缚稻束的快缚呵，怕行路人看见了叫着说，这里作工的是芔人，他每工钱白化了。

看那稻株，可朝着北风，还是朝东风呵。这样，谷子才是最饱满。

打稻的切莫睡午觉；因为在午时，那谷子是，最容易脱开了稻艸。

但是那割稻的，让他每同戴胜醒时一荠起，戴胜睡时一同息，当着那热的中午得休歇。

少年每，那田鸡的生活，真快活呵。他每吸酒，不受酒监的妨碍；因为他每都自有无限制的酒吸。

你吝啬的庄头，好好的煮扁豆。你用着心呵，怕你劈那蒳萝子的时候，会割了你的指头。

太阳底下作工的人，应该唱这样的歌才是。但是你这害相思的小子，你的歌，祗好等你的阿嬷早上醒过来的时候，去念给他听。①

这是古希腊谛阿克列多思的作品，周作人译成于1917年9月18日，发表在1918年2月15日的《新青年》上。周作人当时的翻译我们现在读起来似乎有许多不顺的地方："你没有气力的笨汉，你怎么了？""等到午后晚上，不晓得你会到怎地？""神的报施不爽呵！""我每的小子，你真是一个能作可爱的歌的人；""这里作工的是艸人，他每工钱白化了。""你吝啬的莊頭，好好的煮扁豆。"等等。

或许是出于对译文"信"的追求吧，原文中的"Milon"、"Polybotas"、"Hippoko"、"Pieria"、"Bombyka"、"Kroisos"、"Aphrobite"、"Amyklai"等人名一类的词汇周作人没有翻译，而是直接使用了原文。1918年2月15日，周作人在《新青年》第4卷第2号上发表了《古诗今译》一文。文章中他谈道：

一、Theokritos 牧歌（Eidyllion Bukolikon）是二千年前的希腊古诗，今却用口语来译他；因我觉得他好，又信中国只有口语可以译他。
……

二、口语作诗，不能用五七言，也不必定要押韵；只要照呼吸的长短作句便好。现在所译的歌，就用此法，且来试试；这就是我的所谓"自由诗"。

三、外国字有两不译：一、人名地名；二、特别名词，以及没有确当译语，或容易误会的，都用原语（用罗马字作标准）。

---

① 周作人译：《两个割稻的人》，1918年2月15日刊《新青年》第4卷第2号，署名周作人，未收入自编文集。

四、以上都是此刻的见解，倘若日后想出更好的方法，或有人别有高见的时候，便自然从更好的走。①

后来，周作人重新翻译了这篇作品，1921 年 12 月 4 日以《割稻的人》为题发表于《晨报副镌》的古文艺栏目中；1925 年收入《陀螺》时，又改题为《农夫，一名割稻的人》；1926 年又在《骆驼》杂志中重刊；1934 年收入《希腊拟曲》时，文字又有改动。周作人经常把以前的旧作拿出来重译也反映了他把翻译当作自己毕生事业来做的严谨的治学态度。以下是周作人 1921 年重译的译文：

割稻的人

密隆　蒲凯阿思

密　蒲凯阿思，可怜的庄稼汉，现在你怎么了？你不能一直的割稻像你从前一样，又不能同别人一样的割得快，却像一只被荆棘刺伤了脚的母羊，独自落后。你起手便割的不得法，等到中午傍晚你将变到什么模样？

蒲　密隆，你能从早做到晚的人，你顽强的石片，你不曾想过你不在身边的人儿么？

密　做工的人空想念着不曾得到的东西做什么呢？

蒲　那么你不曾为了相思睡不着觉么？

密　没有；教狗舔了油；便不行了。

蒲　但是我，密隆，害了相思有十来天了。

密　你〔好运气〕，从酒桶里吊了酒了吃，我却是连醋也没。

蒲　为了这件事，我的门外的田自从芝种以后都不曾耕过。

密　但是那一种姑娘使你这样受苦？

蒲　坡吕波达思的女儿，就是那一天在息坡吉盘的田里吹箫给割稻的人听的。

密　神查出了罪人了！你已遂了你长久的心愿，那个蚱蜢便将通夜陪了你睡。

蒲　你来嘲弄我；但盲神不只是一位财神，那鲁莽的爱神也是瞎的。你且不要说大话。

密　我并不说大话。你且只顾割稻，唱一只情歌称赞那人儿，那么将

---

① 周作人：《古诗今译 Apologia》，1918 年 2 月 15 刊《新青年》第 4 卷第 2 号，署名周作人，未收入自编文集，见《周作人散文全集》第 2 卷，桂林：广西师范大学出版社 2009 年版，第 12—13 页。

可以愉快的作工,而且你本来是一个歌人呀。

蒲　你们比厄洛思的诗神们,帮助我来唱那嫋娜的少女,因为你们神女触着一切,即使一切美丽。

　　大家叫你黑姑娘,可爱的滂比加,又说你瘦,又说你黄,只是我说你是蜜白。紫花地丁是黑的,有字的风信子也是黑的,但是这些花朵都首先被采用在花鬘上。

　　母羊寻苜蓿,狼追着羊走,鹤追着犁飞,但是我只昏昏地想着你。倘若传说的克洛梭思的财产都属于我呵,那么我们将献两人的金像给那爱的女神:你挈着你的箫,一朵蔷薇,或是一个苹果;我穿着鲜衣,两脚上着了亚米克拉地方的新鞋。

　　可爱的滂比加,你的脚是象牙,你的声音是阿芙蓉,你的风姿,我说不出来。

密　我们的庄稼汉真是一个唱歌的好手,我们却并不知道,你看他唱得多么合拍。唉,我白长了胡子,一点都没用。但是来罢,你也来听这神圣的列都耳塞思的歌。

　　地母呵,多果子,多五谷,愿田稻成熟,大大地丰收呵。你们缚稻束的紧紧地缚呀,怕路过的人见了说,这里作工的是木头人,他们的工钱全都白花了。

　　留心那稻株要朝着北风和西风,这样谷子才是最饱满。打稻的切莫睡午觉,因为在中午那谷子是最容易脱开了稻草。但是那割稻的,让他们戴胜醒时一齐起,戴胜睡时一同歇,当着那热的时候得休息。

　　孩儿们,那田鸡的生活真快活呵,他们喝酒不用问那管酒的,因为他们都自有无限的酒喝。

　　你吝啬的管家,还不如去煮扁豆,你要小心在劈茴香的时候,怕割了你的指头。

　　在太阳下工作的人应该唱这样的歌才是,但是蒲凯阿思,你的空肚子的相思,只好等你的阿嬷在床上醒过来的时候去念给她听。①

---

①　周作人译:《割稻的人》,1921 年 12 月 4 日刊《晨报副镌》,1921 年 11 月翻译。

1921年的译文与四年前的译文相比,最明显的变化是通篇没有了未经翻译的词汇。周作人将四年前没有翻译直接用在译文中的人名一类的词汇——采用音译的办法译成了汉语:将"Milon"译为"密隆";"Polybotas"译为"坡吕波达思";"Hippoko"译为"息坡吉盎";"Pieria"译为"必厄洛思";"Bombyka"译为"滂比加";"Kroisos"译为"克洛梭思";"Aphrobite"译为"爱的女神";"Amyklai"译为"亚米克拉"。翻译家们对于外国人名如何翻译的问题曾进行过激烈的讨论。有人主张外国人名不需要翻译,可以直接放入译文中;也有人主张翻译者应为外国人重新取中文名字。周作人在1921年的译文中,将人名音译成汉语,这是两全的做法,既"弗失文情"又避免完全不懂英文的人读起来一头雾水。

1950年1月11日,周作人在《亦报》上发表《名从主人》,以后又在1951年2月15日《翻译通报》第2卷第2期上发表《名从主人的音译》,论述了自己"名从主人"的主张,即"凡人名地名,尽可能地依照它本国的读法,忠实地用汉文对译出来"。他又说:"这是标准方法,但自然也有些例外。"①如有的地名原是有意义的文字,各国都用意译,自当同样地译出,如太平洋、死海、黑海等。又如通用已久的音译,虽与原本不符,也只好沿用,如雅典、荷兰、慕尼黑、高加索等。人名地名之外的有些专门名词,因含义较多,意译不能包括者,依照从前译佛经的办法,可以音译,如般若波罗蜜等。

"名从主人"的翻译法说起来易懂,实际操作起来却并不是易事,不被英文读法所囿,要有杂学知识才行,戴望舒曾翻译过 Ovidius 的《爱经》,戴望舒将"Ovidius"翻译作"奥微提乌思",周作人曾将"Ovidius"翻译作"阿微丢思",周作人后来反思说这两种译法"现在看来都是不对的"。② 我们现在看来,外国人名的翻译似乎并不是一件多么困难的事情,因为许多外国人名如今已经有了约定俗成的译法,但对于从事开山翻译的翻译家们来说却是颇费脑筋的一件事。

另外,对比周作人1917年和1921年的翻译,我们可以发现语句更通顺流畅了,用词也发生了一些变化,这一点也从侧面反映出四年里我国的现代白话文进一步发展和成熟了:

例1:你没气力的笨汉,你怎么了?(1917年)

---

① 周作人:《名从主人的音译》,1951年2月15日刊《翻译通报》第2卷第2期,署名遐寿,未收入自编文集,见《周作人散文全集》第11卷,桂林:广西师范大学出版社2009年版,第1页。
② 同上书,第6页。

蒲凯阿思,可怜的庄稼汉,现在你怎么了?(1921 年)

例 2:你不能一径割稻,同平常一样,又不能同两边的人一样的割得快。(1917 年)
你不能一直的割稻像你从前一样,又不能同别人一样的割得快。(1921 年)

例 3:却独自落后,宛然一只母羊,脚被棘刺刺伤,跟在羊队的后面。(1917 年)
却像一只被荆棘刺伤了脚的母羊,独自落后。(1921 年)

例 4:你早上便割的不得法,等到午后晚上,不晓得不会到怎地?(1917 年)
你起手便割的不得法,等到中午傍晚你将变到什么模样?(1921 年)

例 5:不曾! 作工的人,空想着不曾得到的人作甚。(1917 年)
做工的人空想念着不曾得到的东西做什么呢?(1921 年)

例 6:Milon,我可是想着那人,已有十一日了。(1917 年)
但是我,密隆,害了相思有十来天了。(1921 年)

例 7:神的报施不爽呵! 你也可遂了你的心愿,得着那蚱蜢似的女儿(譬喻唱歌唱的好)通夜陪你睡。(1917 年)
神查出了罪人了! 你已遂了你长久的心愿,那个蚱蜢便将通夜陪了你睡。(1921 年)

例 8:我并不说大话。——你今且一径割稻;唱齿句情歌称赞那娃儿,你便觉得作工愉快些。你从前原是个歌人呵。(1917 年)
我并不说大话。你且只顾割稻,唱一只情歌称赞那人儿,那么将可以愉快的作工,而且你本来是一个歌人呀。(1921 年)

例 9:他每都叫你黑女儿,你美的 Bombyka,又说你瘦,又说你黄;我可是只说你是蜜一般白。(1917 年)
大家叫你黑姑娘,可爱的滂比加,又说你瘦,又说你黄,只是我说你是蜜白。(1921 年)

例 10:我每的小子,你真是一个能作可爱的歌的人;我每从前并没晓得。(1917 年)
我们的庄稼汉真是一个唱歌的好手,我们却并不知道,你看他

唱得多么合拍。(1921 年)

例 11：你每缚稻束的快缚呵,怕行路人看见了叫着说,这里作工的是艸人,他每工钱白化了。(1917 年)

你们缚稻束的紧紧地缚呀,怕路过的人见了说,这里作工的是木头人,他们的工钱全都白花了。(1921 年)

例 12：看那稻株,可朝着北风,还是朝东风呵。这样,谷子才是最饱满。(1917 年)

留心那稻株要朝着北风和西风,这样谷子才是最饱满。(1921 年)

例 13：少年每,那田鸡的生活,真快活呵。他每吸酒,不受酒监的妨碍；因为他每都自有无限制的酒吸。(1917 年)

孩儿们,那田鸡的生活真快活呵,他们喝酒不用问那管酒的,因为他们都自有无限的酒喝。(1921 年)

例 14：你吝啬的庄头,好好的煮扁豆。你用着心呵,怕你劈那莳萝子的时候,会割了你的指头。(1917 年)

你吝啬的管家,还不如去煮扁豆,你要小心在劈茴香的时候,怕割了你的指头。(1921 年)

1880 年安特路阑完成了对三位古希腊诗人 Theocritus、Bion 和 Moschus 牧歌的散文体英译,1917 年周作人翻译时使用的底本正是安特路朗的英译本。1921 年周作人重新翻译此牧歌时结合了希腊原文并参照了其他英译本。与 1917 年发表在《新青年》上的译文相比,1921 年周作人修改后的译文,文词显得更加质朴,也更有"牧歌"的灵韵。比如 1921 年的译文："可爱的滂比加,你的脚是象牙,你的声音是阿芙蓉,你的风姿,我说不出来。"就是周作人的精心拼贴的结果。"你的脚是象牙"源自安特路朗的翻译,作为对句的"你的声音是阿芙蓉"却是取自 Loeb 丛书版的 J. M. Edmonds 的英译。周作人在翻译的过程中,经常找来原本和不同的译本,互相对照,再根据中国文学的意境和汉语的特点做出取舍和调整,以冀最大程度地贴近原文并符合中国审美意象。1927 年,周作人曾写了《象牙与羊脚骨》一文阐明自己翻译这句话时的心境。他提到,英国麦开耳教授著的《希腊诗讲义》中说："在希腊原文里并没有象牙雕的这些字样。"希腊原文是"Podes astragaloi teu",直译便是"你的脚是羊脚骨"。麦开耳教授认为安特路朗翻译时为了体现美感,因此翻译成："thy feet are fashioned like carven ivory",采用的是宫廷小说体,可以引发"有像象牙雕成的脚的人,身穿柔软的衣服,住在王宫里"的联想。周作人说:"我知道这 Astragalos 是羊脚骨,知道古代妇女子常用这种脚骨像吾乡小儿'称子'似的抛掷着玩耍,也在希腊古画上见过这个游戏的图,可是没有法子可译:从汉文上看来,羊脚骨没有一点诗与美,普通的联想只是细,此外什么都不能表出,所以不好直译;我想改译作骰子,可是这'花骨头'的联想也不能恰好,结果还是学了安特路阑,勉强凑了一句'你的脚是象牙'。"①

1917 年的译文,是周作人根据安特路阑的英文译本逐字对译的,分句很多。1921 年的翻译,修饰、限定的成分不单独使用逗号隔开,而是作为定语出现,这样句子相对加长,分句的数量明显减少了。例 2 的分句由 1917 年的三句变成 1921 年的两句,例 3 由 1917 年的四句变成 1921 年的两句,例 4 由 1917 年的三句变为 1921 年的两句,例 5 由 1917 年的三句变为 1921 年的一句,例 12 由 1917 年的五句变为 1921 年的两句,例 13 由 1917 年的六句变为 1921 年的四句,例 14 由 1917 年的五句变为 1921 年的四句。与西方语系的语言相比,当时的现代白话文缺乏严密性和精准性。分句数量的减少意味着每个独立句子限定成分的增多,应该说,这是现代汉语欧化的一种体现,鲁迅曾多次论述过汉语欧化的问题。1934 年 7 月 18 日鲁迅写了《玩笑只当它玩笑》一文,指出:"欧洲文法的侵入中国白话中的大原因,并非因为好奇,乃是为了必要。……固有的白话不够用,便只得采些外国的句法。比较的难懂,不像茶淘饭似的可以一口吞下去是真的,但补这缺点的是精密。"②

将自己四年前翻译的作品重译体现出周作人严谨的治学态度。在这一点上,鲁迅不仅是坚定的支持者,同时,也是一位身体力行者。1932 年周扬曾翻译苏联小说《焦炭,人们和火砖》,并发表在 1932 年 7 月 10 日的《文学月报》上。而鲁迅在 1933 年 3 月出版的《一天的工作》一书里,就又发表了自己的另一译文《枯煤,人们和耐火砖》。周扬是从英文重译的,较长;鲁迅则是从日文重译的,较短。鲁迅在《〈一天的工作〉后记》中说:"有心的读者或作者倘加以比较、研究,一定很有所省悟,我想,给中国有两种不同的译本,绝不会是一种多事的徒劳的。"鲁迅在 1933 年 8 月 14 日写的《为翻译辩护》中,指出了当时的书店和读者都"没有容纳同一原本的两种译本的雅量和物力,只要已有一种译稿,别一译本就没有书店肯接收出版了,据

---

① 周作人:《象牙与羊脚骨》,1927 年 8 月 27 日刊《语丝》第 146 期,署名起明,收入《谈龙集》,见《周作人散文全集》第 5 卷,桂林:广西师范大学出版社 2009 年版,第 292—293 页。
② 鲁迅:《玩笑只当它玩笑》,最初发表于 1934 年 7 月 25 日《申报·自由谈》,署名康伯度,见《鲁迅全集》第 5 卷,北京:人民文学出版社 1981 年版,第 520 页。

说是已经有了,怕再没有人要买"。鲁迅认为有不少书"实有另译的必要"。①

1935年3月16日,鲁迅就这个问题更写了专论《非有复译不可》,不仅论述了复译的意义,而且提出了"非有不可"的必要性:一是"击退乱译"的唯一好方法,二是提高整个新文学水平的需要。他说:

> 前几年,翻译的失了一般读者的信用,学者和大师们的曲说固然是原因之一,但在翻译本身也有一个原因,就是常有胡乱动笔的译本。不过要击退那些乱译,诬赖,开心,唠叨,都没有用处,唯一的好方法是又来一回复译,还不行,就再来一回。譬如赛跑,至少总得有两个人,如果不许有第二人入场,则先在的一个永远是第一名,无论他怎样蹩脚。所以讥笑复译的,虽然表面上好像关心翻译界,其实是在毒害翻译界,比诬赖,开心的更有害,因为他更阴柔。
>
> 而且复译还不止是击退乱译而已,即使已有好译本,复译也还是必要的。曾有文言译本的,现在当改译白话,不必说了。即使先出的白话译本已很可观,但倘使后来的译者自己觉得可以译得更好,就不妨再来译一遍,无须客气,更不必管那些无聊的唠叨。取旧译的长处,再加上自己的新心得,这才会成功一种近于完全的定本。但因言语跟着时代的变化,将来还可以有新的复译本的,七八次何足为奇,何况中国其实也并没有译过七八次的作品。如果已经有,中国的新文艺倒也许不至于现在似的沉滞了。②

周作人和鲁迅不仅在理论上提倡复译的必要,而且躬身尝试复译,周作人还多次将自己已经翻译过的作品拿出来复译,这体现了他们二人对待翻译的认真态度,也为现代白话文的发展做出了实际贡献。

另外,周作人是在现代提出"美文"概念的第一人,并且用自己的创作打破了"美文不能用白话的迷信"③,显示了新文学的实绩。他的散文把英国式的随笔和中国明末的小品文两相调和,简练而淡远,亦庄亦谐,知识与趣味兼得。从散文文体的角度看,周作人的文笔亦具有独一无二性,朱自清称周作人的散文是第二代的"新白话","中文里参进西文的语法",甚至

---

① 鲁迅:《为翻译辩护》,最初发表于1933年8月20日《申报·自由谈》,署名洛文,见《鲁迅全集》第5卷,北京:人民文学出版社1981年版,第258页。
② 鲁迅:《非有复译不可》,最初发表于1935年4月上海《文学》月刊第4卷第4号"文学论坛"栏,署名庚,见《鲁迅全集》第6卷,北京:人民文学出版社1981年版,第275—276页。
③ 胡适:《五十年来中国之文学》,《胡适学术文集·新文学运动》,北京:中华书局1993年版,第160页。

"日(本)化",①这种欧化式的白话是中国现代白话形成的必经之地,周氏兄弟均是先行者。周作人在为俞平伯的《燕知草》所作的跋中提出现代白话文的美学标准:"在论文——不,或者不如说小品文,不专说理叙事而以抒情分子为主的,有人称他为'絮语'过的那种散文上,我想必须有涩味与简单味,这才耐读,所以他的文词还得变化一点。以口语为基本,再加上欧化语、古文、方言等分子,杂糅调和,适宜地或吝啬地安排起来,有知识与趣味的两重的统制,才可以造出有雅致的俗语文来。"②

周作人一面翻译一面对中国的国语进行实验,进行欧化和日本化的实验,通过实验他逐渐找到适合自己表达的文词,对我国现代散文文体做出了重要贡献,也可以说周作人通过自己的翻译实验发展了中国的国语。

---

① 朱自清:《论白话》,《朱自清全集》第1卷,南京:江苏教育出版社1983年版,第270页。
② 周作人:《〈燕知草〉跋》,《周作人散文全集》第5卷,桂林:广西师范大学出版社2009年版,第518页。

第五章　周作人的小说翻译

周作人1901年秋入读南京江南水师学堂,开始学习英文。1904年,周作人正式从事文学翻译,他翻译的第一部小说使用的是文言,取名《侠女奴》,1904年由《小说林》出版。《侠女奴》是根据伦敦纽恩士公司发行的插图本《天方夜谭》中的《阿里巴巴和四十个强盗》翻译的。周作人在《〈侠女奴〉说明》中写道:"亟从欧文移译之,以告世之奴骨天成者。"①这句话点明周作人的翻译目的:借异域文学作品中具有叛逆精神的人物形象,激发国人民族独立和反帝反封建的斗争热情。周作人的翻译以文言始,以白话终,其语言风格具有鲜明的周氏特色。

后来周作人又"参译英星德夫人《南非搏狮记》,而大半组以己意"②。半译半作了《女猎人》,1905年1月15日发表在《女子世界》第2卷第1号上。周作人在正文前的"约言"里,开篇即阐明了他翻译的目的:"作者因吾国女子日趋文弱,故组以理想而造此篇。过屠门而大嚼,虽不得肉,聊且快意耳。"并交代说小说里"惟所引景物,随手取扱,且猎兽之景,未曾亲历,所言自知未能略似,阅者不足深求,致胶柱而鼓瑟。人名地名,亦半架空,无所据也"。③ 这时周作人翻译的语言风格依然是文白夹杂的。

周作人以白话翻译的第一篇日本小说是江马修的作品《小小的一个人》,发表在1918年12月15日的《新青年》杂志第5卷第6号上。1920年8月周作人翻译的短篇小说集《点滴》出版时,他将这篇唯一的日本短篇小说收入了《点滴》中。1923年6月,周作人与鲁迅合译的《现代日本小说集》由上海商务印书馆出版,从《民国时期总书目》来看,《现代日本小说集》是在中国出版的第一本日本小说译著。《现代日本小说集》收录的都是现代日本的短篇小说,共选了15位作家的30篇作品,其中鲁迅译了夏

---

① 周作人:《〈侠女奴〉说明》,1905年5月3日作,署名萍云女士,未收入自编文集,见《周作人散文全集》第1卷,桂林:广西师范大学出版社2009年版,第41页。
② 周作人:《〈女猎人〉约言》,1905年1月15日刊《女子世界》第2卷第1号,署会稽萍云女士假造,未收入自编文集,见《周作人散文全集》第1卷,桂林:广西师范大学出版社2009年版,第26页。
③ 同上。

目漱石、森欧外等 6 位作家的 11 篇小说,周作人译了国木田独步、铃木三重吉、武者小路实笃、长与善郎、志贺直哉、千家元麿、江马修、佐藤春夫、加藤武雄 9 位作家的 19 篇小说。集内小说大多不是作家的代表作,作品的内容以描写下层社会的生活、儿童的心理、人间的不幸为主,与鲁迅和周作人翻译"被侮辱被损害"的弱小民族文学作品时"为我们愚弱的国民带来精神食粮"的翻译思想暗合。从语言上看,这些翻译作品受到白话文运动的影响,带有五四时期白话文的特征。

1922 年 5 月 20 日周作人写了《〈现代日本小说集〉序》,在序言中,周作人说:"日本的小说在二十世纪成就可惊异的发达,不仅是国民的文学的精华,许多有名的著作还兼有世界的价值,可以与欧洲现代的文艺相比。"①可见鲁迅和周作人对于所译的作家、作品的选择是具有世界性的眼光的。他们所选择的日本作家大多接受过西方文化的熏陶,他们希冀通过译介使我国国民了解异质的文化、异质的文学,以实现"文学救国"的主张。白话文已经成为周作人翻译语言的主体。

本章主要探讨《现代日本小说集》翻译的语言特色。主要包括以下几个侧面:文白相间,具体表现为单音节词汇使用频率高;词性自由,具体表现为不完全遵守汉语的语法搭配规则;日语语序,表现为宾语前置于动词之前;胶柱鼓瑟,表现为生造硬译;追求雅致和新颖,表现为一些特殊句式的运用和修辞手段的创新。

一、文白相间——单音节词语使用频繁

《现代日本小说集》的翻译时间是在 20 世纪一二十年代,我国的现代白话文尚处在发展阶段,因此,周作人译作的一个语言特色就是文白相间,具体表现为单音节词语使用频繁。我们都知道,古代汉语或者文言文单音节词汇的使用频率远远高于双音节词,而现代白话文最突出的特色就是大量使用复合词和合成词,双音节甚至多音节词大增。请看下面的译文:

1. 我于是便在那天的下午一点钟左右去**访**山田巡查。(第 10 页)(拜访)②

---

① 周作人:《〈现代日本小说集〉序》,1922 年 5 月 22 日作,署名周作人,未收入自编文集,见《周作人散文全集》第 2 卷,桂林:广西师范大学出版社 2009 年版,第 662 页。
② 1—34 译例均引自周氏兄弟合译文集:《现代日本小说集》,北京:新星出版社 2006 年版。

2. 对面的房便是山田巡查的**寓**了。(第 11 页)(寓所,住处)

3. 我是全然无**艺**的,只有饮了则眠,便即睡着罢了。(第 13 页)(手艺,本事)

4. 那边从底下伸上来的梧桐的枝头,茂密的绿叶的**荫**下,一只小黄雀,仿佛对于这好容易才得**寻**到的日光很高兴……(第 55 页)(树阴;寻找)

5. 只因觉得离别是不好,所以**默**着的罢?无论怎样,再五天你未必还在这里罢。(第 58 页)(沉默)

6. 自从和贞子离别了以后,正月在我**变**了寂寞的东西了。(第 70 页)(变成)

7. 我和贞子离别后的三四年里,对于"百人一首"仿佛是禁忌食物一样的竭力戒避。即使阿哥来**招**我,也回覆了,回到自己的房里去。(第 70 页)(招呼)

8. 贞子对于静子真是阿姊般的**尊**伊,静子也将贞子当妹子看待,爱怜伊或者申斥伊。(第 72 页)(尊敬)

9. 母亲不曾叫贞子帮伊去摘,但我和贞子却自己过去帮着母亲摘花椒的**实**。(第 78 页)(果实)

10. **只**我傍晚,在伯母家的周围随便散步,等候贞子走出家里来。(第 79 页)(只有,只是)

11. 我一面**疑**着贞子对我的态度,一面也很强烈的感到自己成为伟大的要求。(第 79 页)(怀疑)

12. 有一天,贞子对我说道,"请你**行**那冷水摩擦,也算是为了我的缘故。"那时候贞子自己正**行**着冷水摩擦。(第 82 页)(施行)

13. 但是不知道为什么,并不**虑**到因此在贞子的身上引起物议……(第 84 页)(顾虑,考虑)

14. 阿哥**正**不在家。(第 85 页)(正好)

15. 我很想母亲能够走出我的**房**去,我希望至少在临别的时候能够让我们二人从容的谈话。(第 85 页)(房间)

16. 我**觉**到母亲的意思,伊不肯容许我独自和贞子相会。(第 85 页)(发觉,察觉)

17. 自从和贞子分别以来,我渐渐决定去**治**文学了,对于托尔斯泰也崇拜起头,而且亲密的朋友也多起来了。(第88页)(从事)

18. 父亲生了脑病,以前的精力顿然失却,母亲逐日的衰弱下去,**损**了健康,好久患着歇斯迭里症。(第144页)(损害)

19. 人们将自己的事情搁起,并不想自己只是**运**好,却来冷笑我们的不幸。(第148页)(运气)

20. 你们除了悔恨当初模仿不好的人的行为,做了不正当的事情了,悔不曾去**营**诚实的正当的商业以外,没有别的办法。(第148页)(经营)

21. 我不能**答**没有叫我的人,也不能留离我而去的人。(第151页)(回答,答应)

22. 来访他做木匠的父亲的**客**看见清兵卫热心的磨着壶卢,便这样说。(第163页)(客人)

23. "清公,这样无聊的东西,拿着许多也没有趣味。为什么不买些更其希奇的呢?"**客**说。(第164页)(客人)

24. "什么,连懂也还不懂,……给我**默**着!"(第164页)(沉默,闭嘴)

25. 这时候挟着书包的教员,走来**访**他的父亲。清兵卫的父亲作工去了,恰不在家。(第165页)(拜访)

26. 对于这样不可**抗**的暴力主义的消极的厌世,自然的发生,将世上的复杂的可厌的事情的一面,又复鲜明过来了。(第169页)(抗拒)

27. 我相信,在我长成以前,这样的战争必定是不可**免**的。(第170页)(避免)

28. 在一间屋里,捆住了主人和管家,将刀挺在面前,**迫**他们说出安放金钱的所在……(第172页)(逼迫)

29. 基督教的牧师穿了黑的长衣,头发中央分开,蓬蓬的垂下;穿着**裳**,束着白的袖绊的武士,都拿了长枪和刀站着。(第172页)(衣裳)

30. 令人想到被那风靡世界的暴力所**虐**的人们的运命。(第174—175页)(虐待)

31. 吹拂着在明石的海上交飞的白鸟的**翼**的秋风的缘故,也未可知的。(第250页)(翅膀)

32. 孔子**默**着,用了他那指节突出微微颤抖着的手指,点着前面山豁上所架的木桥。(第258页)(沉默)

33. 在这个难逢的温暖的**日**里,想必正在豀边,从从容容的游玩着哩。(第258页)(日子)

34. 不,人还有**忧**,鸟是没有的;鸟是没有的。(第258页)(忧愁)

这些单音节词汇的用法在当代小说语言中是很少用到的。周作人所用的很多单音节词在现代汉语普通话中不能独立使用,例如"默""翼""裳""迫"等,它们只是语素,必须构成合成词如"沉默""两翼""衣裳""逼迫"等形式才能进入句子。

二、词性自由——对词性缺乏严格限制

与屈折语如英语、黏着语如日语相比,汉语作为孤立语没有词形变化,许多词既是名词又是动词,词性的变化并不伴随词形的改变。五四白话文运动以来,汉语受到以英语为首的其他国家语言的影响,修饰、限定成分增多,语法也逐渐严密起来。但是,20世纪一二十年代的白话文还处在尚未成熟的阶段,当时的白话文不仅词性灵活、位置灵活,而且修饰、限定的成分少,不够精密,很容易产生歧义。周作人翻译的《现代日本小说集》中这种词类活用现象就很多,请看下面的译文:

1. "但是对叔父和叔母,须得**秘密**才好呢,"德二郎说了,便唱着歌爬上后山去了。① (第2页)(名词用作动词)

2. 我想这大约是在我专心**著作**的期间,因为种种的担心,所以倦极了罢……(第54页)(本为动词,后来用作名词)

3. 对于到我这里来的人,我极喜欢帮助他,愉快的交际,亲切的**待遇**他。(第151页)(名词用作动词)

4. 贞子的**不在**比以前更多,我和伊谈话的机会也比以前更少了。(第77页)(动词用作名词)

5. 而且贞子的**不在**还同先前一样的多,至少在不满于贞子的外出的

---

① 1—8译例均引自周氏兄弟合译文集:《现代日本小说集》,北京:新星出版社2006年版。

我总觉得伊的**不在**是很多罢了。(第77页)(动词用作名词)

6. 伯母拿了贞子和静子的看护妇装束的**照相**来,给母亲看。(第87页)(动词用作名词)

7. 我见了**照相**,觉得非常寂寞,再也不能安生了;我突然立起,急急走到隔离的房里,而且哭了。(第88页)(动词用作名词)

8. "但是,观音大士,我的丈夫现在忙的昏了,决不肯听我的**说话**。我无论说些什么,他一定是连听也不要听的。"(第150页)(动词用作名词)

由于受到汉语自身特点的限制,以及当时汉语语法不完善的影响,《现代日本小说集》译文里词语的搭配是自由而随意的:

1. 便是他的<u>心事也很正直</u>。① (第2页)

2. 这时候德二郎忽然变成一副<u>庄重的相貌</u>。(第8页)

3. 有时候我在很<u>厉害的申斥</u>了阿房之后,随即醒悟我自己的无理,看伊隐藏了眼泪,<u>很勤勉的上街去了</u>,我寂寞的望着伊刚才做着的一点拆洗的衣片摺叠了放着。(第53页)

4. 向外边望去,窗前暗黑的屋脊上挂着的蜂蛛网里可以稀疏的兜住的<u>小雨</u>,不绝的绵绵的<u>下降</u>。(第55页)

5. 过了一会,<u>用了决心</u>回到自己的房里……(第67页)

6. 到了正月,<u>心情便更为热闹了</u>。(第70页)

7. 然而以后贞子也不再说起这样的话来,<u>于是这一番话也就从此打消了</u>。(第77页)

8. <u>贞子的病很长久</u>,但是总算没有变成肺炎,也就好了。(第82页)

9. 但当拘谨的我还在那时计算,看彻了伊的性质与运命,使伊和我的<u>运命相交涉</u>,这件事究竟是好是坏的时候,家中已经<u>发生了流言</u>……(第88页)

10. 这乳母是一个颧骨突出,<u>口边宽懈</u>,讲话也很散漫的**下品**的女人。(第263页)

---

① 1—19译例均引自周氏兄弟合译文集:《现代日本小说集》,北京:新星出版社2006年版。

11. 本来我也并不愿意独自一个人住在这样<u>冷静</u>的山里。(第 151 页)

12. <u>火车就开驶了</u>。(第 154 页)

13. "我说头什么不会痛的,……"小孩还是<u>顽强的主张</u>。(第 154 页)

14. 火车过了小山,过了小金井和石桥,<u>往前进行</u>。(第 159 页)

15. <u>眼睛细细的</u>,<u>发生光辉</u>,张开小口,尖着嘴唇,满脸通红的望着我和妻两个人笑着呢。我觉得可爱极了,便在他面颊上接吻。(第 175 页)

16. <u>雨</u>连续的<u>下降</u>的时候,岩壁下有泉水涌出。(第 242 页)

17. <u>在我呢</u>,<u>被饲养</u>在这样的地方,自然觉得很不很愉快。(第 250 页)

18. 雉鸡的肉确也很好吃;而且于先生<u>高年</u>的<u>身体</u>也很适宜罢。(第 259 页)

19. 大家都还熟睡着的夜半,在旱田树林里,迫令团团的奔走,到得回到兵营的时候,太阳已经出来,酷热的<u>一日又起头了</u>。因了缺睡与疲劳的缘故,身体已是困倦了,却又须晒在太阳底下,强迫去做事:想起来神都颤抖了。(第 168 页)

以上这些例子有的是受到日语的影响,有的是受到周作人绍兴方言的影响,今天读来与我们的语感多有抵牾。

三、日语语序的影响——SOV 语序多见

《现代日本小说集》的译文中,许多句子是宾语前置的,这一点明显受到了日语语序的影响。众所周知,汉语正常情况下是 S-V-O 语序,宾语在动词之后,日语是 S-O-V 语序,宾语在动词之前。请看下面例子:

1. "德爷,时候太迟了,恐怕<u>家里对不起</u>,你早点带了哥儿回去罢……"①(第 8 页)(对不起家里)

2. 到了九点钟,忽然警钟响起来了。"<u>火着了</u>!"我和阿哥面面相觑,

---

① 1—7 译例均引自周氏兄弟合译文集:《现代日本小说集》,北京:新星出版社 2006 年版。

侧了耳朵听着,却是"警钟"的声音。(第76页)(着火了)

3. 我恐怕贞子知道我看见了这明信片,因为我想贞子或者不免因此对我要觉得惭愧,觉得有点<u>对我不起罢</u>;而且在我这一方面,对于这样的事情装作绝不知道模样,也和我的寂寞的心情正相配。(第84页)(对不起我)

4. 七点半左右了,<u>贞子的华丽的声音听到了</u>,于是堂妹的高兴的声音听到了,祖母那里栅门拉开的声音也听到了。(第90页)(听到了——声音)

5. <u>时光的过去也不知道了</u>。(第91页)(不知道时光的过去)

6. 但是过了两三天以后,与前回分别时的情形不同,<u>我对于这寂寞渐渐的习惯</u>,而且想起来的时候,感到喜欢了。(第92页)(习惯这寂寞)

7. 时日渐渐过去,<u>我对于阿姊的死也渐渐的痛切的感到</u>,坐在佛坛面前一心念着经的母亲的背后,没有一回不哭……(第145页)(用"对于"把宾语"阿姊的死"提到动词之前)

四、胶柱鼓瑟——硬译生造的句子

尽管是翻译家、美文家,周作人的一些译文,仍有许多句子使我们感觉不通顺或者不完美,也许是受到当时白话文发展的限制的缘故吧:

1. 这酒决不是那些喝了会<u>到头里来的</u>酒呀。①(第11页)(上头)

2. 像那放在阴影地方<u>的</u>苍黑<u>的</u>盆里<u>的</u>一开便萎<u>的</u>质朴<u>的</u>花那样<u>的</u>寂寞<u>的</u>伊啊!(第54页)("的"字过多过滥,一句话里用了七个"的"字)

3. 好久不见的黄色<u>的</u>活泼<u>的</u> <u>日影</u>,正射在逼近窗口<u>的</u>屋瓦<u>的</u>黑<u>的</u>湿气上面了。(第55页)("的"字过多)

4. 后来<u>我终于走出</u>,到贞子那里去了。(第82页)(走出去)

5. <u>我对母亲的来讲无聊的话</u>觉得很不愉快,所以极粗鲁的回签。(第85页)("对"字后的介词宾语太长且与汉语表达习惯不符)

---

① 1—24译例均引自周氏兄弟合译文集:《现代日本小说集》,北京:新星出版社2006年版。

6. 自从和贞子分别以来,我渐渐决定去治文学了,对于托尔斯泰也崇拜起头,而且亲密的朋友也多起来了。(第88页)(开始崇拜起来)

7. 那样的支那人手里,会输给他的么?(第138页)(不可解)

8. 其余的人也都是相差不多,能够向站不着的海口方面出去游泳的。(第139页)(不可解)

9. 怎样的经过,我不曾的确的记忆。(第142页)(搭配生硬)

10. 见了人家的哭,母样的顷刻瘦损了变成了狂人的样子……(第143页)(生造词,硬译的典型例子)

11. 人们说你是假观音,我总不是相信,还道是当真慈悲亲切的观音大士,那是呆极了,真是大错了。(第152页)(总是不相信)

12. "请过来!"我挽着他的手,将他坐在我的旁边。(第155页)("将"表示"搀扶",古代汉语用法)

13. 这类的物件,有好几副都成列在那里。厨上又贴着白纸,上写警察的姓名与死事的地方。(第171页)(直译)

14. 那时还有一件事,在我的脑上,刻下一个苦痛的印象,是……(第172页)(脑海或者大脑里)

15. 我很强烈的感到世上的寂寞的事,觉得自少年时代以至现今,在这期间里,对于世间的暗黑与孤寂,居然能够不很痛切的感着,随便过去,似乎倒是一件不思议的事了。我想现在的少年,也当然感着和我的少年时代一样的不安,恐怖与寂寞。(第173页)(翻译腔)

16. 上午的时候,我听得妻在厨房里和后边木匠家的主妇讲话的声音,就醒了转来。(第176页)(方言)

17. 你又假想,试去尝尝他们对于这不可动移的事实的心里的苦痛,正同夹在榨木里一般。(第182页)(翻译腔)

18. 笑着把盛鱼的水桶抛在地上,却听得母亲的声音笑起来了。(第242页)("得"是方言色彩浓重的用法)

19. 我虽然不很懂得父亲所说话的,但觉得父亲所想成的那种仙人,必定是很好的东西。(第245页)(不通顺)

20. 我觉得这个少年他真禁不得将那作品送来给我看罢;因为他同我

在一种基调的上边,是那样的相合。(第247页)(句子结构过于复杂)

21. 便是我自己也仿佛觉得是将我的全生活缩印成了二十岁,拿来看着似的。但是,这却确凿是从那个人寄来的一封信。(第247—248页)(硬译)

22. 这样的结果,是落在像我一样生下来的一切的人们的上面的运命么?(第249页)("的"字过多)

23. 耶稣看出来,就说,你们这小信的人,为什么因为没有饼彼此议论呢?(第257页)(费解)

24. 常是这样很亲密的谈讲,过去了傍晚的半个时间。(第262页)("时间"是日语用法,"一小时"日语说"一时间"。)

1931年12月28日,鲁迅在与瞿秋白讨论翻译问题时,认为:在供给知识分子看的译著中,应主张"宁信而不顺"的译法。当然,这所谓"不顺"并非将"跪下"译作"跪在膝之上"、"天河"译作"牛奶路"之类,"乃是说,不妨不像吃茶淘饭一样几口可以咽完,却必须费牙来嚼一嚼"。①鲁迅认为即使是普通读者,"也应该时常加些新的字眼,新的语法在里面,但自然不宜太多,以偶尔遇见,而想一想,或问一问就能懂得为度。必须这样,群众的言语才能够丰富起来"②。他说:

  一面尽量的输入,一面尽量的消化,吸收,可用的传下去了,渣滓就听他剩落在过去里。……但这情形也当然不是永远的,其中的一部分,将从"不顺"而成为"顺",有一部分,则因为到底"不顺"而被淘汰,被踢开。③

为了要"输入新的内容""输入新的表现法"以改造汉语,进而改造国民的思想,鲁迅容忍了暂时的"不顺",从这个角度上说,也许我们也应该容忍周作人暂时的"不顺"吧。

---

① 鲁迅:《二心集·关于翻译的通信》,见《鲁迅全集》第4卷,北京:人民文学出版社1981年版,第382页。
② 同上书,第383页。
③ 同上。

五、追求雅致——探索新的修辞手段

周作人和鲁迅一样,从小受过私塾教育,古文功底很好,因此,他的许多译文读起来是十分文雅的。比如在翻译国木田独步的《巡查》时,有一段"我"和巡查的对话,周作人就翻译得很雅致:

他闭了眼暂时沉默着,忽而微笑说道,
"哼,是了。有一件要请你看的东西。"
从书桌抽斗里拿出五六张仿佛是草稿的东西,将其中的一张放在我的面前。原来是一篇汉文,题曰《题警察法》。
"夫警察之法,以无事为至,"
他用了一种声调,摇着身子,将汉文朗诵起来。
"治事次之。——如何?"
"赞成赞成。"
"以无功为尽,立功次之,故——如何?——故日夜奔走而治事,千辛万苦而立功者,非上之上者也。"
"这样,所以睡着的么?"
"哈哈哈,请你再听下去。——最上之法,非在治事。非在立功,常视于无形,听于无声,以制其机先。故无事而自治,无功而自成,是所谓为于易为,而治于易治者也。——如何,是名论罢?——是故善尽警察之道者,无功名,无治迹,神机妙道,存乎其人,愚者所不能解也。子曰,人莫不饮食也,鲜能知味也,——文章虽然拙,主意如何?"
"文章也妙,主意更是大赞成。"
"神机妙道,存乎其人,愚者所不能解么,哈哈哈。"他说了很得意。"先喝了酒,养足了精神,以制其机先罢。如何,趁热再喝一杯?"
"我尽够了!此外还有什么妙的东西么,像诗这一类的东西?"
……"不,给你看了很见笑,我来吟一两首罢。那么,可是都是拙劣的。《春夜偶成》罢。——朦胧烟月下,一醉对花眠;风冷梦惊觉,飞红埋枕边。——如何?……"
……"这里有一篇别致的东西,题曰《权门所见》,——权门昏夜乞怜频,朝见扬扬意气新,妻妾不知人骂倒,丑夫满面带髯尘。——如何?"
……"再吟一首罢。"

"好罢,"他翻着草稿,随后突然的吟道,"故山好景久相违,斗米官游未悟非,杜宇呼醒名利梦,声声复唤不如归。——哈哈,终于说出本怀来了。"①

诗歌是不易翻译的,既要意思准确无误,又要对仗、押韵。上文里,周作人凭借自己的古文功底成功翻译了三首诗。他文雅的笔致、传神的翻译,在许多地方都有所体现:

1. 我是全然无艺的,只有<u>饮了则眠</u>,便即睡着罢了。②(第13页)

2. 他以为这样他可以尝到无限的<u>平和与喜悦之味</u>了。(第94页)

3. 母亲莫说镰仓,便是平常的海也不愿意见了,觉得也是<u>无怪其然</u>的。(第145页)

4. "好吃的,好吃的,"母亲将落在膝上的"圆之露"拾起,放在婴儿的面前;伊正在呀呀的叫,这就不作声了,眙着两眼看了一回,便抛去梣子,取了点心。伊捏着拳便往口里送,<u>口涎接连不断的尽流下来</u>。(第156页)

5. 无论怎样快活的男子,遇着叠次的失败,也要变成暴躁,阴沉,住在污秽的家里,<u>对着孱弱的妻子使性,聊以散闷的人</u>了。(第159页)

6. 大家都还熟睡着的夜半,在旱田树林里,迫令团团的奔走,到得回到兵营的时候,太阳已经出来,酷热的一日又起头了。<u>因了缺睡与疲劳的缘故,身体已是困倦了,却又须晒在太阳底下,强迫去做事</u>:想起来神经都颤抖了。(第168页)

7. 最后画着犯人两手缚在木桩上,<u>两足上各拴了一头牛</u>……(第172页)

8. 他又说,虽然是养熟的了,但也<u>不可不小心</u>。(第241页)

9. 夏天城濠的水干了,他将长脚踏到烂泥里去,捉<u>活的鱼</u>。(第243页)

10. 但是我仿佛记得鹤曾经飞得很高,从园里飞过父亲的房屋的顶,一直飞到城濠那边。倘若不会有这样的事,那或者是我在梦中看见鹤那样

---

① 引自周氏兄弟合译文集:《现代日本小说集》,北京:新星出版社2006年版,第14—15页。
② 1—12译例均引自周氏兄弟合译文集:《现代日本小说集》,北京:新星出版社2006年版。

的高飞,也未可知的。(第243页)

11. 将同平常一样的温和的面貌对着子路说道,"由呀,这是难得的盛馔呀。"(第260页)

12. 这是因为在辞谢别人特地来送的肴馔的时候,礼仪是这样的。(第260页)

例1中"饮了则眠"与"吃完即睡"意思相同,却比"吃完即睡"文雅许多。例2中"平和与喜悦之味"中的"之味"与"的味道"相比既简洁又有韵味。例4中周作人翻译婴儿吃东西时的情景更可谓精彩:"伊捏着拳便往口里送,口涎接连不断的尽流下来。"例7在翻译时用了"两足",比使用"双脚"好。例9中,"活的鱼"和"活鱼"意思相同,在表达上意味却是不同的。例3的"无怪其然",例10的"未可知",例11、12的"盛馔""肴馔"这些词汇的使用都显示了周作人杰出的语言功力和语言表现力。

第六章 周作人的诗歌翻译

周作人翻译的诗歌范围相当广泛,从古希腊的牧歌、情歌,到英国的民间叙事诗、法国波德莱尔的散文诗,均有他的译作。本章主要以日本诗歌为例讨论周作人翻译诗歌的语言特色。

1921年前后,中国的新诗坛曾有一段短暂的沉默。为了打破这种沉默,1921年5月周作人写了《新诗》一文,刊登在1921年6月9日的《晨报副刊》上。周作人说:"新诗提倡已经五六年了,论理应该有一个会,或有一种杂志,专门研究这个问题的了。现在不但没有,反日见消沉下去……"①为了与这种"消沉"抗争,周作人开始进行诗歌创作。周作人的诗歌大部分创作于20世纪20年代初,20年代末,他的诗歌结集为《过去的生命》出版。周作人创作的诗歌体现了白话文运动初期的语言特征:直白、简单、偶尔带旧诗痕迹,等等。周作人后来认为自己没有作诗的天赋,他说:"诗的创造是一种非意识的冲动,几乎是生理上的需要,仿佛是性欲的一般"②,"做诗使心发热,写散文稍为保养精神之道"③。

周作人开始陆续翻译介绍日本的诗歌。1921年8月,周作人在《新青年》第9卷第4号上发表了他的《杂译日本诗三十首》,又在10月23日的《晨报副刊》上发表了《日本俗歌八首》的译诗,同年12月他还译出了《日本俗歌四十首》,第二年发表在《诗》第1卷第2期上。另外,周作人还写了《日本的诗歌》《日本的小诗》《日本诗人一茶的诗》《石川啄木的短歌》等一系列文章来介绍日本的诗歌。

一、日本的小诗以及周作人的散文式翻译

小泉八云(Lafcadio Hearn)著的 In Ghostly Japan 中,有一篇讲日本诗歌的文,说道:"诗歌在日本同空气一样的普遍。无论什么人都感

---

① 周作人:《新诗》,《谈虎集》,石家庄:河北教育出版社2002年版,第28页。
② 周作人:《诗的效用》,《本色》,石家庄:河北教育出版社2002年版,第358页。
③ 周作人:《与废名书六通》,《周作人散文全集》第5卷,桂林:广西师范大学出版社2009年版,第740页。

着,都能读能作。不但如此,到处还耳朵里都听见,眼睛里都看见。……日本或有无花木的小村,却决没有一个小村,眼里看不见诗歌;有穷苦的人家,就是请求或是情愿出钱也得不到一杯好茶的地方,但我相信决难寻到一家里面没有一个人能作歌的人家。"①

芳贺矢一著的《国民性十论》第四章里,也有一节说:"在全世界上,同日本这样,国民全体都有诗人气的国,恐怕没有了。无论什么人都有歌心。(Utagokoro)现在日本作歌的人,不知道有多少。每年官内省即内务府进呈的应募的歌总有几万首。不作歌的,也作俳句。无论怎样偏僻乡村里,也有俳句的宗匠。……"②

短歌和俳句,均属于日本的定型诗。短歌按五七五七七格式,由三十一音节构成;俳句按五七五格式,由十七音节构成。诗歌的普及,是当时日本的一种特色。周作人很喜欢日本的诗歌,因为其诗形短小,他多次亲切地称之为"小诗"。周作人翻译短歌、俳句的活动,主要集中于1921年至1923年间,先后翻译短歌俳句百余首。

周作人翻译日本的短歌和俳句,其兴趣首先在其语言特色,用周作人的说法,便是"自由驱使雅俗和汉语,于杂糅中见调和"③。而后通过语言进入诗的内蕴,即周作人所说的"俳境"。周作人将其归结为三:"一是高远清雅的俳境,二是谐谑讽刺,三是介在这中间的蕴藉而诙诡的趣味。"④周作人常常反复体验、吟味日本诗歌中的俳境禅趣,陶醉其间,几不能自制。他评价道:"用诙谐的笔写真挚的情,所以非常巧妙,又含有人情味,自有不可及的地方。"⑤

詹姆斯·霍姆斯曾把诗歌形式的翻译归纳为四种:1.模拟式,即模仿原诗的格式、节奏和韵律,尽可能忠实地再现原诗的诗形;2.类比式,即充分利用译入语已有的诗体,选择与原诗类似的诗体做译诗的诗体;3.有机式,此种方式基本不顾忌原诗的诗形,而主要从原诗内容出发,有机地生发出新的诗形;4.新异式,按这种方式,原诗只是凭借,译者可以借此随意发

---

① 周作人:《日本的诗歌》,《艺术与生活》,石家庄:河北教育出版社2002年版,第108—109页。
② 同上书,第109页。
③ 周作人:《谈俳文》,《药味集》,石家庄:河北教育出版社2002年版,第100页。
④ 同上书,第99页。
⑤ 周作人:《日本的诗歌》,《艺术与生活》,石家庄:河北教育出版社2002年版,第119页。

挥创造。① 按照霍姆斯的分类,周作人的汉语译诗应该属于"有机式",他一般单从诗的内容出发而基本不顾忌原诗的韵律和节奏格式。也就是说,周作人把日本的诗歌都译成了白话体散文。这是何故呢? 周作人在1921年5月所著的《日本的诗歌》一文中,这样写道:"凡是诗歌,皆不易译,日本的尤甚:如将他译成两句五言或一句七言,固然如鸠摩罗什说同嚼饭哺人一样;就是只用散文说明大意,也正如将荔枝榨了汁吃,香味已变,但此外别无适当的办法,所以我们引用的歌,只能暂用此法解释了。"② 在《译诗的困难》一文中,周作人也谈道:"我们自己做诗文,是自由的,遇着有不能完全表现的意思,每每将他全部或部分的改去了,所以不大觉得困难。到了翻译的时候,文中的意思是原来生就的,容不得我们改变,而现有的文句又总配合不好,不能传达原有的趣味,困难便发生了。原作倘是散文,还可勉强敷衍过去,倘是诗歌,他的价值不全在于思想,还与调子及气韵很有关系,那便实在没有法子。要尊重原作的价值,只有不译这一法。"③

看来周作人并非没有考虑过"模拟式"或是"类比式"译法,而是他感到原诗的诗意和诗形很难在译入语里得到重现或类似的重现,不得已才将原诗译作白话体散文的。尽管译诗不能像原诗的诗形那样完美,但周作人还是充分调动了现代口语丰富的表现功能,有力地传达出了日本小诗的神韵。请看下面的译例:

1. やれ打つな蝿が手を摺り足をする(小林一茶)
   不要打哪,那苍蝇搓他的手,搓他的脚呢。

2. 痩蛙まけるな一茶これにあり(小林一茶)
   瘦虾蟆,不要败退,一茶在这里!

3. うき我をさびしがらせ閑古鳥(松尾芭蕉)
   多愁的我,尽使他寂寞罢,闲古鸟。

4. 遠方のものの声よりおぼつかな緑の昼顔の花(与謝野晶子)
   比远方的人声,更是渺茫的那绿草里的牵牛花。

---

① 詹姆斯·霍姆斯(James Holmes):《诗歌翻译的形式及诗歌形式的翻译》,转引自张曼仪:《卞之琳著译研究》,香港大学中文系出版,1989年8月版,第123—124页。
② 周作人:《日本的诗歌》,《艺术与生活》,石家庄:河北教育出版社2002年版,第112—113页。
③ 周作人:《译诗的困难》,《谈虎集》,石家庄:河北教育出版社2002年版,第18页。

这些译诗充满情趣和韵味,展现出了人与动物、与自然的一种和谐美。周作人充分调动现代口语的表现功能,运用语气助词如"哪"、"呢"、"罢"等,灵活传达出了原作的语气和情绪;用近似翻译腔的定语句式指明词语间的结构关系,有时甚至不惜添加上原文所没有的词语,如例1里"他的"和例3中的"他"尤其精彩。在例3中周作人用一个"他"字,使"我"外化成第三者,变成与闲古鸟谈话的对象,从韵味上来讲,更增添了"我"的寂寞和忧愁。在绝少使用人称代词的中国古典诗体里,这样的效果是很难出现的。可以说,周作人的译作,不仅有力地传达了原作的意境,作为新体诗的创作,也不失为诗意充盈的杰作,朱自清曾称赞周作人的诗歌翻译"其实是创造"①,应该说不是过誉之词。

二、翻译家的两难心境和语言障碍

周作人十分欣赏日本诗歌含蓄、暗示的表现方法,"诗歌本以传神为贵,重在暗示而不在明言,和歌特别简短,意思自更含蓄,至于更短的俳句,几乎意在言外,不容易说明了"②。"诗型既短,内容不能不简略,但思想也就不得不求含蓄。……用十个以内的字,要抒情叙景,倘是直说,开口便完,所以不能不讲文学上的经济;正如世间评论希腊的著作,'将最好的字放在最好的地位',只将要点捉住,利用联想,暗示这种情景。"③

但是,在翻译俳句时周作人却似乎忽略了其含蓄、暗示的特点,经常使用括号标示原诗中没有明言的文字。如将正冈子规的俳句译为:"荼蘼的花(对着)一闲涂漆的书几。"还加注道:"书几糊纸,上再涂漆,系一闲创始,故名。"④翻译与谢芜村的俳句时周作人做了同样的处理:"菜花(在中),东边是日,西边是月。"旁注小字道:"括弧中字系原本所无。"⑤加增译和旁注,可见翻译家用心良苦,但笔者反倒觉得将括号中增译的内容去掉,让人读起来更有味道。周作人既然一再申说短歌、俳句诗境的精髓在于含蓄、在于言外之意,为什么还附加添足之笔,把诗外的余韵说尽呢? 也许这就是纠缠着翻译家的两难心境:既想让读者体会诗歌的言外之意,又担心读者体会不到其中的意境,所以才在翻译时附加了许多评述性的解释吧!

---

① 朱自清:《中国新文学大系·诗集·导言》,《朱自清全集》第4卷,南京:江苏教育出版社1996年版。
② 周作人:《日本的小诗》,《艺术与生活》,石家庄:河北教育出版社2002年版,第125页。
③ 周作人:《日本的诗歌》,《艺术与生活》,石家庄:河北教育出版社2002年版,第111页。
④ 周作人:《日本的小诗》,《艺术与生活》,石家庄:河北教育出版社2002年版,第127页。
⑤ 周作人:《日本的诗歌》,《艺术与生活》,石家庄:河北教育出版社2002年版,第118页。

除了翻译日本的短歌、俳句,周作人还翻译了不少石川啄木的诗歌。石川啄木是20世纪初叶日本的一个具有革命思想的优秀诗人、小说家和评论家,同时也是日本现代革命文学的先驱者之一。"在啄木出现以前,短歌咏的主要是自然景物,即使涉及到人民的现实生活,取材的范围也极其狭窄,只不过像情歌中的男女爱情或骨肉之情,都是些个人的喜怒哀乐的感情。啄木第一个打破了短歌中这种陈旧的束缚,把短歌解放,让它回到现实的日常生活之中。"①而且,石川啄木还在他后期的一些短歌中灌注了革命的血液,使短歌这一古老的形式和革命的思想有了联系。

周作人之所以翻译石川啄木的作品,正是因为啄木诗歌中所描写的时代与境遇,和当时的中国有许多共同点、能引起读者共鸣。对于石川啄木的短歌,周作人是这样评价的:"他的短歌是所谓生活之歌,与他的那风暴的生活和黑暗的时代是分不开的,几乎每一首歌里都有它的故事,不是关于时事也是属于个人的。日本的诗歌无论和歌俳句,都是言不尽意,以有余韵为贵,唯独啄木的歌我们却要知道他歌外附带的情节,愈详细的知道便愈有情味。"②"他的歌是所谓生活之歌,不但是内容上注重实生活的表现,脱去旧例的束缚,便是在形式上也起了革命,运用俗语,改变行款,都是平常的新歌人所不敢做的。"③周作人欣赏啄木反叛、革新、不拘俗套的诗歌风格,当时,周作人的内心里同样涌动着冲破旧藩篱和传统的热情,和不遗余力地向旧文学开战的希望。应该说,周作人的绝大部分译诗对语言把握是相当精准的,为了更有力地传达原诗作者的情感,周作人还适当进行了增译,虽然有的地方只是增加了一两个字,但却增加了诗歌的神韵,请看下面译例:

1. 海水微香的北方的海边的,砂山的海边蔷薇**啊**,今年也还开着**么**?④
   潮かをる北の浜辺の/砂山のかの浜蔷薇よ/今年も咲けるや

2. 沉沉的秋夜,在广阔的街道上,有烧**老**玉米的香气。
   しんとして幅広き街の/秋の夜の/玉蜀黍の焼くるにほひよ

---

① 山田清三郎:《石川啄木的〈一握砂〉和〈可悲的玩具〉》,《日本文学名著解读》,日本三一书房1955年版,第68页。
② 周作人:《我的工作五》,《周作人散文全集》第13卷,桂林:广西师范大学出版社2009年版,第812页。
③ 周作人:《啄木的短歌》,《周作人散文全集》第2卷,桂林:广西师范大学出版社2009年版,第639—640页。
④ 周启明、卞立强译:《石川啄木诗歌集》,北京:人民文学出版社1962年版,第78、87、89、152—153页;石川啄木:《啄木歌集》,岩波书店1983年版,第92、101、102、173页。

3. 曾经有人对我说过:"你那**精瘦**的身子全是反叛精神的凝结。"
   汝が瘦せしからだはすべて／謀叛気のかたまりなりと／いはれてしこと

4. **连头带脸**的蒙上被子,蜷缩着两脚,伸出舌头来,并不是对着什么人。
   すっぽりと蒲団をかぶり／足をちぢめ／舌を出してみぬ／誰にともなしに

例 1 中,周作人调动了语气助词"啊"、"么"有力地传达了作者的感情。例 2 中"老玉米"的"老"字原文中没有,属于增译,虽然只是一个字,却使整首诗增加了韵味。例 3 中,周作人使用了"精瘦"一词,要比"瘦"或"消瘦"传神。例 4 中,原文"すっぽり"意思是"完全的",周作人翻译成"连头带脸"也很精彩。总的来说,通过笔者的一一对读检验,周作人以日语为客方语言的译文翻译是很准确的,而且,应该说,绝大多数翻译得很精彩。

但是,周作人有时也会遇到语言障碍,他要么竭力寻找与之对应的汉语词汇,要么干脆直接把客方语日语拿到了自己的译文中,以致我们现在读起来不是很通顺:

1. 我**会到了**个男子,两手又白又大,人家说他是个非凡的人。①
   手が白く／且つ大なりき／非凡なる人といはるる男に**會ひしに**。

2. 好诙谐的友人死后,面上的青色的疲劳,至今还在**目前**。
   剽軽の性なりし友の死顔の／青き疲れが／いまも目にあり。

3. **宽大的心情**到来了,走路的时候,似乎肚子里也长了力气。
   おほどかの心来れり／あるくにも／腹に力のたまるがごとし

4. 在**不来方的**城址的草上躺着,给空中吸去了的十五岁的心。
   不来方のお城のあとの草に臥て／空に吸はれし／十五のこころ

5. 我的堂兄,在山野打猎厌倦了之后,喝上了酒,卖了**家屋**,得病死了。

---

① 1—10 译例分别引自周启明、卞立强译:《石川啄木诗歌集》,北京:人民文学出版社 1962 年版,第 15、19、25、43、60、73、114、76、86、83 页;石川啄木:《啄木歌集》,岩波书店,1983 年 11 月第 1 版,第 21、25、32、52、69、85、130、89、99、97 页。

わが從兄／野山の獵に飽きし後／酒のみ**家**賣り病みて死にしかな

6. 把只不过得到一个人的事，作为**大愿**，这是少年时候的错误。
   人ひとり得るに過ぎざる事をもて／**大願**とせし／若きあやまち

7. 暗淡下去的纸门的**日影**，看着这个，心里也不知不觉的阴暗起来了。
   薄れゆく障子の**日影**／そを見つつ／こころいつしか暗くなりゆく

8. **世界一起头**，先有树林，半神的人在里边守着火吧？
   世のはじめ／先森ありて／半神の人そが中に火や守りけむ

9. **咬住了呵欠**，在夜车窗前告别，那离别如今觉得不满意。
   あくび嚙み／夜汽車の窓に別れたる／別れが今は物足らぬかな

10. 请你把我看作一个不足取的男子吧，仿佛这样说着就**入山**去了，象神似的友人。
    とるに足らぬ男と思へと言ふごとく／**山に入りにき**／神のごとき友

例1的"会到了"、例2的"在目前"、例4的"不来方的"、例6的"大愿"、例7的"日影"、例9的"咬住了呵欠"、例10的"入山"，这些词汇我们现在读起来感到不通顺，通过与日语原文的对读，我们发现周作人使用这些词汇完全是受到了日语的影响。用周作人自己的话说："中国话多孤立单音的字，没有文法的变化，没有经过文艺的淘炼和学术的编制，缺少细致的文词，这都是极大的障碍。"①与翻译小说时的情形一样，周作人苦于无法找到与日语对应的汉语词汇，便将一些词汇直接由日语引入到汉语当中来了。

由于当时汉语缺乏科学的编制，因此，词类的活用现象在周作人的译文中也比较常见，比方下面几个译例：

1. 在世上我可做的事情已经做完了，漫长的日子，唉唉，为什么这样的**忧思**呢？②

2. 有人说**舞蹈**吧，就站起来舞了，直到因为喝了劣酒，自然的醉倒。

---

① 周作人：《译诗的困难》，《谈虎集》，石家庄：河北教育出版社2002年版，第18页。
② 周启明、卞立强译：《石川啄木诗歌集》，北京：人民文学出版社1962年版，第69、101、167页。

3. 常常这样的**愿望**：干下一件什么很大的坏事，却装出若无其事的样子。

周作人把日语直接引入汉语和词类活用现象都体现了当时现代白话文在表达时有一定的限制和不足，创造新的现代汉语也就成了翻译家们的另一重要任务。关于这一点，瞿秋白在论及翻译与中国语言变革之间的关系时曾写道：

> 翻译……除出能够介绍原本的内容给中国读者之外，还有一个很重要的作用：就是帮助我们创造出新的中国的现代言语。中国的言语文字是那么贫乏，甚至于日常用语都是无名氏的。中国的言语简直没有完全脱离所谓"姿态语"的程度，普通的日常谈话几乎还离不开"手势语"。自然，一切表示细腻的分别和复杂的关系的形容词、动词、前置词，几乎没有。宗教封建的中世纪余孽，还紧紧束缚着中国人的活的言语，这种情形之下，创造新的言语是非常重大的任务。翻译……的确可以帮助我们造出许多新的字眼，新的句法，丰富的字汇和细腻的精密的正确的表现。因此，我们既然进行着创造中国现代的言语的斗争，我们对于翻译，就不能够不要求：绝对的正确和绝对的白话文。这就是把新的文化的言语介绍给大家。①

看来，当时的翻译不仅要把外文著作原本的内容介绍给中国读者，而且还担负着将新的语言、词汇、句法注入汉语，创造新的现代汉语的重要任务。我们可想而知，当时周作人遇到的语言障碍是相当大的，这不仅来自外语，也来自当时汉语词汇的有限和语法的不规范。难怪他一再写文章言说自己"译诗的困难"。这样，我们也就能够理解周作人一些译文的拗口和不得当了。

三、日本诗歌在中国文坛的命运——曲高和寡

周作人翻译日本诗歌的用意很明白，他希望中国的诗歌能借鉴日本诗歌的精华，希望中国的新诗坛能够摆脱创作的困境。遗憾的是，这种含蓄而意境悠远的诗歌却始终没能在中国诗坛上出现。日本诗歌给予中国诗

---

① 瞿秋白：《论翻译》，《十字街头》（杂志）第 1 期，1931 年 12 月 11 日。

坛的影响更多的只是形式上的借鉴。朱自清透彻地看到了中国诗歌的问题与周作人的用意,他说,"所影响的似乎只是诗形,而未及于意境与风格。因为周君所译日本的短诗底特色便在它们的淡远的境界和俳谐的气息;而现在流行的短诗里却没有这些"①。

个人的喜好,并不能左右一个时代的趣味。周作人翻译的日本诗歌,究竟对中国文坛诗歌的兴起产生了多大的影响呢? 朱自清在其所作的小诗的序中讲:"从前读周启明先生《日本的诗歌》一文,便已羡慕日本的短歌;当时颇想仿作一回,却因人事牵挂,将那心思搁置了。"②虽然曲高有和者,但周作人的此举并没能在中国的文坛上掀起更大的浪潮。

其实,周作人也意识到日本诗歌的闲寂趣味很难在中国诗坛产生影响。他说:"这短诗形是否适于表现那些新奇复杂的事物终于成为问题了。"③"小诗颇适于抒写刹那的印象,正是现代人的一种需要,至于影响只是及于形式,不必定有闲寂的精神,更不必固执十七字及其他的规则。"④另外,对于小诗本身的局限,他亦早有意料:"这短诗形确是很好的,但是却又是极难的,因为寥寥数语里容易把浅的意思说尽,深的又说不够。"⑤由此,他提出:"小诗的第一条件是须表现实感,便是将切迫地感到的对于平凡的事物之特殊的感兴,迸跃地倾吐出来,几乎是迫于生理的冲动,在那时候这事物无论如何平凡,但已由作者分与新的生命,成为活的诗歌了。"⑥

1919 年至 1923 年,周作人曾以新诗人的姿态出现在现代文坛上,他的新诗集《过去的生命》中的作品便是在此时写成的。虽然一时诗名甚著,但是无论他的个人爱好,还是感物赋形的思维方式,无疑都更倾向于散文。他曾在《过去的生命·序》里,称自己的新诗作品"文句都是散文的",在《永日集·桃园·跋》里说:"我的头脑是散文的……"他擅长用词接意连的散文句法,表现意味深长的境界。因此,1920 年代后期,他的新诗创作基本停止,而专注于散文。周作人所体味的俳句风韵,也并没有融入到他的诗作中。"如果说到日本诗歌对周氏个人创作的影响,似乎也主要在散文方面,特别是俳句的精神丰韵,深深地融进了周氏的散文作品里。"⑦

或许我们不必遗憾日本诗歌的精神无法融入五四的诗歌中,周作人通

---

① 朱自清:《短诗与长诗》,《诗》第 1 卷第 4 号,1922 年 4 月。
② 同上。
③ 周作人:《日本的小诗》,《艺术与生活》,石家庄:河北教育出版社 2002 年版,第 128 页。
④ 同上书,第 129 页。
⑤ 同上。
⑥ 同上。
⑦ 王中忱:《定型诗式与自由句法之间》,《中国文化研究》1995 年第 4 期,第 93 页。

过日本诗歌的译介,为中国诗体的创新探索了一条虽不宽广但却别致的路径,这就是我国诗坛上的一大收获。

四、周作人翻译语言与他人翻译语言之比较

1921年,周作人从英译本转译了法国作家波德莱尔的《恶之花》和《巴黎的忧郁》中的部分诗歌。由于这两部作品在世界文学史上地位举足轻重,后来又不断有人将其重译。1986年,桂林漓江出版社出版了亚丁翻译的《巴黎的忧郁》,2004年北京三联书店又将亚丁的译本再版。另外,郭宏安也翻译过这部《巴黎的忧郁》,由花城出版社2004年出版。针对波德莱尔的同一首诗,我们比较一下周作人1920年代的翻译与亚丁1980年代的翻译:

外方人(周作人译)

告诉我,你谜的人,你最爱谁?你的父亲,你的母亲,你的姊妹,你的兄弟么?

"我没有父亲,没有母亲,也没有姊妹,也没有兄弟。"

那么你的朋友呢?

"你用这一个字,直到现在,在我是无意义。"

你的祖国呢?

"我不知道它所在的纬度。"

那么美呢?

"我很愿爱她,那不死的女神!"

黄金呢?

"我憎恨它如你们憎恨你们的神。"

那么,奇异的游子,你爱什么呢?

"我爱那云,——那过去的云,——那边,那神异的云。"①

陌生人(亚丁译)

——喂!你这位**不可猜测**的人,你说说你最爱谁呢?你父亲还是你母亲?姐妹还是兄弟?

---

① 周作人译:《外方人》,1921年11月20日刊《晨报副镌》,署仲密译,未收入自编文集,见《周作人散文全集》第2卷,桂林:广西师范大学出版社2009年版,第489页。

——哦……我没有父亲也没有母亲，没有姐妹也没有兄弟。
——那朋友呢？
——这……您说出了一个我至今还**一无所知**的词儿。
——你的祖国呢？
——我甚至不知道她坐落在什么方位。
——那美呢？
——这我会倾心地爱，美是女神和不朽的……
——金子呢？
——我恨它，就像您恨上帝一样。
——啊呀！你究竟爱什么呀？你这个**不同寻常**的陌生人！
——我爱云……匆匆飘过的浮云……那边……**美妙奇特**的云！①

周作人和亚丁的翻译，含意基本一致，应该说都是可"信"的。比较1920年代和1980年代的现代汉语，我们可以明显感受到语言的发展变化。周作人的译文里没有四字的成语、熟语。而亚丁的翻译，四字成语、熟语俯拾即是："不可猜测""一无所知""不同寻常""美妙奇特"。无疑，亚丁的翻译更接近我们现在的语言，然而也许正因为如此，反而让我们读起来感觉过于直白，缺乏诗的韵味。试比较下面几组翻译：

1. 你的祖国呢？"我不知道它所在的纬度。"（周作人译）
——你的祖国呢？——我甚至不知道她坐落在什么方位。（亚丁译）

周作人的译文更含蓄，也更接近诗的语言。

2. 告诉我，……你最爱谁？（周作人译）
你说说你最爱谁呢？（亚丁译）

周作人的译文为读者营造了一种语境，让人有身临其境之感。好像读者也在参与二人的对话。

3. 那么，奇异的游子，你爱什么呢？（周作人译）

---

① 沙尔·波德莱尔：《巴黎的忧郁》，亚丁译，北京：生活·读书·新知三联书店2004年版，第14页。黑体为笔者所加。

——啊呀！你究竟爱什么呀？你这个不同寻常的陌生人！（亚丁译）

与周作人译文委婉、商量的口吻相比，亚丁的译文显得生硬，直译的痕迹过于明显。

周作人与亚丁还同翻译了波德莱尔散文集《巴黎的忧郁》中的《狗与瓶》。（亚丁译为《狗与香水瓶》）其中的一段写"我"将上等香水瓶给我的小狗，它却惊惶埋怨而去，周作人的译文是这样的：

> 唉，可怜的畜生，倘我给你一块排泄物，你会欢欢喜喜的嗅，或者吞咽了。这样便是你，我的不幸生活的不肖的伴侣，也正如民众一般；决不可给与微妙的香，这反要激怒他们，除了随时检集的污秽。①

这段文字，亚丁是这样译的：

> 啊！该死的狗！如果我拿给你一包粪便，你会狂喜地去闻它，可能还会把它吞掉。你呀！我的忧郁人生的可鄙的伙伴，你多么像大多数读者；对他们，从来不能拿出最美的香水，因为这会激怒他们。但是，可以拿出精心选择好的垃圾。②

虽是短短的一段文字，却也能感受到两位翻译家不同的言语风格：周作人所用的词汇是："可怜的畜生""排泄物""欢欢喜喜的嗅""吞咽""不幸生活""不肖的伴侣""民众""微妙的香""污秽"；亚丁用的词汇是："该死的狗""粪便""狂喜地去闻它""吞掉""忧郁人生""可鄙的伙伴""大多数读者""最美的香水""垃圾"。如果从"信""达""雅"三方面来讨论两位翻译家的译文，应该说两位都做到了"信"与"达"，但无疑周作人的翻译更"雅"，亚丁使用的词汇更接近我们的现代口语，在"雅"上略逊一筹。

这篇散文的作者波德莱尔（1821—1867）是法国现代派诗歌的先驱，并被奉为象征主义文学的鼻祖。周亚二氏翻译的这部分原文是这样的：

---

① 周作人译：《狗与瓶》，1921年11月20日刊《晨报副镌》，署仲密译，未收入自编文集，见《周作人散文全集》第2卷，桂林：广西师范大学出版社2009年版，第490页。

② 沙尔·波德莱尔：《巴黎的忧郁》，亚丁译，北京：生活·读书·新知三联书店2004年版，第30页。

Ah! misérable chien, si je vous avais offert un paquet d'excréments, vous l'auriez flairé avec délices et peut-être dévoré. Ainsi, vous-même, indigne compagnon de ma triste vie, <u>vous ressemblez au public</u>, à qui il ne faut jamais présenter des parfums délicats qui l'exaspèrent, mais des ordures soigneusement choisies.

法语中"public"是公众、民众的意思,而且波德莱尔这篇散文的意思也是将"小狗"比作"民众",说他们愚昧、良莠不分。亚丁在 1980 年代翻译此篇文章,却将"public"译为"读者",是一处误译。尽管是在周作人翻译的 60 年以后重译此篇文章,亚丁仍不及周作人对整篇文章意思把握得准确,我们不禁再次对周作人严谨的治学态度以及他美妙的文笔感到心悦诚服。

第七章　周作人与日本文化
——译入语国家文化研究之一

一、对日本文化的涵养与挚爱

周作人精通日语，一生中翻译了大量的日本文学作品。周作人选择翻译日本文学作品，主要出于他对日本文化的喜爱。周作人强调在尊重他民族文化的基础上，建立一种宽容的、多元的世界文化观，这可以说是周作人的一个基本思想。其前提是承认、尊重他民族文化的独立性，最突出的表现是他对日本文化的态度。

五四时期，中国人对日本文化一般有两种看法，一是把日本文化看作是中国文化的一个简单移植，很多中国人到日本去的目的是寻找在中国已经消失而在日本还保留着的中国传统文化。另外一些知识分子，把日本看作世界文化的窗口，他们去日本，不是去学习日本文化，而是去了解世界文化。鲁迅一代与后来创造社一代的留日学生，都是在日本期间受到了德国文化乃至俄国文化的影响，还有许多中国人是通过日本的翻译介绍而了解并接受了马克思主义学说。这样两种日本文化观从现象上看是有根据的，因为日本在明治维新之前，确实是侧重于借鉴、学习中国文化；明治维新之后，又偏重于学习西方文化。但是这两种文化观的根本缺陷，是忽略了日本文化的独立性，把日本文化看成中国或是西方文化的附庸。这在本质上是对日本人与日本文化的不尊重，依然没有走出"中华中心主义"的阴影。而周作人在这一点上始终保持着非常清醒的头脑。周作人的观点是：日本古今的文化，诚然是受到了中国和西洋文化的影响，但不但外来影响已内化为自己的东西，而且本身也自有传统，具有独立的意义和独立的价值。做比较研究的时候，只注意日本文化和中国文化、东方文化相同的地方，这是片面的；更重要的是，应该强调它们之间相异的地方，只有抓住各民族自身的独特性，才能认识它在人类文化当中的独特性，从而真正尊重它的文化。这种声音与当时的大环境、大氛围是异质的，却是正确的和有价值的。周作人与日本以及日本文化有着深厚的渊源。

（一）在日本的愉快经历

1906年晚秋，周作人离别祖国，和大哥鲁迅结伴来到了日本东京。当初鲁迅离开仙台医专，在东京本乡汤岛二丁目的伏见馆寄宿。这回两兄弟一到东京，也就直接住进了这里。周作人初到日本，便对日本留下了终身未变的极好印象。"这是我和日本初次的和日本生活的实际的接触，得到最初的印象。这印象很是平常，可是也很深，因为我在这以后五十年来一直没有什么变更或是修正。简单的一句话，是在它生活上的爱好天然，与崇尚简素。"①这感觉是真实的，尽管只是第一瞥的印象，对于周作人，日本似乎从一开始就不是神秘的异乡。

虽然初来乍到，人地不熟、语言不通，但由于凡事有大哥鲁迅照料，周作人没有感到过丝毫的不便。当时的情形周作人在《知堂回想录》里曾经多次提到过：

> 那时候跟鲁迅在一起，无论什么事都由他代办，我用不着自己费心，平常极少一个人出去的时候，就只是偶然往日本桥的丸善书店，买过一两册西书而已。这种情形一直继续有三年之久，到鲁迅回国时为止。②

> 老实说，我在东京的这几年留学生活，是过得颇为愉快的，既然没有遇见公寓老板或是警察的欺侮，或有更大的国际事件，如鲁迅所碰到的日俄战争中杀中国侦探的刺激，而且最初的几年差不多对外交涉都是由鲁迅替我代办的，所以更是平稳无事。这是我对于日本生活所以印象很好的理由了。③

依个人性情而论，这种与当时中国动荡的社会现实所隔离的、不问世事、悠闲自在的读书生活，正是周作人所向往的。在日本期间，周作人生活里的主要内容就是买书、读书、译书，他过着自足、平稳、清闲、无忧无虑的日子。周作人在多篇散文中提到自己很爱好日本的日常生活，主要原因在

---

① 周作人：《最初的印象》，《周作人散文全集》第13卷，桂林：广西师范大学出版社2009年版，第335页。
② 周作人：《学日本语》，《周作人散文全集》第13卷，桂林：广西师范大学出版社2009年版，第355页。
③ 周作人：《观察的结论》，《周作人散文全集》第13卷，桂林：广西师范大学出版社2009年版，第348页。

于个人的性情与习惯。

> 我是生长于中国东南水乡的人,那里民生寒苦,冬天屋里没有火气,冷风可以直吹进被窝来,吃的通年不是很咸的腌菜也是很咸的腌鱼,有了这种训练去过东京的下宿生活,自然是不会不适合的。可是此外还有第二的原因,这可以说是思古之幽情。我们那时又是民族主义的信徒,凡民族主义必含有复古思想在里边,我们反对清朝,觉得清以前或元以前的差不多都好,何况更早的东西。……我们在日本的感觉,一半是异域,一半却是古昔,而这古昔乃是健全地活在异域的,所以不是梦幻似的空假,而亦与朝鲜安南的优孟衣冠不相同也。①

> 对于日本的食物周作人说:"吾乡穷苦,人民努力才得吃三顿饭,唯以腌菜臭豆腐螺蛳当菜,故不怕咸与臭,亦不嗜油若命,到日本去吃无论什么都无不可。"②

周作人也颇喜欢日本的房屋,其原因与食物同样在于它的质素。他认为日本的房屋适用,特别便于简易生活。

> 四席半一室面积才八十一方尺,比维摩斗室还小十分之二,四壁萧然,下宿只供给一副茶具,自己买一张小几放在窗下,再有两三个坐褥,便可安住。坐在几前读书写字,前后左右皆有空地,都可安放书卷纸张,等于一大书桌,客来遍地可坐,容六七人不算拥挤,倦时随便卧倒,不必另备沙发椅,深夜从壁厨取被褥摊开,又便即正式睡觉了。……中国公寓住室总在方丈以上,而板床桌椅箱架之外无多余地,令人感到局促,无安闲之趣。③

这样,周作人完全溶入了日本的生活,住日本普通的下宿,上学时穿学生服,平常穿和服和木屐,下雨时或穿皮鞋,或穿高齿屐。一日两餐吃下宿的饭,在校时带饭盒。不但没觉得有什么不便,还觉得很有趣。这里不仅包含了对日本人民普通生活的切身体验,而且还是对日本生活中保留的中国古俗、中国民间的原始的生活方式的重温。周作人曾在《日本之再认

---

① 周作人:《日本之再认识》,《药味集》,石家庄:河北教育出版社2002年版,第118页。
② 同上。
③ 同上书,第119—120页。

识》中回忆说:

> 我在日本住过六年,但只在东京一处,那已是三十年前的事了。……我们去留学的时候,一句话都不懂,单身走入外国的都会去,当然会要感到孤独困苦,我却并不如此,对于那地方与时代的空气不久便感到协和,而且还觉得可喜,所以我曾称东京是我的第二故乡,颇多留恋之意。一九一一年春间,所作古诗中有句云,远游不思归,久客恋异乡。①

日本的生活方式和价值观念深深影响了周作人,在他身上留下了俳句、清酒和浮世绘的气质,与英美留学生身上的康桥或赫德逊河浓郁的色彩,所谓英美绅士气有显著的差异。

(二) 对俳谐文体和浮世绘的喜爱

周作人对日本的感情不单纯是衣食住方面的适应和融入,他也喜欢日本生活里的一些习俗,如清洁、有礼、洒脱等,认为日本没有宗教的与道学的伪善,没有从淫逸发生出来的假正经。在《明治文学之追忆》中周作人提到他的杂览从日本方面得来的也并不少,而且大抵是关于日本的事情,至少是以日本为背景的,很有地方色彩,与西洋的只是学问关系稍有不同。他说:"概括的说,大概从西洋来的属于知的方面,从日本来的属于情的方面为多,对于我却是一样的有益处。这四节中所说及的有乡土研究,民艺,江户风物与浮世绘,川柳,落语与滑稽本,俗曲,玩具等这几项。"②

周作人欣赏日本民间文学里的滑稽趣味,从而十分关注日本文学中的"俳谐"。他时常去买新出版的杂志来看,也从旧书地摊上找些旧的翻阅。"俳谐"是"俳谐连歌"的缩称,将短歌的三十一音分作五七五及七七两节,由两个人各作一节,连续下去,其中常含有诙谐的意思。后来觉得一首连歌中间,只要发句,即五七五的第一节,也可以独立成诗,是为俳句。这些弄俳谐的人所写的文章,又称俳文。这样,俳谐连歌、俳句、俳文,就成为一种"俳谐体"。周作人对于这种俳谐体文学十分喜爱和了解,详细考证了俳谐文的历史后,他说:

---

① 周作人:《日本之再认识》,《药味集》,石家庄:河北教育出版社 2002 年版,第 117 页。
② 周作人:《明治文学之追忆》,《立春以前》,石家庄:河北教育出版社 2002 年版,第 69 页。

其实俳谐文学也经过好些变迁,俳文的内容并不一样,有的闲寂幽玄,有的洒脱飘逸,或怡情于花鸟风月,或留意人生的滑稽味,结归起来可分三类,一是高远清雅的俳境,二是谐谑讽刺,三是介在这中间的蕴藉而诙诡的趣味,但其表现的方法同以简洁为贵,喜有余韵而忌枝节,故文章有一致的趋向,多用巧妙的譬喻适切的典故,精练的笔致与含蓄的语句,又复自由驱使雅俗和汉语,于杂糅中见调和,此其所以难。①

周作人在日本俳句大师松尾芭蕉与谢芜村的作品,正冈子规、永井荷风、户川秋骨、岛崎藤村、文泉子、谷崎润一郎等的俳文随笔中,反复体验、吟味其中的俳境禅趣,陶醉其间,不能自制。他忘情地写道:文字"那么和平敦厚,而又清澈明净,脱离庸俗而不显出新异,正如古人所说,读了令人忘倦"②,"文字纵然飘逸幽默,里边透露出诚恳深刻的思想与经验。自芭蕉、一茶以至子规,无不如此"③。

周作人说:"对于东京与明治时代我仿佛颇有情分,因此略想知道他的人情物色,延长一点便进到江户与德川幕府时代。"④"川柳"便是产生于近世的江户时代的讽刺诗,又被称作"狂句",是俳句的变体,已经有几百多年的历史了。"川柳"是只用十七字音做成的讽刺诗,上者体察物理人情,令人看了破颜一笑,有时或者还感到淡淡的哀愁,此所谓有情滑稽,是最高品。其次找出人生的缺陷,如绣花针扑哧的一下,叫声好痛,却也不至于刺出血来。"川柳"与笑话相像,也是以人情风俗为材料的。周作人说:

> 好的川柳,其妙处全在确实地抓住情景的要点,毫不客气而又很有含蓄地投掷出去,使读者感到一种小的针刺,又正如吃到一点芥末,辣得眼泪出来,却刹时过去了,并不像青椒那样的粘缠。川柳揭穿人情之机微,根本上并没有什么恶意,我们看了那里所写的世相,不禁点头微笑,但一面因了这些人情弱点,或者反觉得人间之更为可爱,所以

---

① 周作人:《谈俳文》,《药味集》,石家庄:河北教育出版社2002年版,第99—100页。
② 周作人:《明治文学之追忆》,《立春以前》,石家庄:河北教育出版社2002年版,第73页。
③ 周作人:《冬天的蝇》,《苦竹杂记》,石家庄:河北教育出版社2002年版,第4页。
④ 周作人:《江户风物与浮世绘》,《周作人散文全集》第9卷,桂林:广西师范大学出版社2009年版,第224页。

他的讽刺,乃是乐天家的一种玩世不恭的态度而并不是厌世者的诅咒。①

周作人进而为江户德川时代的浮世绘所吸引。帮助周作人最初认识浮世绘的是宫武外骨主编、雅俗文库发行的杂志《此花》。宫武外骨编的《此花》是专门介绍浮世绘的月刊,陆续出了两年,又编刻了好些画册。尽管能够看到的大多是复刻本,周作人仍然觉得很有趣味。浮世绘有线画、着色画、木刻画等多种形式,这些唤起了周作人童年时代的美好回忆。当年他在鲁迅影响下,也曾沉迷于中国民间剪纸、木刻艺术之中。现在吸引周作人的,除了这些浮世绘的画家远离正统画派,艺术上自成一家外,还在于所画的市井风俗:背景是市井,人物多是女人,除了一部分画优伶面貌外,女人多以妓女为主,因此一看浮世绘,便总容易牵连想到吉原(东京公娼所在地)——游廊——周作人所醉心的"落语""川柳"与吉原的关系也同样密切。周作人注意到,浮世绘的画面尽管很是富丽,色彩也很艳美,但里边常有一抹暗影。这似乎与中国的传统艺术存在着某种神似。后来,周作人读到了永井荷风的《江户艺术论》的第一章《浮世绘之鉴赏》,深深为之感动,曾多次在自己的文章中引用《浮世绘之鉴赏》中的文字。

周作人说:"永井氏的意思或者与我的未必全同,但是我读了很感动,我想从文学艺术去感得东洋人的悲哀,虽然或者不是文化研究的正道,但岂非也是很有意味的事么?我在《怀东京》一文中曾说,无论现在中国与日本怎样的立于敌对的地位,如离开一时的关系而论永久的性质,则两者都是生来就和西洋的运命及境遇迥异之东洋人也。"②足见周作人对日本文化的深厚感情。

(三)对落语和狂言的喜爱

在《中国新文学的源流》里,周作人提出除纯文学外,原始文学和通俗文学也应得到知识分子层面的重视。与传统的文学史著作不同,周作人的文学史观具有现代的特征。他曾在《〈梅花草堂笔谈〉等》中表示:"我的偏见以为思想与文艺上的旁门往往要比正统更有意思,因为更有勇气与

---

① 周作人:《江户风物与浮世绘》,《周作人散文全集》第9卷,桂林:广西师范大学出版社2009年版,第224页。
② 周作人:《日本之再认识》,《药味集》,石家庄:河北教育出版社2002年版,第123页。

生命。"①

　　周作人强调了解一个国家的文化要注重其平民性。到哪里去了解一个国家、一个民族的文化？这是周作人所关注的。他认为任何一个国家、一个民族的文化,都是呈三角塔形态的。人们通常喜欢从文学艺术作品、学术著作和理论上去看外来文化,但实际上这些知识分子著作所体现出来的文化,是在文化三角塔的尖端,与大多数的、国家民族的平均文化是有很大差别的。因此我们要真正了解一个国家、民族的文化,就不能只了解尖端文化或所谓精英文化,更要注意大多数人的平民的文化,也就是说要从民间文化中去了解一个国家的文化。所以周作人认为要到日本的大街小巷、大杂院里去找日本文化,从民间文化、民间信仰去了解,他还非常强调民俗学的作用。正是这种对民间的追求,周作人喜爱充满大众诙谐气的日本落语。他曾引用《日本国志》的《礼俗志》介绍过何为落语:

　　　　演述古今事,借口以糊口,谓之演史家,落语家。手必弄扇子,忽笑忽泣,或歌或醉,张手流目,倚膝扭腰,为女子样,学伧荒语,假声写形,虚怪作势,于人情世态靡不曲尽,其歇语必使人捧腹绝倒,故曰落语。楼外悬灯,曰,某先生出席,门前设一柜收钱,有弹三弦执拍子以和之者。②

　　关根默庵在他著的《江户之落语》序中这样描绘落语的魅力:"一碗白汤,一柄摺扇,三寸舌根轻动,则种种世态人情,入耳触目,感兴觉快,落语之力诚可与浴后的茗香熏烟等也。"③

　　日本说落语者,升高座,如私塾先生讲《论语》般的优雅;而听者却忍俊不禁,如痴如醉。周作人感动于此种场面,并对中国没有这种东西感到奇怪,他说:"我们只知道正经的说书,打诨的相声,说笑话并不是没有,却只是个人间的消遣,杂耍场中不闻有此一项卖技的。古代的诨话不知道是怎么说法的,是相声似的两个人对说亦未可知,或者落语似的也难说吧,总之后来早已没有了。"④周作人认为中国文学美术中太缺乏滑稽的分子,虽然古代有笑话,但士大夫看不起这些,道学与八股钳制住了人心,而风趣的

---

① 周作人:《〈梅花草堂笔谈〉等》,钟叔河编:《周作人文类编·千百年眼》,长沙:湖南文艺出版社1998年版,第696页。
② 周作人:《日本的落语》,《风雨谈》,石家庄:河北教育出版社2002年版,第89页。
③ 关根默庵:《〈江户之落语〉序》,转引自周作人:《日本的落语》,《风雨谈》,石家庄:河北教育出版社2002年版,第92—93页。
④ 周作人:《日本的落语》,《风雨谈》,石家庄:河北教育出版社2002年版,第93页。

缺乏,"是不健全的一种征候"。他讽刺道:"道学与八股下的汉民族哪里还有幽默的气力。"①

周作人便更自觉地去寻找日本文化中的谐趣,于是发现了"狂言"。"狂言"是日本中古的民间喜剧,这时正相当于中国明朝。当初中国的散乐传到日本,流行民间,后来渐渐用于社庙祭礼,扮演杂艺及滑稽动作,称为猿乐。13世纪以后,受了古来舞歌等文学影响,成为一种古剧。猿乐中的滑稽部分则分化而为狂言。能乐多悲剧,在演"能乐"的时候,在两个悲剧中间演出狂言,运用精练的口语,描画社会上的乖谬与愚钝。

> 狂言主要是以对话和动作来表演的口语剧,较之以歌舞为中心的能,更富于戏剧性。能严肃而庄重,是古典式的、贵族式的、象征性的;相对说来,狂言滑稽风趣,取材于当时的世态,富于庶民性,写实因素较强。前者以幽玄为宗旨,后者以"可笑"为本。②

"狂言"所表现的下层人民的价值判断、审美判断每每与社会俗见相反,这是周作人所感兴趣的。日本狂言周作人先后译过三批,一批是在1921—1926年间,共译10篇作品,收入《狂言十番》,1926年由北新书局出版;另一批是在20世纪50年代,新译了作品14篇,连同经过修改的《狂言十番》的原译10篇结集为《日本狂言选》,由人民文学出版社1955年4月出版;最后一批是在20世纪60年代,将《日本狂言选》的24篇增为60篇。《狂言十番》和《日本狂言选》均为中国最早也是当时最系统的狂言翻译。周作人曾对"狂言"作过介绍:

> 狂言是古代日本的一种小喜剧,发达于室町时代,正当十五六世纪;现在共存二百余篇,至于作者姓名,都失传了。狂言是高尚的平民文学之一种,用了当时的口语,描写社会乖缪与愚钝,但其滑稽趣味很是纯朴而且淡泊,所以没有那些俗恶的回味。③

狂言的鼎盛时期在室町时代(1392—1568年)。狂言与能皆发源于农

---

① 周作人:《日本的落语》,《风雨谈》,石家庄:河北教育出版社2002年版,第93页。
② 市古贞次:《日本文学史概说》,倪玉等译,长春:东北师范大学出版社1987年版,第131页。
③ 周作人:《〈狂言十番〉中的附记》,《周作人散文全集》第4卷,桂林:广西师范大学出版社2009年版,第735页。

村的祭神猿乐,是日本古典剧中最早的两个剧种。与能乐的古典倾向、悲剧色彩、典雅趣味相反,狂言偏重讽喻性的写实,狂言中的公侯皆粗俗,僧道多堕落,鬼神亦被玩弄欺骗,生活气味浓厚,滑稽好笑,而且对白通俗易懂。

《狂言选》的价值不仅在于滑稽可笑,从另一个角度看,更重要的是它里面有很多具有民间意识、民间价值观、民间情调的段子,跟滑稽本一样,可以说是最具民间性的文艺作品,是研究日本中世民间意识、民间价值观念的好材料。在《日本狂言选》中最值得一提的是《立春》《雷公》《工东口当》《骨皮》《花姑娘》《沙弥打官司》等段子,事实上,稍稍宽泛一些说,周作人所译的每篇狂言皆可作如是观。

狂言多取材于民间的生活现实,其"胁狂言"表现神鬼和因果报应;"大名物"以大名(即地主、武士)一类人为主要人物;"招婿物"又叫新娘新郎戏,描写男女婚事,岳父与女婿的口角等;"出家座头物"写出家人和盲人生活。狂言的主角多是普通人,价值观也很具民间性,如嘲讽大名、武士的装腔作势、愚蠢无知,僧侣的不道德与伪诈,或是描写"威严"神鬼的滑稽可笑等。嘲讽大名一类的有《两位侯爷》《侯爷赏花》《蚊子摔跤》等,讥刺僧侣一类的有《骨皮》《小雨伞》《沙弥打官司》等,消解鬼神之威严一类的有《雷公》《立春》《金刚》《石神》等。民间对于神鬼既有敬畏的一面,亦有戏弄、随心所欲的一面,狂言在这两面均有展示。周作人译的全部是戏弄神鬼的。更加纯粹的民间趣味则是常见的斗智和以慷慨与贪吝为题的戏文,这也是狂言的一个重要主题。《附子》《发迹》《三个残疾人》《柴六担》《伯母酒》《船户的女婿》《连歌毗沙门》等便是这一类。

《附子》的大概内容是:主人外出游山前,吩咐大、小管家看护附子,叮嘱说附子是一种大毒之物,只要碰着附子那边吹来的风,人就会忽然死去,唯主人除外。主人走后,大、小管家禁不住好奇,慢慢打开盖子,冒"死"一睹附子,又忍不住尝了一口,竟是好吃的糖,于是二人将附子都吃光了。为向主人解释,二人撕碎条幅,砸碎贵重的天目茶碗,并打碎台子。主人归来,二人恸哭不止,对主人说,二人摔跤玩,打碎了家伙,为寻"死"而吃了附子。主人"赔了夫人又折兵",气得追打两个骗子。"大名物"的狂言中的地主或武士大多是蠢笨无知的。不过狂言所嘲笑的,还是中下层人物,并不上及达官贵族;其讽刺亦气色温和,博人一笑之后虽有褒贬,却无刻骨仇恨。这亦是纯粹民间趣味的重要特质。

狂言的原作者皆不详,可能是代代艺人相沿加工、集体创作的结果。虽然狂言的脚本必然有文人的加工润饰,但其演化过程和形成文本的过程、它的演出对象以平民为主等因素,决定着它的民间趣味。吸引周作人翻译狂言的,主要正是其中的民间色调与民间趣味。周作人在《关于〈狂言十番〉》里写道:"我译这狂言的缘故只是因为他有趣味,好玩,我愿读狂言的人也只得到一点有趣味好玩的感觉,倘若大家不怪我这是一个过大的希望。"①并在《〈日本狂言选〉引言》中说:

> 这里有一件值得注意的事情,便是狂言与民间故事的关系。如上边所说,有许多事都是社会上的实相,不过由作者独自着眼,把它抓住了编写下来,正如民间笑话情形相同。一方面有愚蠢无能的人,一方面也有狡狯的,趁此使乖作弊,狂言里的大管家即是一例,对面也就是侯爷那一类了。我们说到笑话,常有看不起的意思,其实是不对的,这是老百姓对于现实社会的讽刺,对于权威的一种反抗。日本儒教的封建学者很慨叹后世的"下克上"的现象,这在狂言里是表现得很明显的。②

喜欢研究民俗因而也很重视民间文学的周作人,对于狂言几十年兴趣不减,原因大概就在这里吧。

(四) 对新村运动的热烈响应

1919 年 7 月 2 日,周作人去日本,接回日本省亲的羽太信子和孩子们回家。但他并没有忙于到东京和家人相见,却先绕道到九州日向访问武者小路实笃,参观他的新村。武者小路实笃 1918 年 11 月在日向的儿汤郡石河内买了一块地,建立了第一新村,从事耕作。这大约是 19 世纪罗伯特·欧文的新和谐社区一类性质的乌托邦组织。周作人对此有浓厚的兴趣,他想用新村作为缓解社会矛盾的手段,以达到避免暴力革命的目的。

7 月 7 日到 18 日,周作人历访了日向的新村本部和几处支部,受到武者小路实笃和其他新村成员的亲切接待,对新村运动有了更直接更具体的了解。他即写了一篇《访日本新村记》,登在《新潮》月刊第 2 卷第 1 号(1919 年 10 月)上,详述了此行的经过和感受——

---

① 周作人:《关于〈狂言十番〉》,《周作人散文全集》第 4 卷,桂林:广西师范大学出版社 2009 年版,第 718 页。
② 周作人:《〈日本狂言选〉引言》,《周作人散文全集》第 12 卷,桂林:广西师范大学出版社 2009 年版,第 523 页。

> 到此已是日向国，属宫崎县，在九州东南部，一面临海，一面是山林，马车在这中间，沿着县道前进。我到这未知的土地，却如曾经认识一般，发生一种愉悦的感情。因为我们都是"地之子"，所以无论何处，只要是平和美丽的土地，便都有些认识。到了高锅，天又下雨了，我站在马车行门口的栅下，正想换车往高城（Takajo），忽见一个劳动服装的人近前问道："你可是北京来的周君么？"我答道："是，"他便说："我是新村的兄弟们差来接你的。"旁边一个敝衣少年，也前来握手说："我是横井。"这就是横井国三郎（K. Yokoi）君，那一个是斋藤德三郎（T. Saito）君。我自从进了日向已经很兴奋，此时更觉感动欣喜，不知怎么说才好，似乎平日梦想的世界，已经到来，这两人便是首先来通告的。现在虽然仍在旧世界居住，但即此部分的奇迹，已能够使我信念更加坚固，相信将来必有全体成功的一日。我们常感着同胞之爱，却多未感到同类之爱；这同类之爱的理论，在我虽也常常想到，至于经验，却是初次。新村的空气中，便只充满这爱，所以令人融醉，几于忘返，这真可谓不奇的奇迹了。①

周作人当时是怀着宗教般的虔诚和热情到他爱的理想国去朝圣的。他置身其间，亲身体验到了超越国家、超越民族界限的"同类之爱"，内心的喜悦是不可言说的，他完全"融醉"了。在周作人的眼里，新村的一切都是美好的，

> 那狗都很可爱，第二次见我，已经熟识，一齐扑来，将我的浴衣弄得都是泥污了。就是那两只猪，也很知人意，见人近前，即从栅间拱出嘴来讨食吃，我们虽然还未能断绝肉食，但看了他，也就不忍杀他吃他的肉了。……此地风俗本好，不必说新村，便是石河内村，已经"夜不闭户"，甚可称叹……②

在《访日本新村记》中，周作人十分强调新村村民们劳动后精神上的愉快和幸福。他说："身体虽然劳苦，却能得良心的慰安。这精神上的愉快，实非经验者不能知道。新村的人，真多幸福！我愿世人也能够分享

---

① 周作人：《访日本新村记》，《艺术与生活》，石家庄：河北教育出版社 2002 年版，第 223—224 页。
② 同上书，第 227 页。

这幸福!"①

然后,周作人详细叙述了自己在新村与村民们共同劳动的过程。

> 各人都脱去外衣,单留衬衫及短裤布袜,各自开掘。……锄头很重,尽力掘去,吃土仍然不深,不到半时间,腰已痛了,右掌上又起了两个水泡……回到中城在草地上同吃了麦饭,回到寓所,虽然很困倦,但精神却极愉快,觉得三十余年来未曾经过充实的生活,只有半日才算能超越世间善恶,略识"人的生活"的幸福,真是一件极大的喜悦。②

乡间的体力劳动对于一个来自喧嚣的现代社会的知识分子竟起了如此神秘的精神作用:仿佛是摆脱了一切外在束缚——身份、地位、人伦关系等,只作为纯粹的"人"的个体,与同样纯粹的"自然"与"他人",自然地交往交流,周作人觉得只有这半日才算超越了世间善恶,是"三十余年来未曾经过充实的生活"。这是周作人一直追求的人生境界。

周作人从东京回到中国后,就成为日本新村运动最积极的鼓吹者与组织者。周作人以对他来说可谓空前的热情与干劲,到处做报告,写文章。诸如《访日本新村记》③、《新村的精神》④、《新村运动的解说——对胡适先生的演说》⑤、《"工学主义"与新村的讨论》⑥、《新村的理想与实际》⑦、《读武者小路关于新村的著作》⑧、《新村的讨论》⑨等,都是传诵一时的名文。有读者读了他介绍新村的文章,写信问他:中国人能不能够加入新村。周作人回信说,日向的新村,因地面狭隘,容不下许多人。他提出了"建设本国的新村"这样一个想法。

1919年3月,在《新青年》第6卷第3号上发表了周作人的《日本的新村》一文。文章中,周作人说自己极愿意介绍新村运动的意义与事实,但又恐怕自己的批判力不足,使大家发生误会,于是他大篇幅地摘译了武者小

---

① 周作人:《访日本新村记》,《艺术与生活》,石家庄:河北教育出版社2002年版,第229页。
② 同上。
③ 周作人:《访日本新村记》,载1919年10月《新潮》第2卷第1号。
④ 周作人:《新村的精神》,1919年11月8日在天津学术讲演会讲演,载1919年11月《觉悟》。
⑤ 周作人:《新村运动的解说——对胡适先生的演说》,载1920年1月20日《晨报》。
⑥ 周作人:《"工学主义"与新村的讨论》,载1920年3月28日《工学》第1卷第5号。
⑦ 周作人:《新村的理想与实际》,1920年6月19日在社会实进会讲演,载1920年6月23—24日《晨报副刊》。
⑧ 周作人:《读武者小路关于新村的著作》,载1920年12月5日《批评》第4号。
⑨ 周作人:《新村的讨论》,载1920年12月26日《批评》第5号。

路的话,以下便是周作人摘译的一小部分:

> 我们想改正别人不正不合理的生活,使大家都能幸福的过人的生活;但第一须先使自己能实行这种生活,使人晓得虽在现今世间,也有这样幸福的生活,可以随意加入。(第四页)
>
> 这便只是互助的生活。不使别人不幸,自己也可以幸福;不但如此,别人如不幸,自己也不能幸福;别人如损失了,自己也不能利益的生活。(第五页)
>
> 我们想造一个社会,在这中间,同伴的益,便是我的益;同伴的损,便是我的损;同伴的喜,便是我的喜;同伴的悲,也便是我的悲。现今世上,都以为别人的损失,便是自己的利益;外国的损失,便是本国的利益。我们对于这宗思想的错误,想将我们的实生活,来证明他。……世上以为若非富归少数者所有,其余都是贫民,社会便不能保存;对于这宗思想的错误,我们也想就用事实来推翻他。(第一百四页)
>
> 各人应该互相帮助,实行人的生活。现在文明进步,可以做到使一切的人,都不必有衣食住的忧虑;但实际上,现在为了衣食住在那里辛苦的人,还那么多,很是不好的事情。病人也不可不休息;应该利用以人类智力得来的方法,使他们早得回复健康。但在现在不能如此:世上因为没有钱,不能保全天命的人,不知可有多少。这都是普通的事实;但这事实却可以用人力消灭的,所以我们应该设法消灭他。据我想这最好的方法,只有各人各尽了劳动的义务,无代价的能得健康生活上必要的衣食住这一法。……这样我们才能享幸福的人的生活。(第二二至二三页)①

大段摘译了武者小路实笃《新村的生活》的内容后,周作人在引文中插说道:

> 因为人类的命运,能够因万人的希望而转变;现在万人的希望,又正是人类的最正当最自然的意志,所以这样的社会,将来必能实现,必要实现。②

---

① 武者小路实笃:《新村的生活》,转引自周作人:《日本的新村》,《艺术与生活》,石家庄:河北教育出版社 2002 年版,第 204 页。

② 周作人:《日本的新村》,《艺术与生活》,石家庄:河北教育出版社 2002 年版,第 202 页。

新村的运动,便在提倡实行这人的生活,顺了必然的潮流,建立新社会的基础,以免将来的革命,省去一回无用的破坏损失。①

周作人当时对日本新村运动的态度的确是狂热和痴迷的。周作人了解日本、痴迷于日本文化,他忘情地说自己喜欢日本所有的东西:

老实说,日本是我所爱的国土之一,正如那古希腊也是其一。我对于日本,如对于希腊一样,没有什么研究,但我喜欢它的所有的东西。我爱它的游戏文学与俗曲,浮世绘,瓷铜漆器,四张半席子的书房,小袖与驹屐,——就是饮食,我也并不一定偏袒认为世界第一的中国菜,却爱生鱼与清汤。是的,我能够在日本的任何处安住,其安闲决不下于在中国。②

二、重菊轻剑:对日本文化缺乏批判意识

近代日本的出版界、读书界对西方的思想文化潮流有着特殊的敏感,每有影响时代风气的新书即以最快的速度翻译、出版,因此有世界窗口之称,而日本自身的文学文化在这一时期也发展迅速,人才辈出。这样,日本不仅为周作人提供了安居之所,更为充满文化饥渴感的他提供了极大的便利。周作人在日本生活期间最主要的乐趣就是逛书店,他很享受这种悠闲的生活。

周作人晚年回忆自己生活时,特意提到了柳田国男著的《远野物语》。这本书是周作人在离开日本的前一年,也就是 1910 年买的。柳田国男强调的"乡土研究",这本书使周作人对民俗学产生了兴趣,尤其是使周作人懂得了,要真正了解一国的文化,必须深入到普通人民生活的街头巷尾里去。

周作人在日本时,曾居住在东京本乡区西片町。本乡区在东京被称为"山手",意云靠山的地方,即是高地。西片町更是知识阶级聚居之地,周作人居住的吕之七号,就是夏目漱石曾经住过的。1910 年 11 月,周作人搬出了本乡区,到了留学生极少的麻布区森元町居住,直接原因是经济原因,

---

① 周作人:《日本的新村》,《艺术与生活》,石家庄:河北教育出版社 2002 年版,第 203 页。
② 周作人:《日本浪人与顺天时报》,《谈虎集》,石家庄:河北教育出版社 2002 年版,第 322 页。

麻布区的房租只有十日元,比本乡的几乎要便宜一半。经济原因以外,周作人大概也受了柳田国男"乡土研究"的启示,选择了与平民更接近的区域居住吧。

由本乡区西片町搬到麻布,可谓是出了乔木,迁于幽谷。周作人打了一个比方,说在本乡居住的时候,似乎坐在二等火车上,各自摆出绅士的架子,彼此不相接谈。在森元町,大家都是火车里的三等的乘客,都无什么间隙,看见就打招呼,也随便的说话。一些市井间的琐闻俗事,也就传了进来,这正是周作人所乐于知道的。周作人最感兴趣的就是日本民间的文化:民艺、江户风物、浮世绘、川柳、落语、滑稽本、俗曲等。

周作人欣赏日本文化中富于人情美的一面、世俗的一面,也就是所谓"菊"的一面,而对日本文化中军国主义的一面,即所谓"剑"的一面不感兴趣,也缺乏批判意识。这一点从周作人对日本文学作品有所选择地进行翻译中也可以看得出来。1925年1月2日的《语丝》上刊出了周作人翻译的日本文学名著《古事记》中恋爱的故事。《古事记》是日本的第一部古书,由帝纪和本辞两种内容组成。帝纪是记载历代天皇的历史,本辞也称作旧辞,是神话、传说或者民间故事。它是日本古代口头流传的文学,由安万侣整理记录,讲诸神的是神话,说英雄的则是传说。《古事记》的背后是以统一日本为前提的国家精神,这种国家精神以神和英雄为中心,神和英雄是天地、国土和民族的创造者,《古事记》通过记载神和英雄的故事来宣扬国家精神和英雄精神。日本天武天皇在为撰录本书所下的诏书中说:"朕闻诸家之所赍,帝纪及本辞,既违正实,多加虚伪",为此书定下的撰录目的是,"邦家之经纬,王化之鸿基焉,故惟撰录帝纪,讨核旧辞,削伪定实,欲流后叶"。①

周作人对所谓的"邦家之经纬"没有兴趣,他将目光专注在《古事记》的文学价值,即神话、传说、歌谣之上。因此,他首先选择翻译了其中的两则日本皇族恋爱的悲剧故事,而这两则故事叙述的主角均双双殉情而死。吸引他的与其说是缠绵的爱情,莫如说是爱情故事后面的个性追求和反抗精神。

周作人翻译的第一则是"女鸟王的恋爱",说的是仁德天皇时期的事。仁德天皇命他的兄弟隼别王为媒人,去向自己的庶妹女鸟王求婚,女鸟王却愿意做隼别王的妻子,于是二人同居。由于隼别王没有回宫奏复,天皇亲幸女鸟王家,知悉二人恋情,遂即还宫。不久隼别王归,女鸟王作歌劝他

---

① 叶渭渠:《日本文学思潮史》,北京:经济日报出版社1997年版,第104页。

杀死天皇：

> 云雀呢，
> 他能飞翔天际；
> 你高飞的隼别王呵，
> 为甚不扑杀那鹡鸰。①

天皇闻歌，即派兵杀二人，二人出逃，终被官兵追上杀害。以今日我们俗人的眼光看来，女鸟王在天皇还宫之后本可同隼别王共享快乐人生，因为天皇并未阻碍他俩结合，但她却唆使隼别王扑杀仁德天皇，这里真正表现的是女鸟王的反叛精神和政治野心。

周作人一直关注女性问题，他曾多次引证清末夏穗卿的说法，认为宋代以前女人是奴隶，宋代以后男性全为奴隶，而女人成为物件。"女性解放"成为周作人所处时代的呼声。周作人曾在《梦》中引用南非"有才能的小说家"②幻想的场景："我们梦见女人将与男人同吃智慧之果，相并而行，互握着手，经过许多辛苦与劳作的岁月以后，他们将在自己的周围建起一座比那迦勒底人所梦见的更为华贵的伊甸，用了他们自己的劳力所建造，用了他们自己的友爱所美化的伊甸。"③

周作人提出："女人则为人类一分子，有独立的人格，不是别的什么的附属物。我们在身心状态的区别上，承认有男子女子与儿童的三个世界，但在人类之前都是平等。"④周作人进一步谈到了女子与文学的关系："从文学的本质上来看，人人有理解的可能，而且也有这个需要。女子因为过去的种种束缚，以致养成一种缺陷，不为他人所理解，也不大能理解他人，在这一点上，文学的创作与研究可以有很大的效用。"⑤妇女地位的提高是社会进步的表现，周作人一直扮演着提高妇女地位倡导者的角色，他引用与谢野晶子的文章说："本来女人容易为低级的感情所支配，轻易的流泪，或无谓的生气，现在凭了硬性的学问，便得理性明确，自不至为早近的感情所动，又因了高尚的艺术，使得感情清新，于是各人的心始能调整，得到文

---

① 文泉子：《如梦记》，周作人译，上海：文汇出版社1997年版，第139页。
② 周作人对须莱纳尔的评价，见周作人：《梦》，《自己的园地》，石家庄：河北教育出版社2002年版，第132页。
③ 周作人：《梦》，《自己的园地》，石家庄：河北教育出版社2002年版，第131页。
④ 周作人：《女子与文学》，钟叔河编：《周作人文类编·上下身》，长沙：湖南文艺出版社1998年版，第312—313页。
⑤ 同上书，第315页。

明妇人的资格。"①周作人自己更是将女子与男子平等对待,"我们对于文章的要求,不问是女人或男人所写,同样的期待他有见识与性情,思想与风趣,至于艺术自然也是必要的条件"②。

周作人翻译的另一则是"轻太子的恋爱",内容是日本文学后来常见的"情死"。选译这两则故事,颇能说明周作人的态度和趣味。周作人的着眼点,不是帝王历代的传袭与更替,而是《古事记》的纯文学价值。这种"重菊轻剑"的译介立场从侧面反映出周作人对于政治并无兴趣,他所具有的是一个纯文人的心态,这与他后来所选择的道路以及他的命运有很大的联系。

20世纪20年代,由于政治因素的影响,我国的知识分子更加鄙视日本文化,对此,周作人有深刻的认识,1926年他写文章说:

> 中国人原有一种自大心,不很适宜于研究外国的文化,少数的人能够把它抑制住,略为平心静气的观察,但是到了自尊心受了伤的时候,也就不能再冷静了。自大固然不好,自尊却是对的,别人也应当谅解它,但是日本对于中国这一点便很不经意。我并不以为别国侮蔑我,我便不研究他的文化以为报,我觉得在人情上讲来,一国民的侮蔑态度于别国人理解他的文化上面总是一个极大障害,虽然超绝感情纯粹为研究而研究的人或者也不是绝无。③

周作人提倡中国知识分子多投入力量,从事日本文化研究,他说:"中国与日本并不是什么同种同文,但是因为文化交通的缘故,思想到底容易了解些,文字也容易学些……所以我们要研究日本便比西洋人便利得多。西洋人看东洋总是有点浪漫的,他们的诋毁与赞叹都不甚可靠,这仿佛是对于一种热带植物的失望与满意,没有什么清白的理解,有名如小泉八云也还不免有点如此。"④

站在"为研究而研究"的纯理性立场,周作人指出:"日本古今的文化诚然是取材于中国与西洋",但"都经过一番调剂,成为他自己的东西",对待日本文化应该采取的正确态度是"把他当作一种民族文明去公平地研

---

① 周作人:《女子与读书》,《苦口甘口》,石家庄:河北教育出版社2002年版,第32页。
② 周作人:《女人的文章》,《立春以前》,石家庄:河北教育出版社2002年版,第40页。
③ 周作人:《日本与中国》,《谈虎集》,石家庄:河北教育出版社2002年版,第317—318页。
④ 同上书,第317页。

究"。①

  周作人从尊重异己者——他人、别民族的独立个性的角度出发,对日本文化有种特殊的亲近感。他说:"大约因为文化相近的缘故,我总觉得日本文学于我们中国人也比较相近,如短歌俳句以及稍富日本趣味的散文与小说也均能多少使我们了解与享受,这是我们想起来觉得很是愉快的。"②

  当然,如果简单地断定周作人作为一名知识分子,只关心文化、关心文学,丝毫不关心国家的存亡,也是有失公允的。20世纪20年代周作人就曾写过《排日——日本是中国的仇敌》《排日平议》等文章,提醒国人日本军国主义的危险与排日的必要:

>   单是学问艺术一方面,亲善固然是应该,而且还是必要,若从别方面来说,则为中国前途计,排日又别是绝对的应该与必要了。非民治的日本,军人与富豪执政的日本,对于中国总是一个威吓与危险,中国为自存起见,不得不积极谋抵抗他,排斥他的方法,其次是对付不列颠帝国。日本天天大叫"日支共荣共存",其实即是侵略的代名词:猪肉被吃了在别人的身体里存着,这就是共荣共存。我以前曾说过,"日本人对我们说要来共存共荣,那就是说我要吃你,千万要留心。日本除了极少数的文学家美术家思想家以外,大抵都是皇国主义者,他们或者是本国的忠良,但决不是中国的好友。"……中国智识界应该竭力养成国民对于日本的不信任,使大家知道日本的有产阶级,军人,实业家,政治家,新闻家以及有些教育家,在中国的浪人支那通更不必说,都是帝国主义者,以侵略中国为职志的;我们不必一定怎么去难为他,但我们要明白,日本是中国最危险的敌人,我们要留心,不要信任他,但要努力随时设法破坏他们的工作。这是中国智识阶级,特别是关于日本有多少了解的人,在现今中国所应做的工事,应尽的责任。……
>   我希望学问艺术的研究是应该超越政治的,所以中国的智识阶级一面毕生——不,至少在日本有军人内阁,以出兵及扶植反动势力为对华方针的时代,努力鼓吹排日,一面也仍致力于日本文化之探讨,实行真正的中日共荣,这是没有偏颇的办法。但是人终是感情的动物,我恐怕理性有时会被感情所胜,学术研究难免受政治外交的影响而发生停顿,像欧战时中国轻蔑德文一样,那真是中国文化进步上的一个

---

① 周作人:《日本与中国》,《谈虎集》,石家庄:河北教育出版社2002年版,第315页。
② 周作人:《与谢野先生纪念》,《周作人散文全集》第6卷,桂林:广西师范大学出版社2009年版,第566页。

损失。不过,这也没有法子。我们在此刻不能因为怕日本研究之顿挫而以排日为不正当。①

周作人对于日本军国主义的侵略野心也不是完全充耳不闻、视而不见的,在这篇文章中周作人也流露出政治上的敌对,恐怕会影响对日本的文化研究进程的担忧,但他仍然说:"不过,这也没有法子。我们在此刻不能因为怕日本研究之顿挫而以排日为不正当。"②

应该说,中日的交战,把视日本为第二故乡,又有日本女人为妻的周作人置于两难的境地。尽管如此,1931年"九·一八"事变之后,周作人仍在应北京大学学生会之邀所作《关于征兵》的讲演里,站在民族主义立场上,力主"修武备","用强力来对付"日本的侵略,并要求追究"无抵抗"而"失地"的责任,态度激昂。1933年10月周作人写了名为《颜氏学记》的文章,严厉谴责"现时日本之外则不惜与世界为敌,欲吞噬亚东,内则敢于破坏国法,欲用暴烈手段建立法西斯派政权"。③但当1934年年底写《弃文就武》时,曾在水师学堂学习过的周作人似乎冷静下来,开始思考一个在他看来更为实际的问题:中国"武备"究竟如何?具不具备与日本开战的条件?而他对此是持悲观态度的。据郑振铎回忆,他离开北平前,曾和周作人有过一次谈话,周作人对他说:和日本作战是不可能的。人家有海军。没有打,人家已经登岸来了。我们的门户是洞开的,如何能够抵抗人家?④正是从这样的"军事失败主义"的估计出发,周作人认为,对中日关系及其出路,只能进行非军事角度,即文化角度的考察。于是,周作人的"日本店"开张了,他写了《日本管窥》等一系列文章研究日本文化和日本民族性。对于日本为什么侵略中国的问题,周作人的回答是:

日本对于中国所取的态度本来是很明了的,中国称日帝国主义,日本称曰大陆政策,结果原是一样东西,再用不着什么争论,这里我觉得可谈的只有一个问题,便是日本为什么要这样的做。这句话有点说的不大明白,这问题所在不是目的而是手段,本来对中国的帝国主义不只一个日本,为主义也原可不择手段,而日本的手段却特别来得特

---

① 周作人:《排日平议》,《谈虎集》,石家庄:河北教育出版社2002年版,第229—231页。
② 同上书,第231页。
③ 周作人:《颜氏学记》,《周作人散文全集》第6卷,桂林:广西师范大学出版社2009年版,第193页。
④ 郑振铎:《蛰居散记》,上海:上海出版公司1951年初版,第100页。

别,究竟是什么缘故?这就是我所说的问题。我老实说,我不能懂,虽然我找出这个问题,预备这篇文章,结果我只怕就是说明不懂的理由而已。近几年来我心中老是怀着一个大的疑情,即是关于日本民族的矛盾现象的,至今还不能得到解答。日本人最爱美,这在文学艺术以及衣食住的形式上都可看出,不知道为什么在对中国的行动显得那么不怕丑。日本人又是很巧的,工艺美术都可作证,行动上却又那么拙,日本人喜洁净,到处澡堂为别国所无,但行动上又那么脏,有时候卑劣得叫人恶心。这真是天下的大奇事,差不多可以说是奇迹。①

假如五十岚力的话不错,日本民族是喜欢明净直的,那么这些例即可以证明其对中国的行动都是黑暗污秽歪曲,总之所表示来全是反面。日本人尽有他的好处,对于中国却总不拿什么出来,所有只是恶意,而且又是出乎情理的离奇。这是什么缘故呢?平日只看见日本文化的人对于这件事实当然要感到十分诧异,百思不得其解的,我说这是当然,盖因此不属文化分内事,虽贤哲亦无如何者也,但是我既然搬出这问题来了,无论对不对总得与以一种解释才行,文化方面的路已经走不通,那么就来走反面的路看,贤哲没有办法,那么就去找愚不肖的来吧,我这里只好来提出反文化说作解释,大家请勿笑话,如有更好的说法,不佞愿伫候明教也。

我看日本现在情形完全是一个反动的局面,分析言之其分子有二,其一是反中国文化的,即是对于大化革新的反动,其二是反西洋文化的,即是对于明治维新的反动,是也。②

日本为什么侵略中国?周作人称:"我老实说,我不能懂。"既然不能懂就要研究,周作人经过反复思考,找到日本侵略中国的原因是:日本受汉文化的影响很大,而且年代久远;从孝德天皇开始,日本初仿中国用年号,后来又模仿中国实行制度改革;汉字是日本中学生的必修课,日本无法从中国的毛笔与筷子的圈子里摆脱,这种文化债务让日本人感到很受压迫,这种无意识的屈辱感使日本人想反抗一下,所以来侵略中国。"汉文化压迫的痕迹也还是历历可睹","这种文化的债务在当时虽很是欣感,后来也

---

① 周作人:《日本管窥之四》,《知堂乙酉文编》,石家庄:河北教育出版社2002年版,第119—120页。
② 同上书,第121—122页。

会渐渐觉得是一个压迫,特别是自己站得起来而债主已是落魄的时候"。①这是周作人总结的日本侵略中国的原因。

为了证明自己的观点,周作人举了《孟子·离娄下》的例子,"逢蒙学射于羿,尽羿之道,思天下惟羿为愈己,于是杀羿"。然后评论说:"天下的负恩杀师其原因并不一定为的是愈己,实在有许多也因为是太不如己了,无意识的感着屈辱,想乱暴的反抗一下,才能轻松的吐一口气,这种行动显见得很不太雅,不过在世间也不是不可体谅的事情。"②

这样,作为一个宁静的学者,周作人简单地把日本侵略中国的原因归结为日本受到的汉文化的压迫太沉重。他的日本研究过多地拘泥于旧文化人类学摸索猜测与旁征博引的书斋式研究构架而缺乏历史主义的总体科学把握和现代政治、阶级、社会的分析,从而丧失了学术研究应有的现实性和介入意识,使他不能辨明日本民族古来的文化与日本帝国主义的本质区别,看不到资本主义对内剥削对外扩张的必然性。因此,他的研究无法解释这个现实的丑恶的日本,也未能在学理的层面上更深入地从国民劣根性的一面去考察日本军国主义产生的历史文化根源。周作人也认识到自己无法逃脱文化的樊篱的局限,他说:"我用了日本反汉文化的反动来说明近来许多离奇的对华行动,自己知道不见得怎么靠得住,但是除此以外更没有方法可以说明,只好姑且以此敷衍。"③

周作人尽管事实上不否认日本军国主义侵略者已经把他们"武士道"的刺刀架在中国人脖子上这一血淋淋的现实,不否认日本侵略军在中国所作所为的丑陋与肮脏,但更令他痴迷的、更深深地根植在他心里的是日本的人情美,是日本文化中温柔美好的一面——"菊"的一面,因此,他宁可舍弃对于"二十年来在中国面前现出的""全是副吃人相的"现代日本军事政治的研究,特别是对所谓"多非善类"的英雄进行认真研究,而固执地要"去找出日本民族代表的贤哲来,听听同为人类为东洋人的悲哀"。④

这种感情偏爱本身或许无可厚非,但这偏爱又确实与周作人20世纪30年代消沉落伍的政治态度有关,与他脱离时代主潮,迷恋古昔,忧患而又闲适的艺术审美趣味相呼应。日本是有独特传统的民族,在外国人眼中,日本人既有文明礼貌的一面,又有野蛮残忍的一面,既深沉又浅薄,很

---

① 周作人:《日本管窥之四》,《知堂乙酉文编》,石家庄:河北教育出版社2002年版,第122页。
② 同上书,第122—123页。
③ 同上注,第124页。
④ 周作人:《谈日本文化书之二》,《周作人散文全集》第7卷,桂林:广西师范大学出版社2009年版,第341页。

难理解。这种二重性文化品格是日本民族的国民性特征之一。周作人对日本的认识始终未能达到这个辩证的层面,所以他越来越困惑,从纯文化的观点出发考察中日关系,尽管他考察的动机或许真诚,但起点的偏离使他不能得出完全正确的结论。与政治思想消沉落伍相关联的文化研究,又反过来导致了政治上的进一步退却,以致周作人最终走上了附逆的道路。当然,我们不能做诛心之论,说周作人对日本文化的爱好包括了对日本军国主义的佩服,在抗战之前就甘做亡国之奴。周作人的落水附逆自有多种复杂的原因,不过,对日本文化的偏爱与他后来的道路有着潜在的联系。

第八章　周作人与古希腊文化
——译入语国家文化研究之二

一、对古希腊精神的向往与追求

　　希腊位于欧洲南端,是距离亚洲和非洲最近的欧洲国家。古希腊,是指从公元前8世纪开始,到公元前146年被罗马征服之间的希腊文明时期。古希腊文明是整个西方文明的源头,是世界文明史的重要发源地。古希腊诞生了泰勒斯、赫拉克利特、伊壁鸠鲁、苏格拉底、柏拉图、亚里士多德等多位哲学大师。他们的理论是西方哲学理论的基石,对于世界思想史的发展有不可估量的作用。创作了《伊利亚特》和《奥德赛》的古希腊盲诗人荷马被称为欧洲文学的鼻祖;古希腊人体雕塑是西方文明的里程碑;现今欧洲各国的文字都源于古希腊字母的变体;今天的奥林匹克运动会、马拉松长跑也起源于希腊,古希腊的文明是灿烂而辉煌的。古希腊与波斯、埃及等国交往频繁,与中国少有往来,因此中国人对古希腊的了解十分有限。近现代以来,中国也罕有人致力于古希腊文化和古希腊文学的介绍,这不能不说是一个莫大的遗憾。

　　不喜欢被时代潮流左右的周作人为我们弥补了这个缺失。周作人曾写过《希腊的小诗》《希腊闲话》《希腊的古歌》《希腊人的好学》《新希腊与中国》等多篇文章介绍希腊文化,后来这些文章被收入《希腊之馀光》一书中。另外,周作人从事希腊文学作品的翻译前后历时四十余年,共翻译希腊文学作品约200万字,除去1918—1923年间他翻译的蔼夫达利阿蒂思(Ephtaliotis)等人的"新希腊"文学作品外,他的翻译以古希腊文学作品为主。由于古希腊语是"已经死亡"了的语言,因此,能够从古希腊原典从事翻译的翻译家屈指可数,周作人是启动早、成绩也最为可观的一位。周作人把希腊文学翻译称作自己的"胜业",他说:"我以前所写的许多东西向来都无一点珍惜之意,但是假如要我自己指出一件物事来,觉得这还值得做,可以充作自己的胜业的,那么我只能说就是这神话翻译注释的工作。"①

(一) 文化挪移与精神释意

周作人对于古希腊文化、古希腊文学的喜爱与其对日本文化、日本文学的喜爱一脉相承,带有很大的个人兴趣色彩。1908 年秋天,周作人在日本的一所美国教会学校——立教大学开始学习古希腊语。其原因,据他自己在《知堂回想录·学希腊文》里回忆,是听了南京水师学堂比他高两班的同学胡朝梁的议论,(胡朝梁)"强调《圣书》的文学性,说学英文的人不可不读"②,周作人得到了"欲懂西洋文学须了解一点希腊神话"的启示,便开始学习古希腊语。因欲了解西洋文学而开始读希腊神话,由对希腊神话的兴趣而读安德鲁·朗等人的神话学著作,又由安德鲁·朗的著作而知悉人类学派,再因人类学而涉足民俗学,同时因为神话与传说、童话的亲缘关系生发出来对童话的兴趣。因为读到了霭理斯(Henry Havelock Ellis,1859—1939)的性学著作,而对医学、心理学、生物学等产生了广泛的兴趣。周作人的学术思想是一个由兴趣发展到研究,由知性的认识升华为自觉的儿童意识、妇女意识,乃至自己独立学术个性的过程。阅读希腊神话是周作人逐步了解西方学派乃至思想的重要诱因。其学术思想的完善过程看似曲折复杂,实则环环相引、步步相接,有不求而至、不为而成之妙。

《新青年》的鼎盛时期,周作人翻译过一些希腊近现代文学作品,但是周作人的兴趣主要集中在古希腊文学作品上。1922 年周作人翻译了古希腊神话《卢奇安对话集》中的第 6 篇《冥土旅行》,是根据英国福勒(Fowler)的英译本译出的,初刊在 1922 年 11 月的《小说月报》上。限于《卢奇安对话集》篇幅过长,1920 年代周作人没能完成整部作品的翻译,对此,周作人四十余年不能释怀,终于在辞世前完成了《卢奇安对话集》的翻译工作。这部作品的翻译从起笔到最后的完成历时四十余年,可见周作人对古希腊文学的热情是贯穿于他一生的。《卢奇安对话集》翻译的完成是周作人古希腊文学情结的印证,为他漫长的古希腊文学翻译画上了完美的句号。

周作人之所以喜欢古希腊神话、译介古希腊神话,是因为他认为古希腊文明的精神,有很多表现在神话里面。他的目的是:追溯古希腊精神,借

---

① 周作人:《亚坡罗陀洛斯〈希腊神话〉引言》,钟叔河编:《周作人文类编·希腊之余光》,长沙:湖南文艺出版社 1998 年版,第 117 页。
② 周作人:《学希腊文》,《周作人散文全集》第 13 卷,桂林:广西师范大学出版社 2009 年版,第 385 页。

此探寻西方文化的源头,"正本清源"。他说:

> 近年来大家喜欢谈什么东方文化与西方文化,我不知两者是不是根本上有这么些差异,也不知道西方文化是不是用简单的三两句话就包括得下的,但我总以为只根据英美一两国现状而立论的未免有点笼统,普通称为文明之源的希腊我想似乎不能不予以一瞥,况且他的文学哲学自有独特的价值,据臆见说来他的思想更有与中国很相近的地方,总是值得萤雪十载去专研他的,我可以担保。①

那么,什么是古希腊文化?什么是古希腊精神?在古希腊,从最早的政治家梭伦到晚期的伊壁鸠鲁,思想家对人现世生活的物质欲求和精神上对幸福的渴望都采取了十分开明的态度。梭伦说:"谁拥有最多的物质财富,并把它们保持到临终的那一天,然后又安乐地死去,谁就能戴上幸福的花环。"②亚里士多德也认为如果离开了快乐、满足等具体的心理感受,就没有什么幸福可言,"任何有感觉的东西都知道痛苦和快乐,知道什么是痛苦,什么是快乐,而任何知道痛苦和快乐的东西都有企求,因为欲望乃是对快乐的企求"③。被称为西方伦理思想史上最早的自然主义幸福论代表的德谟克里特认为生活的目的就是追求快乐,"对人,最好的是能够在一种尽可能愉快的状态中过生活,并且尽可能少受痛苦"④。后来,伊壁鸠鲁继承和发扬了德谟克里特的幸福论思想,他说:"如果抽掉了嗜好的快乐,抽掉了爱情的快乐及听觉的快乐与视觉的快乐,我就不知道我还怎么能够想象善。"⑤从周作人翻译的西蒙尼台斯作的古希腊小诗中我们也可以看出古希腊的现世主义精神。"健康是生人的第一幸福,其次是先天的美,第三是正当的富,第四是友朋间常保年少。"⑥

除了现世主义的人生态度,古希腊精神还包含着求真求知精神和对于美的追求。周作人曾说:"关于希腊神话……那里边的最大特色是其美化。希腊民族的宗教其本质与埃及印度本无大异,但是他们不是受祭司支配而

---
① 周作人:《北大的支路》,《苦竹杂记》,石家庄:河北教育出版社2002年版,第216—217页。
② 周辅成:《西方伦理学名著选辑》上卷,北京:商务印书馆1962年版,第45页。
③ 苗力田:《古希腊哲学》,北京:中国人民大学出版社1988年版,第485页。
④ 北京大学哲学系外国哲学史教研室编译:《古希腊罗马哲学》,北京:商务印书馆1961年版,第114—115页。
⑤ 周辅成:《西方伦理学名著选辑》上卷,北京:商务印书馆1962年版,第104页。
⑥ 周作人:《希腊的小诗》,《谈龙集》,石家庄:河北教育出版社2002年版,第101页。

是受诗人支配的,结果便由诗人悲剧作者画师雕刻家的力量,把宗教中的恐怖分子逐渐洗除,使他转变为美的影像,再回向民间,遂成为世间唯一的美的神话。"①另外,古希腊精神是反叛传统,批判权威,追求个人主义和均衡和谐。古希腊精神中对于理性的坚守、对于美好事物的执著追求透着无畏的自我牺牲精神,而对于个人的情感和欲望则表现出不加束缚的宽容态度。

中国是礼仪之邦,中国知识分子不同程度地受到了孔孟思想的熏陶,家国观念、孝悌观念根深蒂固,中国知识分子的身上缺乏古希腊精神中自由、反叛的影子,而这正是周作人所向往和追求的。1906 年周作人初次到东京后,在伏见馆见到的第一个人,是馆主人的妹妹兼做下女工作的乾荣子。她是个十五六岁的少女,赤着脚在屋里走来走去给客人搬运皮包和端茶倒水。这件极平常的事却使刚从缠足之国来的周作人产生了强烈的好感,印象殊深。他说:

> 我常想,世间鞋类里边最善美的要算希腊古代的山大拉(Sandala),闲适的是日本的下驮(Geta),经济的是中国南方的草鞋,而皮鞋之流不与也。凡此皆取其不隐藏,不装饰,只是任其自然,却亦不至于不适用与不美观。此亦别无深意,小过鄙意对于脚或身体的别部分以为解放总当胜于束缚与隐讳,故于希腊日本的良风美俗不能不表示赞美,以为诸夏所不如也。②

古代希腊人喜欢穿山大拉(指一种简单的鞋),而且不避忌裸身,视裸身为美的极致。这一点使对假道学的伪善素来反感的周作人十分欣赏,若干年后,他在《希腊之馀光》里引英国学者列文斯顿论希腊文学之特色来说明自己钟爱古希腊文学的缘由:"他(列文斯顿)说,丁尼孙虽是美,而希腊乃有更上的美,这并非文字或比喻或雕琢之美,却更为简单,更为天然,更是本能的,仿佛这不是人间却是自然如自己在说话似的。"③

周作人欣赏古希腊文学天然、鲜活的特点,他用讽刺的口吻批评中国古代的思想文字:"可是奇怪的是中国总显得老成,不要说太史公,便是《左传》《国语》也已写得那一手熟练的文章,对于人生又是那么精通世故,

---

① 周作人:《希腊神话引言》,《立春以前》,石家庄:河北教育出版社 2002 年版,第 177 页。
② 周作人:《日本之再认识》,《药味集》,石家庄:河北教育出版社 2002 年版,第 121 页。
③ 周作人:《希腊之馀光》,《周作人散文全集》第 9 卷,桂林:广西师范大学出版社 2009 年版,第 250 页。

这是希腊的史家之父所未能及的。"①周作人赞赏有趣味、有个性,表现自然鲜活的情绪与精神的文学,贬斥老气横秋、歌功颂德、人云亦云的古板的文学。

(二) 文学翻译与精神对照

1923年,周作人翻译了一些古希腊小诗,他翻译柏拉图"美妙而近于危险"②的诗歌云:"我的星,你正在看星,我愿得化身为天空,用许多的眼回看你。"③周作人还翻译过一首很有韵味的古希腊小诗,"我送乳香给你,并不教他去薰你,只是望他因你而更香"④。这首诗的作者不详,但是诗歌的情怀是浪漫的。另一首饮酒歌也很精彩:"同我饮酒,同年少,同恋爱,同戴华冠,狂时同我狂,醒时同我醒。"⑤

在《希腊的小诗二》中,周作人翻译了被柏拉图称之为"第十文艺女神"⑥的萨普福的名诗《忆所欢》。周作人无比谦虚地说:"我真是十二分的狂妄,这才敢来译述萨普福的这篇残诗。像斯温朋(Swinburne)那样精通希腊文学具有诗歌天才的人还说不敢翻译,何况别人,更不必说不懂诗的我了。"⑦这显然是周作人的谦辞,周作人用他精湛的译笔传神地为我们展现了女诗人的精神世界:

> 我看他真是神仙中人,他和你对面坐着,近听你甜蜜的谈话,与娇媚的笑声;这使我胸中心跳怦怦。我只略略的望见你,我便不能出声,舌头木强了,微妙的火走遍我的全身,眼睛看不见什么,耳中但闻嗡嗡的声音,汗流遍身,全体只是颤震,我比草色还要苍白,衰弱有如垂死的人。但是我将拼出一切,既是这般不幸……⑧

周作人曾撰文从文学史的角度比较古代中国与古希腊的文学,他说:"柏拉图的文笔固然极好,《孟子》《庄子》却也不错,只是小品居多,未免不及,若是下一辈的亚里士多德这类人,我们实在没有,东西学术之分歧恐怕

---

① 周作人:《文学史的教训》,《立春以前》,石家庄:河北教育出版社2002年版,第118页。
② 周作人:《希腊的小诗》,《谈龙集》,石家庄:河北教育出版社2002年版,第99页。
③ 同上书,第98页。
④ 同上书,第99页。
⑤ 同上书,第101页。
⑥ 周作人:《希腊的小诗二》,《谈龙集》,石家庄:河北教育出版社2002年版,第104页。
⑦ 同上。
⑧ 同上。

即起于此,不得不承认而且感到惭愧。"①他从美学思想出发批评中国古代的思想文字:"因为态度太老成,思想太一统,以后文章尽管发达,总是向宫廷一路走去,贾太傅上书论著,司马长卿作赋,目的在于想得官家的一顾,使我们并辈凡人看来觉得喜欢的实在不大有,恐怕直至现今这传统的作法也还未曾变更。"②纵观周作人一生对中国古典文学的评说,他在思想上始终以"远离正统""远离庙堂"作为考量的尺度,摒弃带有"大一统"色彩的文学,称之为"滥八股腔调,读之欲呕"③;欣赏有个性、表现鲜活生命力的文学,他说:"汉魏六朝的文字中我所喜的也有若干,大都不是正宗的一派,文章不太是做作,虽然也可以绮丽优美,思想不太是一尊,要能了解释老,虽然不必归心那一宗,如陶渊明颜之推等都是好的。"④

周作人也曾经把路吉阿诺斯比之于王充,他说:

> 希腊的宙斯虽然也很是威严,但是他们却很有人情味,这是不由祭师所主持,没有神学的理论,完全由于诗人们歌唱出来的宗教,所以经得起我们的赞美,以至于嘲弄。这末了的一部分,便是我近来的工作,我所认为较为满意的,因为我是在翻译路吉阿诺斯的《对话集》。他是二世纪古罗马的叙里亚人而用希腊文写作者,用了学习得来的外国语,写出喜剧似的对话,而其精神则是"疾虚妄",正与他同时代的王仲任一东一西遥遥相对。因此他的对话脚色大都是那些神话传说里的人物,阐发神道命运之不足信,富贵权势之不足恃,而归结于平凡生活最为适宜,此所以他的著作至今犹有生命,正与王君的《论衡》即在今日还值得一读。⑤

周作人在《艺文杂话》中介绍了希腊女诗人萨复,以及与我国战国时代同期的希腊牧歌诗人谛阿克列多思,后来他还写了《希腊女诗人》《希腊之牧歌》等文章做专门介绍。同样产生于古希腊(相当于中国汉代)的《拟曲》也是周作人首先介译到中国的。早在1916年,周作人便翻译了《希腊拟曲二首》,并介绍说:"拟曲者,亦诗之一种,仿传奇之体,而甚简短,多写

---

① 周作人:《文学史的教训》,《立春以前》,石家庄:河北教育出版社2002年版,第118页。
② 同上书,第119页。
③ 同上书,第120页。
④ 同上书,第119页。
⑤ 周作人:《愉快的工作》,《希腊之馀光》,石家庄:河北教育出版社2002年版,第306页。

日常琐事,妙能穿人情之微。"①周作人评价萨复的诗"太放逸",谛阿克列多思的作品"简短奇古"②,也都是着眼于古希腊诗人们作品中所表现古希腊人的自然状态和人性之美的。

周作人热爱古希腊文化,尤其热爱古希腊文化所展示的求知、求真、求美的精神。正如周作人在《希腊人的好学》中引述的英国部丘教授的话:

> 自从有史以来,知这件事,在希腊人看来似乎他本身就是一件好物事,不问他的所有的结果,他们有一种眼光锐利的,超越利益的好奇心,要知道大自然的事实,人的行为与工作,希腊人与外邦人的事情,别国的法律与制度。他们有那旅人的心,永远注意着观察记录一切人类的发明与发见。③

周作人曾写过一篇短文,题为《希腊的古歌》,文章中周作人提到曾朴父子曾翻译过《伊利亚特》,将书取名为《肉与死》,第四部原诗之下附有后注,文曰:

> 这是荷马《伊利亚特》中的一节,译意是——
> 妇人们啜泣,他们也多悲号。这些妇人中白臂膊的恩特罗麦克领着哀号,在她手中提着个杀人者海格多的首级:丈夫,你离去人生,享着青年去了,只留下我这寡妇在你家中,孩子们还多幼稚,我和你倒运的双亲的子息。④

周作人认为曾朴译文里"提着……首级"的说法不妥,因为原文"手"是复数,因而当译为"抱"或"捧",而不是"提"。周作人解释说,赫克多耳被亚吉勒思用矛刺在喉间而死,却并没有被斩下首级,亚吉勒思为报杀友之仇,将赫从足跟到踝骨穿通两面的脚筋,穿上牛皮条,把他拴在车子后边,让头拖在地上,一直拖到河边,这证明赫乃是全身,更证明希腊诗人的精神:"赫克多耳原是希腊联军的敌人,但希腊诗人却这样地怜惜他,有时

---

① 周作人:《〈希腊拟曲二首〉小引》,《周作人散文全集》第1卷,桂林:广西师范大学出版社2009年版,第473页。
② 周作人:《艺文杂话》,载1916年《中华小说界》第1卷第2期。
③ 《希腊人的好学》,《周作人散文全集》第7卷,桂林:广西师范大学出版社2009年版,第488—489页。
④ 周作人:《希腊的古歌》,《周作人散文全集》第5卷,桂林:广西师范大学出版社2009年版,第665页。

候还简直有点不直胜者之所为,这种地方完全不是妇女子的感伤,却正是希腊人的伟大精神的所在。"①可见周作人对于希腊精神的体察之深刻,对于希腊精神本质把握之准确。

周作人最早的古希腊神话的书籍是从鲁迅那里得来的,虽然鲁迅第一篇作品是《斯巴达之魂》,但真正对古希腊神话和古希腊文学发生兴趣的是后来者周作人。对古希腊文学的关注和兴趣贯通了周作人的一生。正是对古希腊文学和对日本古典文学的长久兴趣,使周作人始终坚持了他的个人文学立场,而这种兴趣和立场又以翻译的形式具体体现出来。

周作人也曾以实际行动回应"认识你自己"的古希腊呼唤。1921 年 7 月,还在西山养病时,周作人写了一篇题为《胜业》的文章,他说:

> 我既非天生的讽刺家,又非预言的道德家;既不能做十卷《论语》,给小孩们背诵,又不能编一部《笑林广记》,供雅俗共赏;那么高谈阔论,为的是什么呢?野和尚登高座妄谈般若,还不如在僧房里译述几章法句,更为有益。所以我的胜业,是在于停止制造(高谈阔论的话)而实做行贩。别人的思想,总比我的高明;别人的文章,总比我的美妙:我如弃暗投明,岂不是最胜的胜业吗?②

这段话充分表明了周作人的心态,要"停止制造高谈阔论的话",即停止思想政治性的议论,要"在僧房里译述几章法句",表明周作人预备把翻译作为当时第一重要的工作来做。1923 年,周作人在《妇女运动与常识》里提出:

> 妇女运动是怎样发生的呢?大家都知道,因为女子有了为人或为女的两重的自觉,所以才有这个解放的运动。中国却是怎样?大家都做着人,却几乎都不知道自己是人;或者自以为是"万物之灵"的人,却忘记了自己仍是一个生物。在这样的社会里,决不会发生真的自己解放运动的:我相信必须个人对于自己有了一种了解,才能立定主意去追求正当的人的生活。希腊哲人达勒思(Thales)的格言道,"知道

---

① 周作人:《希腊的古歌》,《周作人散文全集》第 5 卷,桂林:广西师范大学出版社 2009 年版,第 666 页。
② 周作人:《胜业》,《谈虎集》,石家庄:河北教育出版社 2002 年版,第 49 页。

你自己"(Gnothi seauton),可以说是最好的教训。①

周作人据此而提出了一个以研究"人"自身为中心的知识体系。他将人生的常识分为五组,分别是:"关于个人者",包括人身生理(特别是性知识)、医学、心理学和教育;"关于人类及生物者",包括生物学(进化论遗传论)、善种学、社会学、社会科学、历史;"关于自然现象者",包括天文、地学、物理、化学;"关于科学基本者",包括数学、哲学;"创造的艺术",包括艺术概论、艺术史、文艺、美术、音乐。②

周作人要求"人"具备上述常识,能够从"生理"到"心理",从"肉"到"灵"全方位把握自己,并了解生物学、社会学、历史学以及艺术的本质,这样全方位的考察视角所达到的对于人自身的认识,确实是对西方文化起源地希腊哲人呼唤的一个历史性的回应,同时显示着周作人对于五四精神的一种理解与坚持。在他看来,五四从根底上是一个"人的解放"运动,人要解放自我,必须先要觉醒、先达到对自身的科学认识。这样,当相当一部分知识分子从五四运动的救亡图存的政治层面出发,把五四思想革命转向以推翻反动国家机器为中心的实际政治革命时,周作人却坚持从学理上发展五四精神,转向更深入、广泛的学术研究与学科建设。这是两种不同的选择,互为补充,各具意义与价值。

在这种希腊精神的感召和呼唤下,周作人这一时期写了不少关于神话、童话、妇女以及儿童的文章,究其实质,都是关于"人"、关于"人性"的健全发展的思考。他静静地思索、从容地书写,有时悠远,有时切近,仿佛一位从古希腊走来的圣贤在与我们闲谈人生。1921年后,周作人的文学态度、人生态度,乃至后期的政治选择,都能找到希腊精神的影子,周作人推崇希腊精神,在中国是有开山之功的。

二、缺乏距离意识,全情拥抱古希腊文化

周作人持有的是开放的多元的世界文化观。在《北大的支路》一文中,他就谈到中国人讲到外来文化,总是讲英美文化,实际上"外来文化",应当是一个包含很广的概念,即使西方世界也不只是英美两国,至少应该包括德国文化、法国文化;他还特别要大家注意希腊文化,注意印度、朝鲜

---

① 周作人:《妇女运动与常识》,《谈虎集》,石家庄:河北教育出版社2002年版,第261—262页。
② 同上书,第262—263页。

等国家的东方文化。周作人强调的是,以一种宽容的心态,承认各民族文化的独立性,无数独立的民族文化形成一个多元的世界文化。周作人同样喜爱日本古代文学。周作人对于具有民间色彩的日本古代文学的兴趣,在色相与本质上与希腊精神是一致的,即一种没有道学伪善的自由精神与叛逆精神。周作人在自己解读的希腊精神和日本趣味的指引下,走上了一条与他那个时代几乎所有的知识分子不同的文学之路。

"任其自然",是希腊文化、日本文化以及中国远古文化的共同特点,也是周作人神往的境界。渗透于古希腊文化中的对于美的注重,与日本文化中的人情美也有相似之处。这就是说,周作人在作为人类文化发源地的古希腊与中国,以及深受中国文化影响的日本,都发现了类似的文化特点。这有助于他的"人类文化"概念的形成。周作人于是开始摆脱从一国一民族的角度考察文化的局限,以一种更加宽泛的人类之爱代替了相对狭隘的民族之爱。例如,周作人学习"已经死亡"了的古希腊文本身就是对中国人"学以致用"的思维方式的大胆反拨。蒋梦麟曾讲过蔡元培的学术精神:"他的'为学问而学问'的信仰,植根于对古希腊文化的透彻了解,这种信仰与中国'学以致用'的思想形成强烈的对照。"[①]

一直以来,"学而优则仕"是中国传统文人的人生理想,直至今天,中国的学术仍未能完成与道德体系的彻底分离。周作人虽然也未能完全将学术从道德体系上剥离下来,但是,他追求个人主义,刻意地与主潮保持了"距离意识"。应该说周作人的这种冷静与理性是得益于古希腊精神的。

在古希腊文学精神的影响下,周作人的人生观和艺术观都发生了深刻的改变。周作人没有顺应时代文学主潮,人云亦云,他独立思考,处处表现出怀疑的精神和批判的意识,即便对于自己以往的观点,也经常推翻和修正。但是,他对自己钟爱的希腊文化却缺乏距离意识和批判意识。正如晚年仍不能忘情于日本古典文学,呕心沥血地翻译日本狂言一样,他对希腊文化的热爱也是终其一生的。周作人通过大量的古希腊文学翻译表现古希腊文化的均衡和谐、爱美求知的精神。在对古希腊精神的追求与向往中,我们看到的不再是五四时期那个提倡"人的文学",呼唤"思想革命"的严谨的思想家周作人了,而更多的是一个诗人。周作人对希腊文化的热爱达到了忘我的程度,他批判中国文化里的伪神崇拜。在古希腊文明里,神与人只是居住在社会不同层次的人而已。这种以人为本的精神为周作人

[①] 蒋梦麟:《现代世界中的中国人——蒋梦麟社会文谈》,上海:学林出版社1997年版,第67页。

"个人主义的人间本位主义"提供了有力的思想支撑。周作人认为古希腊的人本主义是欧洲文艺复兴运动的源头,这一发现使周作人欣喜若狂,仿佛为自己五四时期所倡导的"人的文学""思想革命"找到了源头,崇尚理性、个人主义是周作人一生信奉的基督。他的文学创作、文学翻译、生活态度、政治选择都受到了他终生信奉的"个人主义的人间本位主义"的深刻影响。

1918年8月2日,鲁迅在给好友许寿裳的信中写道:"盖国之观念,其愚亦与省界相类。若以人类为着眼点,则中国若改良,固足为人类进步之验(以如此国而尚能改良故);若其灭亡,亦是人类向上之验,缘如此国人竟不能生存,正是人类进步之故也。"①在鲁迅看来,所谓国界与所谓省界一样,是没有意义的。从整个人类的眼光来看,即使中华民族灭亡了,人类照样前进,而且将因为中华民族的灭亡而证明人类前进了。胡适曾愤心疾首地说:"中国不亡,是无天理。"②显然也是从人类的文化发展的观点来看本民族的衰亡的。这种人类文化本位主义,是五四时期那一代人所共有的。后来鲁迅、胡适都不大提这类话题了,而周作人可以说是把这种文化观坚持到底的人。周作人的翻译观可以说是从人类本位主义出发的,他对古希腊文化、日本文化的理解和向往,都体现了这一点。周作人推崇古希腊文化的人情美和理性精神,在他所作的文章里我们找不到一句非难古希腊文化的话,可以说,他对古希腊文化是全情拥抱的。

在古希腊精神的影响下,周作人在接受外来文化和中国传统文化时,首先考虑的就是个性化、个人化因素,他只选择性地接受符合他个人兴趣、气质的文化。在他介绍外来文化、传统文化的文章里,周作人特色是很明显的。我们现在经常听到"外来文化民族化""民族文化的世界化"这样的主张,却很少听到外来文化与民族文化的"个人化"的观点。其实无论外来文化、传统文化,都要内化为个人的东西,出发点和归宿都应该是个人,最终目的是要丰富与开发人的个体生命和精神空间的自由,因此,周作人的"个人本位主义"观点在当下是很有意义的。但是,在五四时期乃至以后的抗日战争时期过分地强调个人、强调理性精神却远离了时代。应该说,周作人后来的人生抉择,包括他的附逆与其完全地拥抱希腊文化、对希腊文化缺乏批判意识有密切的关联。

---

① 鲁迅:《致许寿裳》,《鲁迅全集》第11卷,北京:人民文学出版社1981年版,第354页。
② 胡适:《信心与反省》,载1934年6月3日《独立评论》第103号。

第九章　周作人以兴趣为出发点的文化观及与他人的比较阐释

一、以兴趣为出发点，坚守个性主义文学

周作人重视文学的趣味性，趣味之于周作人不仅是集中在民俗学意义上的个人审美倾向，更是一种潜沉到个体思想中的以"人"的启蒙、独立和自由为根底的精神诉求。这种诉求体现了摆脱五四激进主义文化立场的窠臼，构建多层次、多维度、立体化文化立场的企图。周作人的趣味观对中国现代文学理论的建构、中国现代作家的审美选择都起到了积极的作用。

（一）民俗知识与审美逻辑

1913年，西方民俗学理论经过周作人的介译被移植到中国，并逐渐被中国知识分子所接受，产生了重要的影响。但是，周作人对西方民俗学的认知并不是单纯地停留在对民俗知识的学习和介绍上，而是将民俗学演变为一种文学思想，将文学与民俗学相互渗透和融合。在中国第一份民俗学刊物《歌谣周刊》的发刊词中，周作人就已经表明了自己的这种观念，将民俗知识的文化和文学功用提升到首要位置，并提出了系统的理论构想。《歌谣周刊》也在这种理论的指导下演变为一份文艺刊物，《歌谣周刊》的这种文艺化指向彰显了周作人将民俗文学化的精神归附。这种状态既是周作人对自己文学家主体身份的确认，也体现出中国现代民俗学运动与新文学运动的天然共生关系，或者说中国现代民俗学与新文化运动有着共同的精神内核和精神指向：现代性的人。

在周作人的观念中，具有现代意识的人的确立和现代民族国家的形成是认识和理解民俗审美价值的前提条件。按照这种思想逻辑推演，知识分子要想进入民俗学的内部，首要前提是完成人的启蒙，知识分子要以启蒙者的姿态和视角来认知和理解民俗。周作人提出了文化"三角塔"概念，将中国底层民众及其日常民俗生活作为思想启蒙的基点。这种从民俗文化入手来展开思想启蒙和挖掘国民性，通过日常民俗生活透视普通民众的精神状态和价值趋向的方式为五四新文化运动确立了典范。正如周作人

所言:"自由地发表那从土里滋长出来的个性","无论说的是隐逸或是反抗,只要是遗传环境所融合而成的我的真实的心搏,只要不是成见的执着主张派别等意见而有意造成的,也便都有发表的权利与价值"。① 只有这样,民俗文化中所涵纳的国民性、地方性和个性才能充分地显现。也正是在这一文艺思想的有效建构下,五四时期的乡土小说成为具有集中体现五四新文化运动精神精髓和统摄五四文学发展方向意义的文学类型。

周作人对于民俗学认知的基点是对民俗知识的认知和审美体验,并达到了民俗知识与精神动态的弥合,各种民俗知识在周作人的文章中很随意和自然地铺展开,一方面,作为一种地方性知识的介绍,另一方面,也是作家精神动态和心理趋向的展现以及构建现代文化的诉求。尤其是浙东民俗知识的书写成为周作人文学创作的一个重要维度,故乡绍兴丰富多彩的民俗生活的熏陶使他对民俗建立起了感性认识,同时,越地人文传统的积淀使他对民俗文化具有了独到而深刻的理解。他曾在《喜剧的价值》里回忆过绍兴的地方戏和当时看戏的情景,言词间充满了对绍兴地方戏的喜爱之情。绍兴地方戏与中国传统戏剧具有结构和情感的同质性,剧情在展开过程中交织着悲欢离合,剧情中的一些细节充满了悲剧性,但结局无一例外都以大团圆结束。虽然,在五四新文化运动激进化的反传统潮流下,这种大团圆结局被归为传统文化的范畴,受到了鲁迅、胡适等人的批判,但周作人却欣赏这类的大团圆,认为具有喜剧价值。

绍兴有种民众戏剧,被称为"目连戏"。演戏的人都不是职业演员,大多是水村的农夫,也有木工、瓦匠、舟子轿夫之流混杂其中,他们没有受过专业的训练,只是临时组织成戏班,穿着简单陈旧的服装,使用道地的土话表演,而周作人却认为其中有着说不尽的乐趣,他曾津津乐道地回忆"目连戏"的内容:

> 这些场面中有名的,有"背疯妇",一人扮面如女子,胸前别着一老人头,饰为老翁背其疯媳妇而行。有"泥水作打墙",瓦匠终于把自己封进墙里去。有"□□挑水",诉说道,
> "当初说好的是十六文一担,后来不知怎样一弄,变成了一文十六担了。"所以挑了一天只有三文钱的工资。有"张蛮打爹",张蛮的爹被打,对众说道,

---

① 周作人:《地方与文艺》,《周作人散文全集》第 3 卷,桂林:广西师范大学出版社 2009 年版,第 102、103 页。

"从前我们打爹的时候,爹逃了就算了,现在呢,爹逃了还是追着要打!"这正是常见的"世道衰微人心不古"两句话的最妙的通俗解释。又有人走进富室厅堂里,见所挂堂幅高声念道,"太阳出起红溧溧,新妇湢浴公来张。公公唉,脟来张:婆婆也有哼! 唔,'唐伯虎题'! 高雅,高雅!"①

"目连戏"大多不很"高雅",但其中却有民间的滑稽趣味,多是壮健的,与道学家们的扭捏不同。周作人看"目连戏"的目的是了解民间的趣味和民间的思想,这种最底层的、最原始的东西,才能真正反映出中国人的国民性。在内忧外患的时代,绝大多数文人认为"看戏"是市井享乐的消闲,对此不屑一顾。其实,周作人也并不喜欢"看戏",但他认为侵略的勾当是丑恶的,与人类正当的需求相背离,所以他力倡民间的基本生存活动。

除了民间戏曲之外,周作人对民间有趣的故事也感兴趣。在周作人的故乡绍兴,最流行的是徐文长的故事。周作人小时候听过徐文长的故事,直到中年还念念不忘,终于绘声绘色地写下《徐文长的故事》,他笔下每个故事的细节都保留着浓郁的乡土气息:

> 徐文长买白菜,卖菜的说一文一斤,他说一文两斤,卖菜的粗鲁地答说,"那只好买粪吃",徐文长便不再计较,说他要照讨价买下了。可是称来称去费了许多工夫,卖菜的觉得很饿了,等徐文长进去算账之后,他看桌上有两个烧饼,便拿来吃了。徐文长出来,向桌上张望。卖菜的便说:"这里两个烧饼是我借吃了。"徐文长顿足道:"了不得,这是砒霜烧饼,我拿来药老鼠的。"卖菜的十分惊慌道:"那怎么好呢?"徐文长道:"现在已经来不及叫医生,听说医砒毒只有粪清最好,你还是到粪缸那里吃一点吧。"卖菜的性命要紧,只能去吃。徐文长遂对他说:"究竟是谁吃了粪呢?"②

这故事本身或许没有深刻的教化意义,但周作人注重和欣赏的是民间幽默和民间道德。老百姓相信"力"就是理,你可以使用体力智力甚至魔力,只要能取得胜利,就是老百姓眼里的英雄,老百姓不同情愚笨孱弱的失败者。

---

① 周作人:《谈目连戏》,《谈龙集》,石家庄:河北教育出版社2002年版,第80页。
② 周作人:《徐文长的故事》,《周作人散文全集》第3卷,桂林:广西师范大学出版社2009年版,第443—444页。

周作人记录的,小时候听到的《徐文长的故事》还有这样一则:

> 有一个人去找徐文长,说他的女儿喜欢站在门口,屡诫不听,问他有什么好法子。徐文长说只要花三文钱,便可替他矫正女儿的坏脾气。那父亲很高兴,拿出三文钱交给徐文长,他便去买了一文钱的豆腐和两文钱的酱油,托在两只手上,赤着背,从那女儿的门外走过,正走到她的前面。徐文长把肚子一瘪,裤子掉了下来,他便嚷着说:"啊呀,裤子掉了,我的两只手不得空,大姑娘,请你替我系一系好吧?"那姑娘跑进屋里去,以后不再站门口了。①

这故事显然很粗俗,而周作人正要为这粗俗辩护,他说:"我的意思是在'正经地'介绍老百姓的笑话,我不好替他们代为'斧政'。他们的粗俗不雅至少还是壮健的,与早熟或老衰的那种病的佻荡不同——他们的是所谓拉勃来派的(Rabelaisian),这是我所以觉得还有价值的地方。"②幼年时代周作人就对这种民间的粗俗不雅而又健壮的趣味印象深刻。"诙谐""粗俗"是贯穿于绍兴地方戏剧、笑话,乃至地方方言里的平民文化底色,对周作人的思想、性格乃至文风的形成都有着很大的影响。

(二) 西学知识与精神诉求

青年时代,在清末思想界的先驱者中,周作人最早接触的是林纾。周作人在1901年12月13日的日记中曾提到鲁迅当天给他带来四部书。他下午读《包探案》和《长生术》,晚上读《巴黎茶花女遗事》。周作人这里讲的《包探案》即是科南达利著《福尔摩斯侦探案》;《长生术》是哈葛德著的蛮荒小说之一;《巴黎茶花女遗事》则是林琴南译本。这是周作人接触林琴南与西方文学的开端。鲁迅在回顾近代中国知识分子最初接触西方文学的历史时曾说:

> 我们曾在梁启超所办的《时务报》上,看见了《福尔摩斯包探案》的变幻,又在《新小说》上,看见了焦士威奴所做的号称科学小说的《海底旅行》之类的新奇。后来林琴南大译英国哈葛德的小说了,我

---

① 周作人:《徐文长的故事》,《周作人散文全集》第3卷,桂林:广西师范大学出版社2009年版,第441—442页。
② 同上书,第445页。

们又看见了伦敦小姐之缠绵和非洲野蛮之古怪。①

这说明,当时翻译、介绍、阅读西方文学时,人们兴趣的中心在"变幻""新奇""缠绵""古怪"的异国趣味上。这种以兴趣为中心的时代文学选择,必然对刚开始文学活动的周作人产生重大影响。这一时期周作人最爱读的一本书是中国的《酉阳杂俎》。《酉阳杂俎》20 卷,《续集》10 卷,是晚唐段成式的笔记小说,该笔记小说内容广博,神道仙佛、天文地理、文化艺术、风俗民情、动物植物、奇闻轶事等无所不载。这本书尤其记载了山东的地理风物、神话传说,如高苑鱼津、历城莲子湖(今大明湖)、历城魏明寺韩公碑,历山、玉函山等地的传说。《酉阳杂俎》既保存了南北朝至唐代的许多有价值的珍贵史料,也显示了作者写人记事的高超文笔。《四库全书总目提要》高度评价此书:"自唐以来,推为小说之翘楚,莫或废也。"鲁迅在《中国小说史略》中也对此书评价甚高:"或录秘书,或叙异事,仙佛人鬼,以至动植,弥不毕载……所涉既广,遂多珍异,以世爱玩,与传奇并驱争先矣。"英国学者李约瑟著《中国科学技术史》,美国学者劳费尔著《中国伊朗编》,都大量援引了《酉阳杂俎》的材料。周作人亦对此书爱不释手,他说:"它实在杂得可以,也广博得可以,举凡我所觉得有兴味的什么神话传说,民俗童话,传奇故事,以及草木虫鱼,无不具备,可作各种趣味知识的入门。"②并为这本书做了一首打油诗,云:"往昔读说部,吾爱段柯古。名列三十六,姓氏略能数。不爱馀诗文,但知有杂俎。最喜诺皋记,亦读肉攫部。金经出鸠异,纛梦并分组。旁求得金椎,灰娘失玉履。童话与民谭,纪录此鼻祖。抱此一函书,乃忘读书苦。引人入胜地,功力比水浒。深入而不出,遂与蠹鱼伍。"③可见,周作人读书的选择又是以趣味为中心的。他在 1904 年末、1905 年初革命情绪低落,转向游戏人生态度时提起译笔,一开始就带有浓重的个人趣味的色彩。到日本后,有一段时期周作人曾经走上了文学救国的道路,但那是鲁迅影响的结果,并非周作人的主动选择。

20 世纪中国文学的总体审美特征,是一种根源于民族危机感的"焦灼"心态。从翻译的角度看,晚清的严复翻译《天演论》时就采取增改删减加导言注释的方法,凸显危机和差距,以唤起危机意识,并且流露出焦虑、

---

① 鲁迅:《南腔北调集·祝中俄文字之交》,《鲁迅全集》第 4 卷,北京:人民文学出版社 1981 年版,第 459 页。

② 周作人:《我的新书一》,《周作人散文全集》第 13 卷,桂林:广西师范大学出版社 2009 年版,第 289—290 页。1961 年 2 月 10 日作,署名周作人,收入《知堂回想录》。

③ 同上。

激愤的情绪。

鲁迅的外国文学世界也并不宽广,1907年前后,从他着手翻译《域外小说集》开始,眼光就渐渐集中到"叫喊复仇与反抗"的一类作品上,译书的动机与兴趣也纳入了后来"为人生的文学"的轨道。鲁迅翻译的作品都是中短篇小说,他尤其注重翻译被压迫民族作者的作品。因为所求的作品的主题是"叫喊"和"反抗",因此鲁迅的阅读集中在俄国、波兰以及巴尔干诸小国作家的作品上。他说:"记得当时最爱看的作者,是俄国的果戈理(N. Gogol)和波兰的显克微支(H. Sienkiewitz)。日本的,是夏目漱石和森鸥外。"①鲁迅始终抱着"启蒙主义"的态度,认为文学必须是"为人生"的,文学的目的是改良人生。他说:"我深恶先前的称小说为'闲书',而且将'为艺术的艺术',看作不过是'消闲'的新式的别号。"②因此,无论读书、翻译还是创作,鲁迅的取材多是病态社会的不幸的人们,鲁迅揭示他们的病苦,希望引起疗救的注意。

周作人在《鲁迅的文学修养》中也谈道:当年他们的文艺活动,"脉搏确与当时民族革命运动相通","翻译方向便以民族解放为目标,搜集材料自然倾向东欧一面,因为那里有好些'弱小民族',处于殖民地的地位,正在竭力挣扎,想要摆脱帝国主义的束缚,俄国虽是例外,但是人民也在斗争,要求自由,所以也在收罗之列,而且成为重点了"。③ 19世纪末20世纪初的翻译界,包括林纾在内,翻译的多是英、美、法等国的名家名作,而鲁迅和周作人却另辟蹊径,偏重于翻译被压迫民族的现实主义之作,这与他们当时的民族民主主义思想和"为人生"的文艺思想有紧密的关联。鲁迅为《域外小说集》亲拟的序言更是点明了他们对翻译界混乱无序状态的反拨:

《域外小说集》为书,词致朴讷,不足方近世名人译本,特收录至审慎,移译亦期弗失文情。异域文术新宗,由此始入华土。使有士卓特,不为常俗所囿,必将犁然有当于心,按邦国时候,籀读其心声,以相度神思之所在。则此虽大海之微沤欤,而性解思惟,实寓于此。中国

---

① 鲁迅:《南腔北调集·我怎么做起小说来》,《鲁迅全集》第4卷,北京:人民文学出版社1981年版,第511页。
② 同上书,第512页。
③ 周作人:《鲁迅的文学修养》,《周作人散文全集》第12卷,桂林:广西师范大学出版社2009年版,第643、644页。

译界,亦由是无迟暮之感矣。己酉正月十五日。①

《域外小说集》充当了 20 世纪翻译文学的"尝试集",在相当程度上亦成为新文学的"尝试集",它原本渴望发挥当时亟须的"启蒙"作用,虽然实际上它的影响非常有限,这个目标几乎落空了,但从译作本身来说,《域外小说集》奠定了 20 世纪中国文学主流派的"改造民族的灵魂"的基本音调。它在文学方向、文学趣味、文学表现形式、翻译文体、译介目的等各个方面皆有崭新的气象。它所展示的第一个转变是对文学功能的认识,让文学的游戏性、消遣性退出文学,放大它的功利性,将它与国民性问题与启蒙问题挂钩。这个文学态度首先是由翻译家高度的社会责任感所致,他们将文学视为社会变革的手段,另一方面亦是对清末译界和创作界游戏文学倾向的反动。《域外小说集》的选目服从于反思国民性、改造国民性的译介宗旨。在日本留学时期,鲁迅和周作人在这一点上是一致的,他们希望通过介绍外国新文学转移性情、改造社会。

《域外小说集》之后,驱除游戏性的"严正"态度指导着翻译的理论与实践,选"要紧的先译",译弱小民族、俄罗斯的作品成为了翻译界共同的目标,乃至矫枉过正,文学翻译由猎奇心理作用下的趣味性泛滥,到彻底驱除文学的趣味性,翻译选目标准发生了根本性的变化。无疑,鲁迅和周作人是"为人生"翻译态度的开风气者,但矫枉过正则会陷入新的误区,而最早意识到了这种危险,并走出这个误区的人,也正是周作人。

1921 年 1 月至 9 月,周作人大病一场,钱理群认为这场大病"是周作人的思想、情绪从高潮跌入低潮的转折点"②。这个判断符合周作人的实际情况。这一点在周作人自己的作品中也有明显的体现。1921 年,周作人创作了大量的诗歌,诗歌间充满了感伤、徘徊、无从选择的情绪,五四启蒙的失败、新村理想的破灭,使周作人陷入了何去何从的沉重思索。周作人创作了《过去的生命》,慨叹生命缓缓地消失的愁怀,或许这也是周作人对理想破灭的感叹。他在诗中这样写道:

这过去的三个月的生命,那里去了? 没有了,永远的走过去了!
我亲自听见他沉沉的缓缓的一步一步的,在我床头走过去了。
我坐起来,拿了一枝笔,在纸上乱点,

---

① 鲁迅:《译文序跋集·〈域外小说集〉序言》,《鲁迅全集》第 10 卷,北京:人民文学出版社 1981 年版,第 155 页。
② 钱理群:《周作人传》,北京:北京十月文艺出版社 2005 年版,第 197 页。

想将他按在纸上,留下一些痕迹,——
但是一行也不能写,一行也不能写。
我仍是睡在床上,亲自听见他沉沉的缓缓的,一步一步的,在我的床头走过去了。①

离去的不仅是生命,还有比生命更令人怅惘的理想。卧病的周作人将五四退潮后的茫然、理想与现实的冲突、无以排遣的忧愁都写入了这一时期的诗中,在《梦想者的悲哀》中,他写道:

"我的梦太多了。"外面敲门的声音,恰将我从梦中叫醒了。
你这冷酷的声音,叫我去黑夜里游行么?阿,曙光在哪里呢?
我的力真太小了,我怕要在黑暗里发了狂呢!
穿入室内的寒风,不要吹到我的火罢。
灯火吹熄了,心里的微焰却终是不灭,——
只怕在风里发火,要将我的心烧尽了。②

改革社会的理想之梦虽然破灭了,但心里仍有微焰。经过病中的思考,周作人放弃了对理想社会的憧憬,卸下了企图用文学改良社会的沉重包袱,选择回归文学本身。1922年1月他开始在《晨报副刊》上开辟"自己的园地",此时他的文学观已发生很大的转变。

周作人"为人生的文学观",这一名词首次出现在《日本近三十年小说之发达》一文中,这是1918年4月19日他在北京大学文科研究所的讲演。"为人生的文学"这一提法当然不是周作人的发明,而是源于俄国文学。因他的引介,这才有之后的"为人生的艺术"与"为艺术的艺术"之争。他明确表示这一主张是在《人的文学》与《平民的文学》中,但到了1920年1月6日在题为《新文学的要求》的讲演中,他对"为人生的艺术"这一主张重新给予界定。他反对"为艺术的艺术",原因在于"重技工而轻情思,妨碍自己表现的目的,甚至以人生为艺术而存在",这是他所不能接受的。但与此同时,他也指出为人生的艺术派的弊端:"人生派说艺术要与人生相关,不承认有与人生脱离关系的艺术。这派的流弊,是容易讲到功利里边

---

① 周作人:《过去的生命》,长沙:岳麓书社1987年版,第28页。
② 同上书,第27页。

去,以文艺为伦理的工具,变成一种坛上的说教。"①因此他在这两派之中发明了一种调和的主张,即"人生的艺术派"。

周作人文学主张的转变常引起文学史家们的兴趣,温儒敏在《新文学现实主义的流变》中有一段阐述:

> 从《人的文学》(1918)强调以人道主义研究和描写人生,到《新文学的要求》(1920)偏向"表现个人的感情",再到这篇《宣言》突出文学的社会功利性,可以看到周作人的文学思想的变化,这变化也从一个侧面显示了"为人生"文学思潮的形成过程。②

周作人在1920年《新文学的要求》中已经意识到"人生派"容易使文艺成为伦理的工具,他提出了"人生的艺术派"这种看似调和的主张,实际上,这种提法与他后来的文学思想也是大异其质的。1922—1923年,是周作人发表文学见解最多的时期,这一时期他好像卸下了道义上的负担,轻松地讨论文学、人生。

> 我以为文艺是以表现个人情思为主;因其情思之纯真与表现之精工,引起他人之感激与欣赏,乃是当然的结果而非第一的目的。……我想现在讲文艺,第一重要的是"个人的解放",其馀的主义可以随便;人家分类的说来,可以说这是个人主义的文艺,然而我相信文艺的本质是如此的,而且是这个人的文艺也即真正的人类的——所谓的人道主义的文艺。③

此时周作人的文学观中个性主义已渐占主导地位,从个人情感出发欣赏文学艺术,从个人感受出发去描写生活和个人情绪。他开始持有一种宽容的文艺观,主张文艺以自我表现为主体,以感染他人为作用。他强调:文艺"是个人的而亦为人类的,所以文艺的条件是自己表现,其馀思想与技术上的派别都在其次……文艺的生命是自由不是平等,是分离不是合并,所

---

① 周作人:《艺术与生活·新文学的要求——一九二〇年一月六日在北平少年学会讲演》,石家庄:河北教育出版社2002年版,第18页。
② 温儒敏:《新文学现实主义的流变》,北京:北京大学出版社1988年版,第23页。
③ 周作人:《文艺的讨论》,1922年1月20日刊《晨报副镌》,署名仲密,未收入自编文集,见《周作人散文全集》第2卷,桂林:广西师范大学出版社2009年版,第507、508页。

以宽容是文艺发达的必要的条件"①。

(三) 个性主义与文学立场

对于周作人来说,他的文学翻译与他的文学思想演变大致同步,甚至存在一种互证互动的关系。1922年5月,上海商务印书馆出版了周氏三兄弟合译的《现代小说译丛》第一集,收入了8个国家18位作家的小说共30篇,其中鲁迅译了9篇,周建人译了3篇,其余18篇均出自周作人的译笔。周作人译得最多的是希腊现代作家蔼夫达利阿谛思的作品(5篇),其次是波兰的显克微支的作品(3篇)。透过周作人此次翻译的选目,可以看出:《现代小说译丛》淡化了作品对社会现实的批判倾向,不局限于"被侮辱被损害"的民族主义情结,而是透露出更加普泛的人文主义情怀。虽然所选的原作国别与《域外小说集》和《点滴》大致相同,但《现代小说译丛》中选择的许多篇目带有宗教文学色调,以人类意识的博大的情怀阐释人生。波兰显克微支的《二草原》《愿你有福了》,爱尔兰邓撒尼(周作人译为丹绥尼)的《乞丐》《朦胧中》,波兰戈木列支奇的《燕子与蝴蝶》,波兰普鲁斯的《影》《世界之霉》,西班牙伊巴涅支的《意外的利益》,希腊蔼夫达利阿谛思的《库多非利斯》等都属于这一类。从对苛政、社会黑暗、不义战争的直接批评与否定走向对普遍人性的探索,对人生以及人性的哲学思考。不少研究者认为这是周作人对五四启蒙精神的背离,但我认为这个翻译路数仍然在启蒙运动的轨道内,只是周作人扩大了当时启蒙运动的内涵,实际却是向启蒙本质的走近。

考察周作人的思想变化,我们需要把审视的目光向前挪移。1920年2月,周作人翻译了库普林和伊巴涅支的作品。刚刚经历了五四运动的意气风发和"新村运动"的狂喜,周作人冷静下来,并且流露出对自己前期的文学活动的不满,但是他说,"我所最喜欢的是库普林的一篇《晚间的来客》,和伊巴涅支的《颠狗病》"②。

《晚间的来客》几乎没有情节。主人公"我"在夜间枯坐桌前,忽然听到急迫而杂乱的敲门声,于是"我"的心理开始流动,开始了对人生无常的思考。小说对人生持怀疑态度,充满宿命论色彩。小说要告诉人们的是:人能够建立自己的幸福的想法是愚蠢的,明天是不可知的,死是难以逆料

---

① 周作人:《文艺上的宽容》,《自己的园地》,石家庄:河北教育出版社2002年版,第8—9页。

② 周作人:《〈空大鼓〉序》,《周作人散文全集》第5卷,桂林:广西师范大学出版社2009年版,第489页。

的访客,敲门就是命运的访问,人生仿佛一个莫名的访客的一次偶然的敲门一样,根本就是一个偶然。《颠狗病》表现的是"仿佛想把指甲尽力掐进肉里去,感到苦的痛快"①。这两篇风格不同的小说,成为周作人当时的最爱,似乎与他当时心中的怀疑和痛苦暗合。五四的退潮和"新村运动"的失败使周作人对自己的启蒙立场充满了怀疑,他认为前途是悲观和渺茫的,感到"想把指甲尽力掐进肉里去"的痛苦。

1921 年前后,周作人在思想、文学以及人生的诸多问题上都陷入了苦恼和矛盾之中,这一点,不仅在他的诗、《山中杂信》等作品中有所体现,我们也可以从他翻译选目的变化体察到他文学思想的转变。《点滴》《现代小说译丛》《现代日本小说集》是这一时期文学翻译的合集,这三本翻译合集中选择的作品与《域外小说集》(1909,与鲁迅合译)所选的作品有很大的不同。《域外小说集》驱逐文学的游戏性,翻译的都是"被侮辱被压迫"的作品,而三本合集中,虽然还有启蒙的影子,但激奋、高昂的情绪已经减退,包含了更为宽泛的主题:托尔斯泰的和平主义、两性关系、女性解放、现世的幸福,等等。

1928 年 11 月开明书店重印《点滴》的改订本时,周作人将其易名为《空大鼓》。"空大鼓"这个名字体现了周作人文学态度的转变。关于改书名,周作人解释说:"尼采的文句与题目一并撤去,因为我不喜欢那个意思,今改名曰《空大鼓》,这就是集内第一篇小说的名字。"②

周作人没有说明自己是否只是现在不喜欢"点滴"这个名字,也没有解释不喜欢的原因,但我们似乎可以对周作人改书名的原因进行推断。《点滴》集名采自尼采的话,在初版本的封内页上印着唐俟(鲁迅)翻译的《察拉图斯忒拉的序言》的片段,并附有德文原文:"我爱那一切,沉重的点滴似的,从挂在上面的黑云,滴滴下落者,他宣示说,闪电来哩,并且当作宣示者而到底里去。我是闪电的宣示者,是云里来的沉重的一滴:但这闪电便名超人——"③

周作人改书名,是否是由于他对于尼采式的启蒙产生了怀疑呢?此后,周作人翻译作品的主题由启蒙者的呐喊改为和颜悦色的和平主义方式,娓娓道来。翻译选目的变化,不仅是言说方式、叙事立场的改变,更昭示着周作人文学理念的位移,并非周作人不再做启蒙者了,而是启蒙者的

---

① 周作人:《〈空大鼓〉序》,《周作人散文全集》第 5 卷,桂林:广西师范大学出版社 2009 年版,第 490 页。
② 同上书,第 489 页。
③ 鲁迅:《点滴》初版封内页,北京:新潮社 1920 年版。

姿态改变了。虽然周作人在1921年以前并未终止对"被侮辱的被压迫的"文学的译介活动,但他对这类题材似乎有了新的看法。他对人的发展史的总结、对人的本相、人道主义的本质、人与人的关系、文学与人的关系、人道主义文学的要义等一系列问题进行了重新的审视与思考。

1921年以后周作人独立翻译出版的作品有:希腊等国诗歌小品集《陀螺》(1925年);《狂言十番》(1926年);希腊、法国等国散文集《冥土旅行》(1927年);俄国科罗连科著中篇小说《玛加尔的梦》(1929年);匈牙利育珂摩耳著中篇小说《黄蔷薇》(1927年);日本石川啄木短篇小说集《两条血痕》(1927年);俄国、波兰等国短篇小说集《空大鼓》(1928年);日本、美国儿童剧本《儿童剧》(1932年);《希腊拟曲》(1934年);英国劳斯著希腊神话《希腊的神与英雄》(1950年);英国丰格耳著传记《希腊女诗人萨波》(1951年);《俄罗斯民间故事》(1952年);《乌克兰民间故事》(1953年);《伊索寓言》(1955年);《日本狂言选》(1955年);日本式亭三马著滑稽文学《浮世澡堂》(1958年);日本安万侣著历史小说《古事记》(1963年)。另外,周作人还与鲁迅、周建人合译了《现代小说译丛》第一集(1922年);与鲁迅合译了《现代日本小说集》(1923年);与罗念生合译了希腊剧本《阿里斯托芬喜剧集》(1954年)、《欧里庇得斯悲剧集》一至三集(1957年、1958年);与卞立强合译了《石川啄木诗歌集》(1962年);与申非合译了日本中世纪历史演义小说《平家物语》(1984年)。

周作人翻译作品选目的变化,昭示出周作人对于人的本相、人道主义的本质、人与人、人与文学的关系等问题进行了重新审视,透视出周作人对待文学的态度由启蒙姿态转变为对个人个性的追求,远离了时代焦虑。《域外小说集》之后,周作人便选择了一条远离政治、退居学术的道路。造成这个转变的原因,有他个人性情的成分,也与蔼斯理、武者小路等人思想对他的影响有关。与鲁迅等新文化运动的先觉者不同,周作人没有将文学作为社会改革的途径,他的出发点和目的地都选择了文学本身,他以自己的兴趣为中心,坚守了个性主义的文学立场。

二、周作人文学翻译思想的比较阐释

在五四新文化运动的文化语境下和知识结构中,周作人的文学翻译思想涵纳了十分丰富的时代信息,在与鲁迅、茅盾等五四一代知识分子文学翻译思想的对比中,我们发掘出相互对立却又相互依附而存在的不同样态的文学翻译思想,在比较中彰显出周作人文学翻译思想的独特性和超前性,以及这种文学翻译思想作为一种文学生产对于五四新文化运动内在精神的阐释和论述,及其作为一种个人主义话语所折射出的知识分子文化心态和存在境遇。

在"发现儿童""祛阶级性""现实人生"这几个语汇中,我们似乎很难寻找到一种逻辑的合理性和内在的关联性,但如果我们将这几个语汇放置到五四时期的文学翻译中就会发现,五四时期的文学翻译思想在某种意义上是这几个语汇的拼接和缀合。而在各个孤立的语汇之间努力建立起来的合理或不合理的关联的起点可以聚集在周作人的文学翻译思想上。在周作人与鲁迅、茅盾等五四一代知识分子文学翻译思想的比较中,我们既要清理五四文学翻译思想的各种对立而又纠缠的观念和立场,同时也要探寻五四一代知识分子的精神发展空间,挖掘周作人文学翻译思想本身的独特性和存在意义。

(一)"儿童性"与"翻译洁癖"

围绕着周作人的文学翻译所建立起来的样态繁复、观点各异的批评话语和理论构建已经形成人们对于周作人文学翻译思想的一种先验的认知和思维惯性。人们习惯性地从五四时期的政治取向、文化心态、文学观念、思想模态等方面来阐释周作人的文学翻译思想,但周作人文学翻译思想中始终存在的"儿童性",以及由此引发的周作人将文学翻译中的文学性、生态性和本真性放置在无可置疑的优先性位置上,并以此获得文学翻译的合理性和确定性却经常被人们所忽略和遗漏。而这种文学翻译的"儿童性"和努力排除意识形态话语的渗透和建构的文学翻译行为在与同时代的文学翻译思想相比较中凸显出自身的价值和意义,也契合了五四新文化运动的精神旨归。也就是说,周作人"儿童性"文学翻译思想在某种意义上,成为我们阐释五四新文化运动所提倡的自由、个性解放、民主、科学等观念的透视器。周作人的文学翻译不仅仅是单纯地强调文学翻译的单纯和本真,而是将文学翻译赋予更多、更高的价值诉求和精神寄托,并始终在思考如何通过文学翻译来进行自我价值的实现和考证。

对于周作人"儿童性"文学翻译思想的探究应该延伸到他的"儿童文学观"形成和确立,将此作为时间上的起点和思想上的根源。周作人的童年时光是快乐的,没有鲁迅"由小康到困顿"的酸楚记忆。南京求学时期,阿拉伯神话为他打开走向世界的大门,为他展现了一个神奇的儿童世界。日本留学时期,周作人阅读了哈忒阑的《童话的科学》等大量儿童文学、童话学书籍,对与人类原生状态相通的儿童世界有了新的体认。回到绍兴后,周作人系统地进行儿童问题研究,发表了《儿童问题之初解》《童话教育》《儿童研究导言》《儿歌之研究》等一系列论文。五四时期,周作人不仅致力于"儿童的发现",更提倡"尊重儿童的独立个性",他说:"儿童在生理心理上,虽然和大人有点不同,但他仍是完全的个人,有他自己的内外两面的生活。"①周作人毕生所作所译以"儿童"为题的文字共有110余篇,其中大约有68篇涉及儿童文学,又以童话(包括翻译的童话)为最,②这点从他对童年时期的记忆中可以窥见,周作人将幼时玩过的一种有孔能叫的玩具"陀螺"作为自己书的名字,在《〈陀螺〉序》中,他说:"我于这玩之外别无工作,玩就是我的工作,虽然此外还有日常的苦工,驮砖瓦的驴似的日程。驮砖瓦的结果是有一口草吃,玩则是一无所得,只有差不多的劳碌,但是一切的愉快就在这里。"③他还怀着钦羡的心情,描写了三岁的侄儿小波波玩耍的情景,并且说:"他这样的玩,不但是得了游戏的三味,并且也到了艺术的化境。……我们走过了童年,赶不着艺术的人,不容易得到这个心境,但是虽不能至,心向往之;既不求法,亦不求知,那么努力学玩,正是我们唯一的道了。"④

在后来的人生道路上,周作人始终没有忘记"努力学玩"这"唯一的道"。1930年代他蛰居苦雨斋,闭门读书,与他经常往来的友人大都是怀有赤子之心的。1946年,周作人身陷囹圄仍不忘写"儿童杂事诗",借助童年温暖的回忆来慰藉自己的心灵。新中国成立后,周作人以巨大的热情投入到古希腊和日本远古时期文学作品的翻译中。⑤ 神话、随笔、故事、诗歌这些轻松题材的文学作品正是周作人的兴趣所在,因此他才能有严谨的翻译态度和数十年如一日的坚持。由于政治的原因,晚年的周作人不能像五四时期一样自由表达自己的思想,于是他借助翻译在远古、童年、民间的领域驰骋,曲折地言说,实现自我的追求。我们可以通过周作人大量的译作捕捉他思想的跳动,可以说翻译是他言说的另外一种方式,他通过自己的躬身实践告诉我们他的文学理念和文学选择。

---

① 周作人:《儿童的文学》,《周作人散文全集》第2卷,桂林:广西师范大学出版社2009年版,第272—273页。
② 钟叔河编《周作人文类编》第5卷《上下身》第3辑在"儿童"项下收文100篇(含翻译的童话),第4卷《人与虫》第1辑收翻译童话5篇,另外其他地方亦散见儿童教育(包括小学教育)的文章。
③ 周作人:《〈陀螺〉序》,《语丝》第32期,1925年6月22日。
④ 同上。
⑤ 文洁若:《晚年的周作人》,见陈子善编:《闲话周作人》,杭州:浙江文艺出版社1996年版,第220页。

注重"儿童性"的文学理念一方面使周作人从五四文学翻译的集体指向中脱离出来,从"儿童性"视角来思考五四文学翻译所面临的缺失和困境,使文学翻译从不证自明的各种意识形态话语中抽身出来,将焦点聚集在文学翻译的文学性和本真性上,另一方面,周作人通过对"儿童性"文学翻译思想的现实实践和文本论证,为五四文学翻译开启了一种不同于其他文学翻译思想的可能性。

周作人在《儿童问题之初解》等论文中提出的"儿童性"问题是西方从文艺复兴到启蒙运动过程中对人性本身的另一种阐释,这对于中国传统文化而言无疑是一种陌生的话语,为具有现代意义的"人"的确立,以及独立个体价值的生成提供一个参照。虽然,在中国传统文化中个体生命中的"食""色""性"等自然性因子在一定程度上也得到认同,但这种人性中自然性的终极指向并不是生成一种契合人的自然生命律动的人性本身,而是强调个体如何限制自然欲望、不断完善符合儒家伦理学说的自我,最终达到"修身、齐家、治国、平天下"的存在状态,个体的独立性和自然性始终被政治话语和道德话语所压抑。而周作人对"儿童性"的发现,将"儿童性"与人性中的自然性进行对接,在某种意义上,是对中国传统文化中个体存在的功利性、附属性和不完整性的一种纠偏和扶正,开启了中国现代文学敞开人性的大门,正如其自己所言:中国现代文学"应记载世间普通男女的悲欢成败,包括他(她)们的世俗情欲"①。中国现代文学对人的自然情欲的细微探察,对女性个体独立性的关注,对自由主义的宣扬都与周作人有着不可分割的联系。更为重要的是,周作人将"儿童性"提升为一种人生信仰和行为准则,并逐渐演化为绝对的自由主义倾向。在五四新文化运动初期,周作人对传统文化和封建礼教进行了激进的反驳,但在五四后期又回归传统、回归儒家,这种矛盾的人生轨迹和思想历程清晰地展现出周作人崇尚自由的本质,时刻与社会主流思想保持距离,在传统中窥探现代,在现代中注视传统,始终保持清醒的意识和批评的姿态。

(二)"祛阶级性"与"翻译减法"

说周作人"努力学玩",是因为他一生始终做着远离政治旋涡的努力,试图做一个纯粹的学理性文化者。虽然周作人也曾经怀抱过改良社会的梦想,但他的梦想在现实面前很快冷却了。因此,他是20世纪中国思想家中最具有距离意识和时代超越意识的一个,也是最孤独的一个。这一点可

---

① 周作人:《〈点滴〉序》,北京:北京大学出版部1920年版,第2页。

以在与 20 世纪的几位有代表性的知识分子的比较中看出来。

首先,五四新文化运动后期周作人的文学翻译思想与鲁迅的文学翻译思想产生了分歧,而分歧的核心点围绕着文学翻译是否应该具有阶级属性和政治取向展开,并形成相互对峙的局面。20 世纪 20 年代,鲁迅已经愿意接受阶级论这前提了,而周作人不能接受这个前提。1928 年初,鲁迅和创造社、太阳社之间就革命文学问题进行论战的时候,周作人也发表了自己的意见:

> 中国人总喜欢看样,我们于是有第三第四阶级的名称了,但事实上中国有"有产"与"无产"这两类,而其思想感情实无差别,有产者在升官发财中而希望更升更发者也,无产者希望将来升官发财者也,故生活上有两阶级,思想上只一阶级,即为升官发财之思想。有产者可以穷而降于舆台,无产者可以达而升为王侯,而思想不发生一点变动,穷时承认该被打屁股者即达时该打人屁股者,反正不同而是非则一也。朱元璋以乞食僧升为皇帝,为暴君之一,此虽古事,可以例今。故中国民族实是统一的,生活不平等而思想则平等,即统一于"第三阶级"之升官发财的混帐思想。不打破这个障害,只生吞活剥地号叫"第四阶级",即使是真心地运动,结果民众政治还就是资产阶级专政,革命文学亦无异于无聊文士的应制,更不必说投机家的运动了。现代的社会运动当然是有科学根基的,但许多运动家还是浪漫派,往往把民众等字太理想化了,凭了民众之名发挥他的气焰,与凭了神的名没有多大不同,或者这在有点宗教性质的事业上也是不可免的罢?①

面对现实,周作人是清醒和理性的,他反对幼稚的浪漫幻想。由于周作人认为"有产"和"无产"两类在思想感情上没有差别,对于有产阶级和无产阶级这种阶级论持否定态度,使他与绝大多数的文人政客划开了距离。

1930 年初,鲁迅投身于直接的政治斗争。2 月 13 日晚上,鲁迅到汉口路江西路附近的圣公会教堂出席了中国自由运动大同盟的成立大会,并与郁达夫、柔石等五十人列名于成立宣言,为发起人。宣言说:"自由是人类

---

① 周作人:《爆竹》,1928 年 2 月 9 日刊《语丝》第 4 卷第 9 期,署名启明,收入《永日集》,见《周作人散文全集》第 5 卷,桂林:广西师范大学出版社 2009 年版,第 348—349 页。

的第二生命,不自由,毋宁死!我们处在现在统治之下,竟无丝毫自由之可言!……我们组织自由运动大同盟,坚决为自由而斗争。感受不自由痛苦的人们团结起来,团结到自由运动大同盟旗帜下来共同奋斗!"①旗帜鲜明地反对国民党的统治。

1930年3月2日下午,鲁迅又到中华艺术大学出席了中国左翼作家联盟(简称"左联")的成立大会。这次成立大会的主席团是鲁迅、沈端先和钱杏邨三人,选出的常务委员是:沈端先、冯乃超、鲁迅、田汉、郑伯奇、洪灵菲七人,周全平、蒋光慈为候补委员。会后不久,3月27日,鲁迅在致章廷谦的信中说了他在这会场上的观感:

> 梯子之论,是极确的,对于此一节,我也曾熟虑,倘使后起诸公,真能由此爬得较高,则我之被踏,又何足惜。中国之可作梯子者,其实除我之外,也无几了。所以我十年以来,帮未名社,帮狂飙社,帮朝花社,而无不或失败,或受欺,但愿有英俊出于中国之心,终于未死,所以此次又应青年之请,除自由同盟外,又加入左翼作家联盟,于会场中,一览了荟萃于上海的革命作家,然而以我看来,皆茄花色,于是不佞势又不得不有作梯子之险,但还怕他们尚未必能爬梯子也。哀哉!②

鲁迅怀着"但愿有英俊出于中国之心",甘做梯子,希望青年"真能由此爬得较高",加入了"左联"。

1930年5月7日,当时中国共产党的领导人李立三约请鲁迅在上海西藏路的爵禄饭店见面,希望鲁迅像法国的巴比塞一样,发表一篇宣言,表示拥护共产党的各项政治主张。鲁迅觉得这样做了他势必要亡命国外,对国内倒起不了什么作用了,还不如就照现在这样写点儿文章,还能发挥点儿作用。李立三约见鲁迅的具体目的没有达到,但他在白色恐怖的环境下约鲁迅秘密相见,可见他是把鲁迅看作可以信赖的自己人的。这一段时间里,鲁迅写了不少杂文,并参加编辑"左联"的刊物《萌芽》,而且竭力翻译介绍苏联的文艺理论和作品。联共中央《关于对文艺的党的政策》等几个有关决议的汇编《文艺政策》,就是他在这时译成中文的。

鲁迅发起成立中国自由运动大同盟,旗帜鲜明地反对国民党的统治;领导中国左翼作家联盟,扶植左翼青年进步作家;编辑"左联"刊物《萌

---

① 朱正:《周氏三兄弟》,北京:东方出版社2003年版,第183页。
② 鲁迅:《致章廷谦》,《鲁迅全集》第12卷,北京:人民文学出版社1981年版,第8页。

芽》,竭力翻译介绍苏联的文艺理论和作品等一系列行为都将鲁迅与政治捆绑在一起。但这时周作人的政治取向与鲁迅截然不同,他后来写了好几篇文章攻击鲁迅参加"左联",认为鲁迅这么做是跟着青年跑,是很不理智的:

> 其实叫老年跟了青年跑这是一件很不聪明的事。野蛮民族里老人的处分方法有二,一是杀了煮来吃,一是帮同妇稚留守山寨,在壮士出去战征的时候。叫他们去同青年一起跑,结果是气喘吁吁地两条老腿不听命,反迟误青年的路程,抬了走做傀儡呢,也只好吓唬乡下小孩,总之都非所以"敬老"之道。老年人自有他的时光与地位,让他去坐在门口太阳下,搓绳打草鞋,看管小鸡鸭小儿,风雅的还可以看板画写魏碑,不要硬叫子媳孝敬以妨碍他们的工作,那就好了。有些本来能够写写小说戏曲的,当初不要名利,所以可以自由说话,后来把握住了一种主义,文艺的理论与政策弄得头头是道了,创作便永远再也写不出来,这是常见的事实,也是一个很可怕的教训。日本的自然主义信徒也可算是前车之鉴,虽然比中国成绩总要好点。把灵魂卖给魔鬼的,据说成了没有影子的人,把灵魂献给上帝的,反正也相差无几。不相信灵魂的人庶几站得住了,因为没有可卖的,可以站在外边,虽然骂终是难免。①

周作人以揶揄的口吻讽刺鲁迅的政治热情,五四大潮过去、新村运动失败后周作人不再信奉任何主义了,"把灵魂卖给魔鬼的,据说成了没有影子的人,把灵魂献给上帝的,反正也相差无几",这是周作人对热心于政治运动的人的宿命的估计。从周作人与鲁迅的纷争中我们可以深刻地体会到周作人在努力卸除五四时期文学翻译身体的被捆绑的各种意识形态话语,始终对文学翻译进行着减法运算,文学翻译在周作人的视阈中似乎只是与文学本身和个体精神相关,"翻译到语言为止"是对周作人文学翻译思想的恰切概括。在周作人的这种文学翻译思想中我们窥见五四时期文学翻译的一种存在状态和周作人作为一名知识分子的存在策略:一、周作人的"翻译到语言为止"的"祛阶级性"文学翻译思想在五四文学翻译群像中是以一种另类和异类的面相呈现出来,这种"小众化"的文学翻译思想

---

① 周作人:《〈蛙〉的教训》,1935年4月24日刊《华北日报》,署名不知,收入《苦茶随笔》,见《周作人散文全集》第6卷,桂林:广西师范大学出版社2009年版,第482—483页。

使自己的翻译指向能够远离国家、民族、阶级等宏大叙事,使自己的文学翻译始终处于边缘化的位置。这样就避免陷入集体化的翻译窠臼和模式中,从而使自己的文学翻译呈现出与众不同的特质。二、周作人的文学翻译思想与自己的童年经历,以及对童年生活的独特个体精神感受和记忆具有极为密切的关联,因此,周作人的文学翻译思想就具有"这一个"的不可复制性和精神的不可模仿性,从而使周作人的文学翻译始终处于一个特殊的存在位置,成为五四文学翻译的重要参照。通过与鲁迅的文学翻译对比,既可以发现五四文学翻译的普遍性,又可以探究五四文学翻译的特殊性,从而将一个文学翻译问题转变为一个关涉政治、社会文化和思想的问题。三、从表面上,周作人的文学翻译思想拒绝了各种政治意识形态的介入,回归到文学本身,呈现出一种封闭性的状态。但实质上,周作人的文学翻译思想是一种真正意义上的敞开,它面对和指向的是充满个人主义的话语、具有真理性质的思想、对尖锐问题的思考、个体精神话语的表露等未经过任何话语编织和修改的内容,并为我们提供了文学翻译的一种无限包容的可能性。

如果说周作人对"儿童性"的强调为中国现代文学发现"人"提供了一个理论参照的话,那么周作人对文学"祛阶级性"的提倡则是对中国现代文学"人的文学"理念的一次彻底而富有功效的个人化实践。虽然周作人在文学的政治性和阶级性问题上并没有采取绝对的二元对立姿态,在他的文本中也存在着民族主义功利主义的潜流,但 1922 年 1 月他在《晨报副镌》上开辟"自己的园地"以后,他的文学思想转向了更为纯粹的个人化倾向。在五四新文化运动后期,并没有一个文化思潮能够统领社会的精神走向,社会主义、自由主义、无政府主义等各种思潮逐渐分化,并相应组成不同的文学群体。在这一时期,周作人提倡的非功利的文学观和个体化的文学思想无疑将自己从各种文学纷争和文化旋涡中抽离出来,"依了自己的心的倾向,去种蔷薇地丁,这是尊重个性的正当办法……倘若用了什么名义,强迫人牺牲了个性去侍奉白痴的社会,——美其名曰迎合社会心理,——那简直与借了伦常之名强人忠君,借了国家之名强人战争一样的不合理了"[①]。周作人的这种精神姿态无疑对中国现代文学作家的文学思想和文学观产生了不可规避的影响,使中国现代文学作家能够主动将自己放置在边缘的位置,清醒地勘察五四新文化运动的旨归和要义,无论是对民众思想启蒙的愿望,还是对民族现代性的诉求,抑或是对个体独立解放

---

① 周作人:《自己的园地》,《自己的园地》,石家庄:河北教育出版社 2002 年版,第 6 页。

的期盼,在根本上都是对文学本体的尊重,文学的独立性和个人性是中国现代文学的终极归宿。在某种意义上,中国现代文学的发展始终贯穿着周作人的这种文学思想,虽然20世纪30年代以后,中国现代文学主潮被左翼文学所统摄,但郁达夫、李金发、徐志摩、穆木天等人的文学创作仍旧能够看见周作人文学理念的背影。

(三)"为人生"与"翻译反叛"

在五四历史语境下,茅盾也一直具有高涨的政治热情。茅盾曾以几种身份从事文学活动,包括小说家、批评家、刊物编辑家和翻译家等。作为一位与周作人同时代的翻译家,茅盾一生共翻译小说、戏剧和散文150篇(部),另外他还翻译了几十篇南欧、俄罗斯民歌和诗歌。他翻译过分属30个国家的不下55位作家的作品。从事文学活动初期,茅盾的文学观和翻译观受到了周作人的影响,这一点从茅盾编辑《小说月报》时期与周作人的频繁通信中可见一斑,当时茅盾是将周作人置于先生的位置上的。然而,茅盾翻译选目的标准却与周作人有很大的不同。在茅盾看来,首要的价值取向是作品必须符合"为人生"的大目标,契合启蒙话语的大前提。茅盾说:"我是倾向人生派的。我觉得文学作品除能给人欣赏而外,至少还须含有永存的人性,和对于理想世界的憧憬。我觉得一时代的文学是一时代缺陷与腐败的抗议或纠正。"[①]这段话让人觉得是茅盾对于自己乃至整个文学研究会文学观的阐述,但实际上茅盾的这篇文章谈的是译介外国文学的问题。在这篇文章中,茅盾还谈道:"我觉得翻译家若果深恶自身所居的社会的腐败,人心的死寂,而想借外国文学作品来抗议,来刺激将死的人心,也是极应该而有益的事。"[②]在茅盾的文学观中,中外文学虽有分别,但尽可以在"为人生""改造国民性"的目标下发挥相同的作用,这种译介理论展示出一种中外文学一体的整体观。"为人生"的观念既是茅盾文学理论和文学创作的出发点,也是他从事文学翻译的出发点。

因为茅盾的文学视野是"为人生"的,因此他关注的重点是现代的,与现实人生密切相关的文学作品。茅盾介绍和评论的外国文学作品以近现代名家的经典作品为主,可是,他选择翻译的作品却几乎没有名家名作。茅盾掌握的唯一外语是英语,所以很多欧洲和俄国的作品他是根据英译本转译的,那么,英译本的翻译者在翻译的过程中有无遗珠、有没有损失原作

---

① 雁冰:《介绍外国文学作品的目的——兼答郭沫若君》,《时事新报·文学旬刊》1922年第45期,第2页。

② 同上。

的神韵都是令人担忧的。另外,茅盾在翻译上似乎缺乏"十年磨一剑"的耐心,他选择翻译的作品以短篇小说或短剧为主,而且一般都不是该作家的代表作,这样,茅盾的翻译选目一度陷入了逼仄狭小的范围。抗战爆发之后,由于我国与苏联交好,茅盾翻译文学作品只依据苏联的英文杂志和莫斯科外文书籍出版局印行的英译本选目。所以,茅盾的文学翻译具有十分鲜明的指向:"一是对于俄国革命民主主义文学和革命后苏联文学的重视与赞扬;一是对于东欧、北欧等被压迫民族文学的同情与推荐。"①在五四时期的《小说月报》《文学周报》《学灯》和《觉悟》上,我们经常能够看见茅盾翻译的俄国与北欧弱小民族的作品。经过茅盾翻译的《文凭》《战争》《复仇的火焰》和《人民是不朽的》等作品成为当时介译苏俄与北欧文学作品的经典。茅盾始终坚持自己的"为人生"的翻译思想,将文学翻译的政治性和明确的目的性作为核心旨归,"一半欲是介绍他们的文学艺术来,一半也为的是欲介绍世界的现代思想——而且这应是更注意些的目的"②。由此可见,茅盾的文学翻译思想与五四新文化运动中所提倡的"为人生"的思想潮流产生高度契合。

但茅盾的翻译受到了救亡高于一切、政治左右文学的时代潮流影响,急功近利的态度损害了译作的质量。也许错译、漏译正是茅盾重视翻译作品的政治性,而忽略技术等细节问题所造成的。譬如格雷戈里夫人的剧本《海青》,丹兰夫人问奎:"你现在猜这信是<u>从哪里来的</u>?"③原文是:Mrs. Delane:"Who do you think now is it <u>addressed to</u>?"④正确的翻译应该是:"你认为这封信是寄给谁的?"茅盾的翻译出现了简单的动作方向性错误。茅盾的翻译还经常混淆被动与主动的关系:"丹:不知你是把他带到潘丹会审公堂去讯问呢,还是带到阿撒士思去?"⑤这句的原文是:"Mrs. Delane: I wonder is it to the Petty Sessions <u>you'll be brought</u> or is it to the Assizes?"⑥显然,横线部分的正确翻译应该是:"你被带到"。茅盾译文里错译、漏译现象严重,短短的《海青》中,错译有二十余处;《旅行人》和《市虎》中,错译也有十余处。

这一点正与周作人形成了鲜明的对比,周作人翻译作品时,不仅翻译前认真选目,多方求证,而且翻译后还不时重新阅读自己以前的翻译,感觉

---

① 叶子铭:《论茅盾四十年的文学道路》,上海:上海文艺出版社1978年版,第48页。
② 同上。
③ 茅盾:《茅盾译文选集》,上海:上海译文出版社1981年版,第583页。
④ Lady Gregory, *G. P. Putnam's Sons: Seven Short Plays*, London & New York, 1909, p. 48.
⑤ 茅盾:《茅盾译文选集》,上海:上海译文出版社1981年版,第587页。
⑥ Lady Gregory, *G. P. Putnam's Sons: Seven Short Plays*, London & New York, 1909, p. 54.

有不妥之处就拿过来重译,这种态度表明周作人是将翻译作为自己毕生的事业来做的。

巴金是在阅读《新青年》《新潮》和《每周评论》的精神食粮中成长起来的,在思想上属于周作人的后辈。五四浪潮过去,新村运动失败后,周作人就像住在苦雨斋里的老人一样,似乎对任何"主义"都拿不出热情了,而巴金却是一个理想主义者,一个情绪型文人。应该说,20世纪中国的文学家身上普遍存在着一种"泛道德情绪",这一点在巴金身上有着更明显的体现。在选择翻译作品的时候,作品的道德力量成为巴金选目的首要标准。

巴金翻译过克鲁泡特金、屠格涅夫、赫尔岑、爱玛·高德曼、司特普尼亚克、柏克曼、薇拉·妃格念尔、尤利·巴基、王尔德等人的作品。这些人多半是德艺双馨的文学家或思想家,与他们的文学理念、文学追求相比,巴金更看重的是他们在思想道德和人生理想方面对自己的影响。在这些人中,巴金最喜欢克鲁泡特金,他曾回忆自己少年时代读克鲁泡特金的《告少年》时的激动心情:"后来我得到了一本小册子,就是克鲁泡特金的《告少年》。我想不到世界上还有这样的书!这里面全是我想说而没法说得清楚的话。它们是多么明显,多么合理,多么雄辩。而且那种带煽动性的笔调简直要把一个十五岁的孩子的心烧成灰了。"①正是出于这种感动,后来巴金翻译了克鲁泡特金的小册子《告青年》的序言,其中的立场与巴金颇有些近似,"我们有一颗纯白的心,我们有一个热烈的渴望,我们有满肚皮的沸腾的血,我们有满眼睛的同情的泪"②。

10卷本的《巴金译文全集》里,一半是文学家或者革命者的传记或回忆录。周作人把读书和翻译作为精神体操,培养性灵和情趣,巴金读书和翻译的目的却是寻求心理支持和精神指导。巴金不是最早的觉醒者,与鲁迅式的先驱者的呐喊不同,巴金所做的是浸着血和泪的宣泄,充满了激情或者愤怒。巴金向落后腐朽的东西进攻,跟封建、专制、压迫、迷信战斗,把写作当作自己的武器,把翻译当作借来的别人的武器。周作人也永远不能成为先驱,与巴金热情无比地投身于社会的激流相反,周作人只愿安静地、孤独地徜徉在自己的小河里。周作人没有精神领袖意识,既不把任何人作为自己的精神领袖,也不做任何人的精神领袖。面对社会的大潮,周作人似乎很少有激动,有的只是叛逆与无奈。

笼统地说,周作人、茅盾、巴金的翻译都追求原作的叛逆精神,但周作

---

① 巴金:《我的幼年》,《巴金全集》第13卷,北京:人民文学出版社1990年版,第8页。
② 克鲁泡特金:《〈告青年〉序》,巴金译,《巴金全集》第17卷,北京:人民文学出版社1991年版,第162—163页。

人的文学翻译思想具有更加鲜明的反叛性。1945年8月,八年抗日战争结束,12月,周作人以一位纯粹的文化人的立场,写下《明治文学之追忆》,充满了缅怀之情:

> 藤村随笔里的思想并不能看出有什么超俗的地方,却是那么和平敦厚,而又清澈明净,脱离庸俗而不显出新异,正如古人所说,读了令人忘倦。大抵超俗的文章容易有时间性,因为有刺激性,难得很持久,有如饮酒及茶,若是上边所说的那种作品则如饮泉水,又或是糖与盐,乃是滋养性的也。这类文章我平常最所钦慕,勉强称之曰冲淡,自己不能写,只想多找来读,却是也不易多得,浅陋所见,唯在兼好法师与芭蕉,现代则藤村集中,乃能得之耳。①

周作人对日本文化的热爱是游离于政治和时代之外的。这种热爱从日本侵华战争发动前开始,经战争期间直至战争结束都没有丝毫的改变。周作人的文化选择,在顺从自己的个人趣味的同时,还有更深一层的涵义。20世纪二三十年代的中国文坛各种社团、流派各执一词,1940年代以后又大一统地发出"救亡图存"的声音,而周作人大胆地张扬个人的文学趣味,在远离"现实"的作品中寻找个人所欢喜的、属于个人的文学,是对文学个性的坚守,是在趋同文学主潮中发出的异声。

20世纪20年代开始,周作人就着手翻译域外的古典作品,而且,整个后半生他都致力于这项工作。域外古老的作品与新文学的主流在时空与趣味上相隔辽远,周作人以揶揄的口吻说:"这个年头儿,翻译这种二千年前的古老东西,真可以算是不识时务了。……我也很喜欢古希腊的精神,觉得值得费点力来绍介。英国文人哈士列忒(William Hazlitt)说过:'书同女人不一样,不会老了就不行。'古希腊的书大抵是这样,老而不老。……中国现代需要不需要这些古典文学,我不知道。但是,从历史上看起来,这是不需要的,因为历来最为中国所需要的东西乃是八股之类,而这类东西在古希腊是没有的。"②

古希腊文字是已经死亡的文字,对于已经死亡的语言为载体的经典的学习,是对人类文明源头的重访,周作人学习古希腊文字本身就根植于他的"为学问而学问"的信仰,与中国传统的"学以致用"的学术思维大不相

---

① 周作人:《立春以前·明治文学之追忆》,石家庄:河北教育出版社2002年版,第73页。
② 周作人:《古希腊〈拟曲〉》,《周作人散文全集》第5卷,桂林:广西师范大学出版社2009年版,第691—692页。

同。对古希腊精神的继承,使周作人比一般知识分子更加冷静和理性,更加富有批判精神和怀疑精神。当时中国社会内忧外患,政局动荡,知识分子做学问,要么抱着"为中华之崛起而读书"的信仰,要么怀有"引起疗救注意"的希望,总之,都归于一个庞大的道德体系,鲜有人为了满足纯粹知识上的兴趣而求知。周作人的思想虽然未能将学术从道德架构上剥离,但他是20世纪中国思想家中最具距离意识和时代超越意识的一个,因此也是最孤独的一个。

"救亡高于一切,政治左右文学"是当时的时代潮流,绝大多数的文学家都抱着这种急功近利的态度。周作人的文学思想与五四时期其他普遍性的文学思想相比较具有一种鲜明的反叛性,并且所展现出来的反叛精神是最深刻和最彻底的,表现为一种本质的批判与怀疑,拒绝接受任何权威,甚至包括自己曾经深深信仰和鼓吹过的权威。他回避震耳欲聋的合唱,回避政治功利的大潮,是那个时代的一个孤独的存在,他说:"我若能找到一个'单纯的信仰',或者一个固执的偏见,我就有了主意,自然可以满足而且快活了,但是有偏见的想除掉固不容易,没有时要去找来却也有点为难。"①"照我自己想起来,即梦想家与传道者的气味渐渐地有点淡薄下去了","以前我所爱好的艺术与生活之某种相,现在我大抵仍是爱好,不过目的稍有转移,以前我似乎多喜欢那边所隐现的主义,现在所爱的乃是在那艺术与生活自身罢了"。②

周作人对待生活的态度也是从容悠游的,他说:"我们于日用必须的东西以外,必须还有一点无用的游戏与享乐,生活才觉得有意思。我们看夕阳,看秋河,看花,听雨,闻香,喝不求解渴的酒,吃不求饱的点心,都是生活上必要的"③;"喝茶当于瓦屋纸窗之下,清泉绿茶,用素雅的陶瓷茶具,同二三人共饮,得半日之闲,可抵十年的尘梦"④。

1964年3月6日,周作人"独饮黄酒,醺然径醉,胆大气粗,辄写八句":

> 可笑老翁垂八十,行为端的似童痴。
> 剧怜独脚思山父,幻作青筳羡野狸。

---

① 周作人:《一年的长进了》,《雨天的书》,石家庄:河北教育出版社2002年版,第125页。
② 周作人:《艺术与生活·自序》,《艺术与生活》,石家庄:河北教育出版社2002年版,第2页。
③ 周作人:《北京的茶食》,《雨天的书》,石家庄:河北教育出版社2002年版,第52页。
④ 周作人:《喝茶》,《雨天的书》,石家庄:河北教育出版社2002年版,第54页。

> 对话有时装鬼脸,谐谈犹喜种胡荽。
> 低头只顾贪游戏,忘却斜阳照土堆。①

周作人八十岁时,说自己"行为端的似童痴","玩耍过日,不知老之已至"。② 这种行为和心态是常人不易得的,是他一直追求的人生与艺术境界。他摆脱了民族的焦虑,跳出时代的樊篱,凭借自己的文学翻译打破了五四文学翻译的集体成规,使自己的文学翻译思想保持在集体主义叙事与个人主义叙事、宏大叙事与小众叙事之间的边界点上,使自己的文学翻译不被某种先验和既定的翻译形态所套牢,在与各种翻译思想的冲突、碰撞和对峙中重建一种新的文学翻译思想和体系,并为我们提供了一种精神的可能性。

---

① 周作人:《八十自寿诗》,《周作人散文全集》第14卷,桂林:广西师范大学出版社2009年版,第208页。
② 同上书,第209页。

结语：作为一种"方法"的文学翻译

  毋庸置疑，对于中国现代文学翻译而言，周作人的文学翻译是一个无法逾越和规避的存在，周作人作为中国现代文学翻译的"重镇"，始终以自己的文学翻译参与到中国现代文学的进程之中，以自己的文学翻译实践丰富、延伸和拓展了中国现代文学的内涵和价值，并在长期的文学翻译实践中，在文学翻译的知识构型、话语方式、批评范式、文学翻译史观等方面，形成了独特的文学翻译"个性"和鲜明的文学翻译品格，其文学翻译本身已经成为中国现代文学的一个文学现象和文化事件。

  20世纪初期开始，周作人就将自己的视阈潜沉在中国现代文学翻译之中，并始终站在中国现代文学翻译的最前沿，以开创性的文学翻译实践引领和左右着中国现代文学翻译的走向，一次次将自己抛入中国现代文学翻译的浪潮和旋涡之中，将中国现代文学翻译带向了历史和时代的新高度。周作人在六十余年的文学翻译实践中，一方面，以《域外小说集》《希腊的神与英雄》《浮世澡堂》《欧里庇德斯悲剧集》《现代日本小说集》《希腊神话》等400余万字的翻译作品和关涉翻译理论的文章为文学翻译根基，建构了自己的文学翻译路向和文学翻译批评谱系，确立了自己在中国现代文学翻译领域内无可争议的地位；另一方面，以西方理论资源与现实介入相结合的话语方式，以本土文学化为思想根基与中华文化为历史参照相结合的批评范式，以历史性与个人性相结合的文学翻译史观为核心，建构了一种全新的中国现代文学翻译的知识构型、批评方法、修辞策略和文学史观念，对中国现代文学翻译的确立、转变和深化做出了十分重要的贡献。

  在周作人的思想视阈中，"外国文学"在本质上是地理学意义上的空间概念与文化学意义上的文化概念相互指认和命名的复合体。因此，对于外国文学的翻译就先验地存在着无法位移的空间限定和已经形成的文化内核。那么，面对外国文学内部在一定意义上已经静止化、固定化和常态化的图景，一种有效的文学翻译方法就是寻找和借用一种新的话语方式，来激活外国文学的这种存在状态。所以，周作人对外国文学进行研究的首要前提就是寻找、确立和形成自己独特的文学翻译话语方式。而这种独特的话语方式在执著、积淀、坚韧和以求一逞的漫长过程中,经历了由西方理论资源的挪用到本土话语的再度挖掘、介入与契合的转型。

周作人对于文学翻译知识的系统接受和完备的理论训练及其文学翻译活动起始于20世纪初期。20世纪初期西方的文化背景、文化意识、文化认知意愿、主流文化知识、文化权利等因素构成了其文学翻译"知识型构"的精神背景和思想资源。无论其对"外国文学"是认同还是犹疑抑或是拒斥,20世纪初期的"知识"尤其是西方文化资源构成了其文学翻译初期最直接的话语方式。可以说,周作人在最初就将自己的视阈定格在西方文化世界,无论是日本文化还是希腊文化抑或是美国文化、波兰文化都成为其进入外国文学内在空间的话语方式,并在"知识"层面上对其文学翻译产生了重要而深刻的影响。这种文学翻译话语方式在《现代日本小说集》中体现得十分明显,在某种意义上,这部文学翻译著作可以说是以日本文化资源来阐释日本文学的一次集中操练和汇演。在这部翻译著作中,日本文化的密集程度给我们以强烈的思想冲击,作者对日本现代文学和思想的熟知让人感到惊讶。无论是对日本小说叙事模式,还是对日本现代作家主体精神的透析,抑或是对日本"女性写作"的原生态呈现,以及对夏目漱石、小路实笃、芥川龙之介、加藤武雄、铃木三重吉等作家的文学作品翻译都渗透着日本文化的肌理和内蕴。正如周作人所言:"我和日本初次的和日本生活的实际的接触,得到最初的印象。这印象很是平常,可是也很深,因为我在这以后五十年来一直没有什么变更或是修正。"①周作人的这种以外国文化作为文学翻译思想资源和以文学翻译的方式来阐释外国文学,形成"文化—文学"的翻译路径和话语方式,对于改变中国现代文学翻译主要集中在对外国文学作品的简单、生硬的搬运和描摹,而很少在文学翻译的范畴内展开论述的"知识性"匮乏状态,起到了先导性和典范性的作用,对中国现代文学翻译本身进行了一次"冒险的迁徙"和"无边的挑战",从而满足了人们对于现代文学翻译的想象和期待。

周作人以自身扎实、深厚的外国文化之剑刺穿了中国现代文学翻译的内在顽疾,改变了中国现代文学翻译的话语方式和语言秩序,在引起一场文学翻译变革的同时,也逐渐意识到外国文化对现代文学翻译本身的压制和压抑,自己的文学翻译正在慢慢地陷入外国文化的纠缠之中,而文学的本真面相和自己的个体声音正在被外国文化无声地消解。因此,周作人迅

---

① 周作人:《最初的印象》,《周作人散文全集》第13卷,桂林:广西师范大学出版社2009年版,第335页。

速从对外国文化的执迷中抽身而出,将自己的文学翻译由文化建构投入到现实关怀之中,将对外国文化的热情转移到对现实公共事务的关注和介入之中,将自己的文学翻译拓展为发表知识分子话语的"公共领域",集中在对社会公共话题的考证和思索方面,从而探索文学翻译的另一种发展路径和文学翻译家存在的另一种状态,文学翻译应贴近现实,面向一般民众,以社会批评为终极目的,文学翻译家也应成为公共知识分子。

在《古事记》《枕草子》《平家物语》《日本狂言选》《浮世澡堂》《浮世理发馆》等文学翻译作品中,周作人始终贯彻一种"儿童性",周作人在五四文学中对"儿童性"的发现为中国现代文学注入了一种不掺杂任何功利目的的原生态的自然人性论思想,并以此为理论支撑点突破了中国传统文化的封闭性,以及中西文化之间的隔阂和壁垒,为中国现代文学的现代性进程寻找到了一条合适的路径。

周作人在自己的文学翻译中,一方面以学理性的方式对外国文学进行客观和旁观性的叙述,另一方面又参与到对中国社会的现代性建设之中,将思想的触角伸向社会现实领域和个体的精神空间,对中国传统文学精神资源承传、中国现代知识分子精神的群体性失落、中国城市文化的滞后等社会现实和一系列文化命题、文化现象进行了透彻的考量。这一点,我们可以从他文学翻译语言的现实感和针对性中体察到,周作人的文学翻译实践不仅使他获得了话语权力,同时也使他获得了言说的内驱力。

对于周作人而言,文学翻译在内质上又是一种"先锋性"的文学实践活动。因为文学翻译永远需要以创新性的思想和观念、新异的话语方式,以及独到的批评范式对翻译文本进行在场性的阐释和叙述。周作人在将自己的文学翻译视阈集中在外国文学的同时,始终没有忘记文学翻译的背后存在着的本土文化根基,他对中国传统文化的开掘为他的翻译之路寻找到了文化之根和思想之源,可以说,中国传统文化是周作人文学翻译的深层动因和核心旨归。

周作人的翻译在某种程度上可以成为我们进入中国传统文化历史空间的介质和通道,成为中国传统文学的参照和坐标。这一点在周作人的翻译选目方面表现得十分明显。无论是对日本现代文学发展史的重新梳理和建构,还是对希腊神话、小说的原生态翻译,抑或是对外国个案作家的诗性叙述,以及对外国小说精神特质的分析,周作人都将翻译归旨指向了中国传统文化。例如,在翻译日本小说《阿末的死》时,周作人敏锐地发现了掌控小说人物存在和命运际遇的文化因素,让读者不由得将其与中国传统文化中的游牧文化、农耕文化、重农轻商的价值观念、"官本位"思想、重义轻利的伦理思想等文化因子进行比较，并对其进行质疑和反思。这样，就把日本文化与中国传统文化联系起来，把纵向上的中国文化传统考察与横向上日本文学中的精神特质提取结合起来，从而形成真正意义上的中国传统文学的坐标。中国传统文化在这一坐标中凸显出自身的生成、意义与特征，同时，也呈现出它发展、演进的历史曲线。文学翻译实质上是中国传统文化中的美学、社会学、历史学、哲学向外国文学的一种延伸和移植。中国传统文化通过文学创作的浪漫想象、社会学的意识形态建构、哲学的形而上阐释、历史学的客观陈述，在外国文学中得以拓展和继续。所以，在对外国文学进行翻译过程中，一方面，将外国文化作为外国文学的根基，另一方面，又将外国文学作为一个勘察中国传统文化的视角和基点，并产生了两个层面的理论意义：一、在中国传统文化和世界文化体系内，文学翻译处于十分特殊的位置，文学翻译是在中国传统文化和世界文化的影响下生成的，这就决定了文学的思想体系和历史资源都来源于中国传统文化和世界文化，文学翻译不是对先验存在的照搬和挪移，而是经过不同文化的积淀逐渐形成的，而且始终处于变动状态；二、中国现代文学翻译缺少一种整体性、系统性、整合性的大文化意识，文学翻译的起点往往来自外国文化内部已经先验存在的理论资源，以及个体化的生活体验和生命感受，这在无意中为中国现代文学翻译的进一步发展设置了文化屏障和思想陷阱。

　　依照这一文学翻译逻辑和范式，我们在周作人的文学翻译中很轻易的就能够捕获到这种大文化意识和文化整合行为。例如，在《关于日本的落语》中周作人首先提出文学翻译存在的文化大环境和小环境，进而分析了是什么因素使文学翻译呈现出与众不同的群体状态，日本文学与日本文化、异域文化之间展现出何种复杂纠缠的样态，并最终呈现了什么样的格局分布。通过勘查日本文学语言在世界文化体系内的位置迁移，我们可以透视到日本文学与传统文化、西方现代文化之间的内在关联。具体而言，周作人在文章中将自己关于传统与现代、中方与西方、边缘与中心等各种形态的冲突与较量的思考植入到自己文学翻译活动中，这是一种独特的翻译范式，体现了其独特的文学理想、价值立场和叙述倾向。

　　在周作人的文学翻译后期，其翻译展现出了两个相互依托和补充的趋向：一是有意识地突破已经形成的理论框架，为自己的文学翻译寻找新的思想资源、理论话语；二是有意识地梳理、调整自己的文学翻译路向，重新确立新的文学翻译史观和文学翻译方法。周作人的这种修正和转变，并不是说他在此前确立的以外国文化和中国传统文化为思想根基，以具体的作家作品为基点的微观化的文学翻译史观出现了操作上的问题，而是说他想去建构一种全新的文学翻译的理论支点和理论系统。所以,周作人将文学翻译视阈转向了对中国现代文学翻译史宏观性、整体性、系统性的梳理和建构之中,企图以此对中国现代文学翻译做出更为恰切和深刻的阐释。而这一问题的核心点和关节点就是为中国现代文学翻译确立一种怎样的文学史叙事观念,并逐渐形成和确立了"历史化"与"个人化"相结合的文学史观。

在周作人的思想观念中"历史化"包含着以下几个方面:一、文学本身蕴含着历史性,文学在生成、发展、演进的过程呈现出一种自身的历史性,同时,在文学讲述中再现出客观现实的历史发展,也就是说,文学在实现本身历史化的同时也在进行现实的历史化;二、就具体的文学作品而言,文学作品在讲述社会历史现实时具有显著的历史发展意识,文学作品中的历史具有完备的时间链条和空间逻辑,历史在文本中重建,并与现实历史构成相互指认的关系。因此,"历史化"在本质上是对人类历史实践活动的总体认知和规律总结,以及建立在此基础上对人类未来发展趋向的推断,并且在不断地循环、重复和推演;三、文学之所以能够存在和发展就是因为这种不断强化的历史化观念的推动,以及重建历史的欲望驱动,文学本身就是历史的一个极为重要的有机组成部分,文学史就是要再现这样的"历史化"谱系。

因此,文学翻译不应该仅仅局限在文学范畴内来勘察,而是应该延伸和拓展到历史领域,将文学翻译作为文学事件和历史事件的综合体。如果把历史化的视角切入到中国现代文学的翻译中,我们会发现中国文学在发展过程中充满了转折和断裂。1917年以后,现代文学向着另一个路向演进,文学脱离了自身的轨迹,滑落到一系列历史政治运动之中,国家意识形态和民族集体经验逐渐替代了文学本身的审美诉求和个人经验。因此,周作人在文学翻译中对自己以往的文学史叙事观念做出了调整。他不再把文学翻译的研究重心局限在对具体作家作品的解读上,而是试图透过文本叙事来把握历史发展的本质、规律和趋势。同时,将文学放置在具体的"历史情景"中去审视,竭力将自己的主观价值评判悬置起来,将翻译的重心集中在对文学中特定的文学概念、文学现象、文学运动、文学论争产生的时代背景、历史依据、渊源和变异等方面的"知识考古"。以此来强化中国现代文学翻译历史的现场感,增加历史的可能性,并为中国现代文学翻译史提炼出一个完整的发展链条,具有历史逻辑的内在秩序,符合历史成规的总体趋势。

周作人在建构"历史化"文学翻译观念的同时,也对这种"历史化"倾向时刻保持一种警惕和质疑,一旦文学的历史景象被确认和定位,那么,这种整体性的历史叙事观念所涵纳的先验虚构性和理论强制性极有可能对文学自身的审美内质造成压抑。所以,周作人将"个人化"的文学翻译观念引入到自己的文学翻译中。周作人的"个人化"文学史观主要包含以下几个方面:一、在保留对文学历史完整解释的前提下,对文学历史内部中的细节、事件、文本、作家等因素的阐释中,保留"个人化"的意见,以此来保存文学存在本身的丰富性;二、将个体的生命体验、审美体验、精神体验、生活经验等充满个人主观性、当下性的感性因素注入文学翻译中,使文学翻译成为历史理性与个人感性激情交锋的空间和场域;三、文学翻译叙事要时刻保持个体的先锋性,要不断将个体新异的思想与观念植入文学翻译中,并努力发出属于自己的声音。例如,周作人在对日本小说进行翻译时,一方面将日本小说纳入到世界文学潮流中进行考量,探寻其整体化的历史发展脉络和图景;另一方面又观察到其在世界文学体系之外所具有的个体化特质,以及对中国现代文学的参考价值和意义。我们必须承认,周作人的这一系列发现是极具开创性的,他为中国现代文学翻译敞开了更为广阔的空间和更为丰富的可能性。

  我们很难将周作人的文学翻译对中国现代文学发展产生的影响量化,但迄今为止他独特的文学翻译为中国现代文学翻译提供了一种方法、一个参照、一片新的领域,却是毋庸置疑的事实。

附:周作人文学翻译年谱

1. 短篇小说《女猎人》翻译时间不详,载 1905 年 1 月 15 日《女子世界》第 2 卷第 1 号,署"会稽萍云女士"。

2. 《玉虫缘》于 1905 年 2 月 24 日译毕。美国爱伦坡著,1905 年 6 月由上海小说林社出版,署"会稽萍云译述,常熟初我润辞"。署名中的"初我"即丁初我,《女子世界》主编,亦为小说林社的创办人之一。

3. 《侠女奴》于 1905 年 3 月 19 日译毕。1905 年 6 月由上海小说林社出版,署"会稽萍云译述,常熟初我润辞"。

4. 《孤儿记》作译参半,1906 年完成。"是记中第十及十一两章,多采取嚣俄氏 Claude Gueux 大意"。("嚣俄"即"维克多·雨果",Claude Gueux 系其 1834 年所作短篇小说。)

5. 《红星佚史》于 1907 年 2 月译毕。英国哈葛德·安特路朗著,1907 年 11 月上海商务印书馆出版,其中诗歌部分系周作人口译,鲁迅笔述。

6. 《匈奴奇士录》于 1908 年 5 月译毕。1908 年 9 月上海商务印书馆出版。1932 年 9 月商务印书馆列入"世界文学名著"重新出版。

7. 《炭画》译于 1908 年。波兰显克微支著。1914 年 4 月由上海文明书局出版。1926 年 8 月由北新书局重新出版。

8. 《域外小说集》,翻译时间不详,1909 年 3 月日本东京神田印刷所出版第一册,收 7 篇,其中周作人译 5 篇,鲁迅译 2 篇。第二册于 1909 年 7 月出版,收 9 篇,其中周作人译 8 篇,鲁迅译 1 篇。1921 年上海群益书社出版《域外小说集》,增收了周作人 1910 年至 1917 年的译作 21 篇,署"周作人译"。

9. 《黄蔷薇》译于 1910 年,1925 年由北京新潮社出版,1927 年 8 月由商务印书馆列入"世界文学名著"重新出版。

10. 《陀螺》译于 1917 年 9 月至 1925 年 1 月,1925 年 9 月由北京新潮社出版。

11. 《点滴》收入了 1918 年 1 月至 1920 年 3 月所译短篇小说 21 篇,1920 年 8 月由北京大学出版部出版。1928 年 11 月开明书店出版《空大鼓》,删去了 1920 年 8 月北京大学出版部出版的《点滴》中的《沙漠间的三个梦》《欢乐的花园》《小小的一个人》,补入1920年7月至1926年10月翻译的剧本《被幸福忘却的人们》和小说《颠狗病》《请愿》。

12.《玛加尔的梦》译于1920年7月,1927年3月由北新书局列入"苦雨斋小书"出版。

13.剧本《被幸福忘却的人们》、小说《颠狗病》《请愿》译于1920年7月至1926年10月,收入《空大鼓》。

14.《大言》《兵士》《魔术》译于1921年10月,收入《陀螺》。

15.《两条血痕》前6篇译于1921年10月至1926年4月。1927年10月开明书店出版。1930年4月开明书店出版《两条血痕》增订本,增收1928年8月所译《婴儿杀害》一篇。

16.《骨皮》《伯母酒》《立春》《发迹》《花姑娘》《偷孩贼》《柿头陀》《雷公》《工东嘡》《金刚》译于1921年12月至1926年8月,集为《狂言十番》。1926年9月由北新书局出版。1955年4月,人民文学出版社出版《日本狂言选》。2001年1月中国对外翻译出版公司出版《狂言选》。

17.《现代小说译丛(第一集)》,翻译时间不详,1922年5月上海商务印书馆出版。

18.《冥土旅行》(即《过渡》)译于1922年9月至1925年3月,1927年2月由北新书局出版。

19.《希腊拟曲》译于1924年春至1932年6月。希腊海罗达斯·谛阿克多斯著。1934年1月由商务印书馆出版。

20.《儿童剧》译于1924年7月至1932年8月。1932年11月由上海儿童书局出版。

21.《〈古事记〉中的恋爱故事》译于1925年1月,收入《陀螺》。

22.《〈古事记〉神代卷》译于1926年2月至5月(未译完)。

23.《婴儿杀害》译于1928年8月,收入1930年4月开明书店出版《两条血痕》增订本。

24.《论居丧》(即《关于丧事》)译于1930年3月,收入《看云集》和《知堂文集》。

25.《希腊神话》第一次译于1933年5月至1938年12月,第二次译于1950年7月至1951年6月。

26.《如梦记》译于1943年9月至1944年5月,1943年12月至1944年9月连载于北平《艺文杂志》第1卷第6期至第2卷第9期,署"知堂译述"。曾预告出版单行本而未果。1959年4月1日至5月9日,《如梦记》重新连载于香港《星岛晚报》,只登本文,无译者附记,署"知堂译"。

27.《希腊的神与英雄》第一次译于 1947 年春夏之交,第二次译于 1949 年 9 月至 10 月。英国 H. D. 劳斯著。1950 年 11 月由文化生活出版社出版,署"周遐寿译"。1958 年 1 月天津人民出版社重印此书,改题《希腊神话故事》,署"周启明译"。

29.《希腊女诗人萨波》完成于 1949 年 7 月至 8 月。摘译英 Arther Weigail 著《萨福传》。1951 年 8 月由上海出版公司出版,署"周遐寿编译"。

30.《全译伊索寓言集》译于 1950 年 3 月至 5 月,1955 年 2 月由人民文学出版社出版,出版时改题为《伊索寓言》,署"周启明译"。1955 年 2 月人民文学出版社另外出版了《伊索寓言选》。1960 年 6 月文字改革出版社《伊索寓言选》(注音本),署"周启明译"。

31.《赫卡柏》译于 1950 年 11 月至 1951 年 7 月,收入《欧里庇得斯悲剧集》。《欧里庇得斯悲剧集》是古希腊文学作品,作者不详,1957 至 1958 年由人民文学出版社出版。2003 年 1 月中国对外翻译出版公司重新出版。

32.《圆目巨人》译于 1951 年 7 月至 8 月,收入《欧里庇得斯悲剧集》。

33.《在奥利斯的伊菲革涅亚》译于 1951 年 12 月至 1952 年 4 月,收入《欧里庇得斯悲剧集》。

34.《俄罗斯民间故事》译于 1952 年 5 月。英国培恩编译。1952 年 11 月由香港大公书局出版,署"知堂译"。1957 年 8 月天津人民出版社重印此书,署"周启明译"。

35.《安德洛玛刻》译于 1952 年 6 月至 9 月,收入《欧里庇得斯悲剧集》。

36.《伊翁》译于 1952 年 11 月至 1953 年 2 月,收入《欧里庇得斯悲剧集》。

37.《乌克兰民间故事》翻译时间不详,1953 年 1 月由香港大公书局出版,署"知堂"。1957 年 9 月天津人民出版社重印此书,署"周启明译"。

38.《海伦》译于 1953 年 3 月至 7 月,收入《欧里庇得斯悲剧集》。

39.《希波吕托斯》译于 1953 年 7 月至 11 月,收入《欧里庇得斯悲剧集》。

40.《厄勒克特拉》译于 1953 年 12 月至 1954 年 9 月,收入《欧里庇得斯悲剧集》。

41.《财神》译于 1954 年 1 月至 3 月,收入《阿里斯托芬喜剧集》。《阿里斯托芬喜剧集》是古希腊文学作品,作者不详。周启明与罗念生、杨宪益合译。1954 年 11 月由人民文学出版社出版。

42.《俄瑞斯忒斯》译于 1954 年 11 月至 1955 年 8 月,收入《欧里庇得斯悲剧集》。

43.《显克微支短篇小说集》,翻译时间不详。施蛰存、周启明译,1955 年 4 月人民文学出版社出版。

44.《浮世澡堂》译于 1955 年 5 月至 10 月。日本式亭三马著。1958 年 9 月人民文学出版社出版,署"周启明译"。2001 年 1 月中国对外翻译出版公司重新出版。

45.《赫剌克勒斯的女儿》译于 1955 年 11 月至 12 月,收入《欧里庇得斯悲剧集》。

46.《请愿的妇女》译于 1956 年 1 月至 2 月,收入《欧里庇得斯悲剧集》。

47.《疯狂的赫剌克勒斯》译于 1956 年 4 月至 6 月,收入《欧里庇得斯悲剧集》。

48.《腓尼基妇女》译于 1956 年 6 月至 8 月,收入《欧里庇得斯悲剧集》。

49.《古事记》全书译于 1958 年 10 月至 1959 年 2 月。日本安万侣著。1963 年 2 月由人民文学出版社出版,署"周启明译"。

50.《一握砂》《可悲的玩具》《叫子和口哨》《可以吃的诗》译于 1959 年 3 月至 5 月,收入《石川啄木诗歌集》。《石川啄木诗歌集》周启明、卞立强译,1962 年 1 月由人民文学出版社出版。

51.《浮世理发馆》译于 1959 年 3 月至 8 月。日本式亭三马著。2001 年 1 月由中国对外翻译出版公司出版。

52.《枕草子》译于 1959 年 11 月至 1961 年 1 月。

52.《路吉阿诺斯对话集》,译于 1962 年 6 月至 1965 年 3 月。古希腊文学作品,作者不详。2003 年 1 月中国对外翻译出版公司出版。

54.《平家物语》译于 1965 年 4 月至 1966 年 7 月。2001 年 1 月由中国对外翻译出版公司出版。

55.《周作人译文全集》2012 年 3 月由上海人民出版社出版。

主要参考文献

1. 巴金:《巴金全集》第13卷,北京:人民文学出版社,1990年版。
2. 陈福康:《中国译学理论史稿》,上海:上海外语教育出版社,1996年版。
3. 陈万雄:《五四新文化的源流》,北京:生活·读书·新知三联书店,1997年版。
4. 陈子善编:《闲话周作人》,杭州:浙江文艺出版社,1996年版。
5. 哈迎飞:《半是儒家半释家——周作人思想研究》,北京:人民文学出版社,2007年版。
6. 胡适:《胡适学术文集》,北京:中华书局,1993年版。
7. 黄开发:《人在旅途——周作人的思想和文体》,北京:人民文学出版社,1999年版。
8. 金克木:《比较文化论集》,北京:三联书店,1984年版。
9. 刘全福《翻译家周作人论》,上海:上海外语教育出版社,2007年版。
10. 鲁迅:《鲁迅全集》,北京:人民文学出版社,1981年版。
11. 茅盾:《茅盾译文选集》,上海:上海译文出版社,1981年版。
12. 倪墨炎:《苦雨斋主人周作人》,上海:上海人民出版社,2003年版。
13. 卜立德著,陈广宏译:《一个中国人的文学观——周作人的文艺思想》,上海:复旦大学出版社,2001年版。
14. 钱理群:《周作人传》,北京:北京十月文艺出版社,2005年版。
15. 《日本现代文学全集18、49》,讲谈社,1980年版。
16. 沙尔·波德莱尔著:《巴黎的忧郁》,亚丁译,北京:生活·读书·新知三联书店,2004年版。
17. 石川啄木:《啄木歌集》,岩波书店,1983年版。
18. 市古贞次:《日本文学史概说》,倪玉等译,长春:东北师范大学出版社,1987年版。
19. 舒芜:《周作人概观》,长沙:湖南人民出版社,1986年版。
20. 舒芜:《周作人的是非功过》,沈阳:辽宁教育出版社,2000年版。
21. 孙郁:《周作人和他的苦雨斋》,北京:人民文学出版社,2003年版。
22. 王晓明主编:《二十世纪中国文学史论》,上海:东方出版中心,2003年版。
23. 王友贵:《翻译家周作人》,成都:四川人民出版社,2001年版。
24. 王友贵:《翻译家鲁迅》,天津:南开大学出版社,2005年版。
25. 温儒敏:《新文学现实主义的流变》,北京:北京大学出版社,1988年。
26. 《现代日本文学全集42》,改造社,1930年版。

27．《现代日本小说大系 38》，河出书房，1956 年版。

28．叶渭渠：《日本文学思潮史》，北京：经济日报出版社，1997 年版。

29．张菊香、张铁荣编：《周作人研究资料》（上、下），天津：天津人民出版社，1986年版。

30．张菊香、张铁荣编著：《周作人年谱》（1885—1967），天津：天津人民出版社，2000 年版。

31．赵家璧主编：《中国新文学大系》，上海：良友图书印刷公司，1935 年版。

32．郑振铎：《蛰居散记惜周作人》，上海：上海出版公司，1951 年版。

33．止庵校订：《周作人自编文集》，石家庄：河北教育出版社，2002 年版。《欧洲文学史》《艺术与生活》《自己的园地》《雨天的书》《泽泻集》《过去的生命》《谈龙集》《谈虎集》《永日集》《儿童文学小论》《中国新文学的源流》《看云集》《知堂文集》《周作人书信》《苦雨斋序跋文》《夜读抄》《苦茶随笔》《苦竹杂记》《风雨谈》《瓜豆集》《秉烛谈》《秉烛后谈》《药味集》《药堂语录》《书房一角》《药堂杂文》《苦口甘口》《立春以前》《过去的工作》《知堂乙酉文编》《老虎桥杂诗》《鲁迅的故家》《鲁迅小说里的人物》《鲁迅的青年时代》《木片集》《知堂回想录》（上、下）。

34．止庵：《周作人传》，济南：山东画报出版社，2009 年。

35．周启明、卞立强译：《石川啄木诗歌集》，北京：人民文学出版社，1962 年版。

36．周作人：《周作人日记》上中下（影印本），郑州：大象出版社，1996 年版。

37．周作人：《苦雨斋译丛》，北京：中国对外翻译出版公司，2001 版。

38．周氏兄弟合译文集：《现代日本小说集》，北京：新星出版社，2006 年版。

39．周作人：《周作人散文全集》（1—14 卷），桂林：广西师范大学出版社，2009 年版。

40．周作人：《周作人译文全集》，上海：上海人民出版社，2012 年版。

41．朱正：《周氏三兄弟》，北京：东方出版社，2003 年版。

42．朱自清：《朱自清全集》，南京：江苏教育出版社，1983 年版。

后　　记

　　现在正值北京的秋天，天气是这般的爽朗，树叶是这般的金黄。在这诗意沛然的季节，我终于完成了书稿，心中的平静和幸福，难以描述。

　　书稿是在博士论文的基础上修改完成的，修改过程充满愉悦，因为读博期间的点滴断章般地浮现在我的脑海里。我大学读日语专业，因此导师张福贵先生建议我从事周作人的文学翻译研究。对于周作人的研究，有许多德高望重的先行者：舒芜先生、止庵先生、孙郁先生、钱理群先生、王友贵先生、陈福康先生、朱正先生、黄开发先生、刘全福先生，等等，拜读了先生们的著作后，我"一则以喜，一则以惧"。作为读者，我茅塞顿开，不胜欣喜；作为也将从事周作人研究的后辈，我却不胜惶恐，先行者们已经研究得那样充分和深入，我还能研究些什么呢？我宛如初冬弥留在树枝上的最后一片叶子，生平第一次感到了孤独和凄凉。

　　我于两年前开始了这本书稿的修改和完善工作。修改期间，由于无暇做饭，导致老公下班后有许多饥肠辘辘的怨言。现在，书稿完成了，我希望能在静谧而明媚的天气，不带手机，和老公去散步，出发前，在家门留下字条，告诉访客"我们已经到田野去漫步，享受这一刻带来的幸福"。修改书稿期间，每天都睡得很晚，但是每晚我都会拥有一个幸福的时刻，那就是上床时，借着微弱的灯光端详孩子熟睡的脸，她小巧而美丽的五官，每个部分都值得我花上很长时间凝目细瞧。我还要感谢父母对我的包容和给我的厚爱！感谢他们是我无遮拦天空下的荫蔽！另外，感谢我的良师益友们，他们真诚的笑容和对我的帮助永远庄重地镶进了我的记忆。

　　最后，感谢命运让我邂逅文学。文学只有感情没有目的，可以拔除不良之心境，带给人一种温润的情绪。在这个物质丰富、精神粗糙的年代，文学让我充满了对于安详而丰腴的生活的幻想。能够不着功利色彩地读书是一种幸福。在世界的嘈杂声中，我爱我的芦笛！

　　拙作即将面世，恳请前辈学者和同辈同仁批评指正！

于小植
2013 年 10 月 23 日于北京家中